LE GARÇON
QUI VENAIT
DU FROID

B.G. THOMAS

LE GARÇON QUI VENAIT DU FROID

B.G. THOMAS

Publié par
DREAMSPINNER PRESS

5032 Capital Circle SW, Suite 2, PMB# 279, Tallahassee, FL 32305-7886 USA
www.dreamspinnerpress.com

Le garçon qui venait du froid
Copyright de l'édition française © 2017 Dreamspinner Press.
Titre original : The Boy Who Came in from the Cold
© 2013 B.G. Thomas.
Première édition : mai 2013
Traduit de l'anglais par Julie Bénazet.
« Fleurir à Contre-courant », Bloom Backwards ©2010, poème de Michael Lee. Utilisé avec la permission de l'auteur. Tous droits réservés.
Photographie du papillon de nuit de l'Arctique, Gynaephora groenlandica, de Gary Anweiler ©2010. Utilisé avec la permission de l'auteur. Tous droits réservés.

Illustration de la couverture :
© 2013 Aaron Anderson.
aaronbydesign55@gmail.com
Les éléments de la couverture ne sont utilisés qu'à des fins d'illustration et toute personne qui y est représentée est un modèle

Édition e-book en français : 978-1-64080-227-8
Édition imprimée en français : 978-1-64080-226-1
Première édition française : octobre 2017
v 1.0

Édité aux États-Unis d'Amérique.

Ce livre est dédié à Jonah Markowitz,
Ainsi qu'à Brad Rowe et Trevor Wright.
Merci à vous de nous avoir offert le film *Shelter*.
En espérant que cet ouvrage saura exprimer ne serait-ce qu'une infime
partie de ma reconnaissance.

Remerciements

Remerciements particuliers à mes merveilleuses éditrices, Rowan Speedwell, Kat Weller, Sal Davis, P.D. Singer (qui m'a ouvert les yeux à plus d'une reprise), et C.L. Miles. Merci à vous toutes, je n'en serais pas là sans vous !

Et enfin, un grand merci à Andi Byassee ! Merci, merci, merci. C'était une formidable expérience de travailler avec une éditrice qui m'a si bien comprise.

22 000 battements de paupières par jour,
Et je parie que tu croyais ne t'être réveillé qu'une fois.

~ Michael Lee

Devenir qui l'on est n'est pas sans douleur.

~ Kat Howard

I

IL FAISAIT froid dehors. Très froid. Un froid *glacial*.

Frigorifié, Todd Burton observa l'employé de la ville qui balayait le trottoir. La neige tombait à gros flocons et s'empilait déjà à nouveau dans son passage.

La météo se dégradait au fil des heures. Todd jeta un coup d'œil nerveux en direction du hall de l'immeuble, mais personne ne lui prêtait attention.

Qu'était-il censé faire à présent ? S'il s'était retrouvé dans cette situation une semaine auparavant, il n'aurait pas été aussi inquiet, mais aujourd'hui, avec ce temps, il était dans de sales draps.

Un habitant de l'immeuble avait eu la gentillesse de lui ouvrir la porte pour qu'il se protège du froid dans le hall. Un grand gaillard, séduisant, qui portait un Loden. Todd aurait vendu père et mère pour un manteau aussi chaud. Sa petite veste beige de mi-saison ne lui servirait à rien contre la tempête qui menaçait dehors.

« *Tu vas me mettre cette veste sans discuter, on n'a pas la bourse à Rothschild !* » avait crié sa mère.

S'il n'avait pas eu le réflexe de mettre un sweat-shirt pour aller à la fête du Nouvel An la veille au soir, il aurait probablement fini à l'hôpital. C'était le seul vêtement qui lui apportait un semblant de chaleur. Ses petits gants taille unique et son bonnet bon marché ne servaient strictement à rien.

Il devait sans doute remercier sa bonne étoile pour l'intervention du bel inconnu qui lui avait ouvert la porte en lui demandant gentiment ce qu'il faisait planté sous la marquise à l'entrée de l'immeuble Oscar Wilde.

— Quelqu'un doit venir me chercher, avait-il répondu.

C'était un mensonge éhonté. Personne ne viendrait le chercher. Mais au moins, il était au chaud. Il replia ses doigts de pied dans ses vieilles baskets trempées. Après plus d'une heure debout dans le froid, il ne les sentait même plus.

C'était probablement le pire Nouvel An de sa vie. Il aurait préféré des zombis à une tempête de neige.

— Et qu'est-ce que je fais moi maintenant ? grommela-t-il en regardant les flocons qui tourbillonnaient derrière la vitre.

C'était joli, il ne pouvait pas le nier. On avait l'impression que la ville tout entière s'était livrée à une gigantesque bataille d'oreillers, et que des milliards de plumes retombaient sur les rues. Mais les stalactites de glace qui pendaient aux fenêtres ressemblaient à des dents acérées de créature primitive, et Todd espérait sincèrement qu'aucune d'entre elles ne lui tomberait dessus.

— Vous attendez toujours ? demanda une voix derrière lui.

Todd sursauta en poussant un cri de surprise. Il se retourna et reconnut l'inconnu qui l'avait fait entrer. Il avait troqué son manteau luxueux contre un bas de jogging et un tee-shirt qui moulait ses pectoraux massifs sur lequel on pouvait lire « TROBOPR1HTRO ».

Il fallut quelques secondes à Todd pour déchiffrer l'écriture, mais lorsqu'il comprit, sa mâchoire tomba. *Trop beau pour un hétéro.* Le bel inconnu était donc gay. Todd n'en revenait pas. Il venait d'un petit village de campagne où on lui avait appris par la force des choses qu'un homosexuel était systématiquement un petit faiblard maniéré qui portait du rose. Il était impossible que cette montagne de muscles à la mâchoire carrée soit gay !

L'inconnu lui lança un regard suspicieux et Todd réalisa qu'il n'avait toujours pas répondu à sa question.

— Oh. Oui, je... j'attends... George. Je ne sais pas ce qui lui prend autant de temps.

George ? Super idée. Très crédible.

L'homme hocha la tête sans insister, et se dirigea vers les rangées de boîtes aux lettres. Lorsqu'il revint avec son courrier, il ralentit de nouveau en s'approchant de Todd, et le détailla, l'air songeur. Épinglé sous son regard, le jeune homme sentit son estomac se serrer.

— Hey, l'interpella l'inconnu, fais attention à toi, OK ? Le concierge n'est pas très indulgent, il est réputé pour appeler la police quand il surprend des prostitués en train de... faire affaires. Ne te fais pas choper.

Todd se raidit machinalement. Est-ce que l'homme venait de sous-entendre qu'il le prenait pour un prostitué ? Mais avant même qu'il n'ait le temps de rétorquer, l'inconnu s'était engouffré dans l'une des cabines d'ascenseur.

On venait de le prendre pour un prostitué ! Todd secoua la tête en poussant un juron. Est-ce qu'il avait l'air de faire le trottoir ? Il songea aux jeunes hommes qui vendaient leurs charmes dans certains quartiers, et réalisa avec horreur qu'il ressemblait sans doute à l'un d'entre eux. Il porta une main à son visage pour caresser à rebrousse-poil sa barbe naissante. Il ne s'était pas rasé depuis presque deux jours et elle poussait comme de la mauvaise herbe. Il baissa les yeux sur son vieux jean sale et ses Converse boueuses. Qui voudrait se payer les services de quelqu'un d'aussi sale ? Il tenta en vain d'apercevoir son reflet dans la grande baie vitrée du hall, mais il n'y avait pas assez de lumière.

Il prit le temps d'examiner le hall autour de lui. Il fut un temps, l'immeuble devait être de haut standing, mais les années n'avaient pas été clémentes et aujourd'hui, il avait simplement l'air vieux et démodé. Les portes d'ascenseur en laiton ouvragé étaient ternes et rayées, le sol en marbre était ébréché à plusieurs endroits, les vieilles lampes qui pendaient du plafond éclairaient le lobby d'une lumière jaune et peu flatteuse, et les contours délavés d'une gigantesque fresque murale se discernaient à peine à l'entrée. Autant de témoignages d'une splendeur passée qui n'était plus qu'un écho lointain.

Todd repensa à l'homme qui l'avait laissé entrer. À en juger par son manteau et la coupe de son costume en dessous, il était étonnant de le voir habiter ici. Il avait sans doute les moyens de se payer bien mieux.

Le ding de l'ascenseur retentit et les portes s'ouvrirent.

Quand on parle du loup... songea Todd en reconnaissant l'homme en question. Il portait un plateau dans une main, et une tasse fumante dans l'autre. Il avança dans sa direction, et Todd reconnut la délicieuse odeur du café. Sur le plateau était posé un sandwich. À sa grande surprise, l'homme s'arrêta devant lui, et lui tendit les deux sans rien dire. Todd écarquilla les yeux. Il venait de passer la pire journée de sa vie, et soudainement, un parfait inconnu lui offrait à boire et à manger ?

Aussi suspecte fût cette démonstration de bonté, Todd n'hésita pas très longtemps avant d'accepter. Il saisit vigoureusement le sandwich et la tasse, et se rassit sur le rebord de fenêtre, au-dessus d'un radiateur. Le soulagement de pouvoir enfin manger quelque chose était tel qu'il en eut presque la tête qui tourne. Il n'avait rien avalé de la journée, trop terrifié à l'idée de dépenser les derniers vingt malheureux dollars au fond de sa poche. Il dévora la moitié du sandwich en deux bouchées, et plongea le nez dans la tasse de café fumant. La première gorgée chassa enfin le froid humide qui s'était logé entre ses os depuis des heures, et il frissonna de plaisir.

— Je m'appelle Gabe, offrit l'inconnu.

Todd hocha la tête et avala une autre gorgée de café sans répondre.

— Qu'est-ce que tu fais dehors par un temps pareil ? demanda-t-il.

Todd mastiqua ce qui restait du sandwich en cherchant une réponse simple à cette question compliquée. Il avala bruyamment sa dernière bouchée, la gorge serrée. Comment était-il censé expliquer la situation à un étranger ? Il avait tellement honte. Quels étaient les mots pour dire à quelqu'un que l'on rencontrait seulement qu'on venait de faire la plus grosse erreur de sa vie ?

Il leva brièvement les yeux vers Gabe. Puis plus longuement pour l'étudier correctement. Il était terriblement grand, il devait facilement faire une tête de plus que lui, et il était baraqué. Très baraqué. Il était évident qu'il faisait de la musculation. Il ressemblait à l'un de ces types dans les magazines de musculation que Todd collectionnait.

« *Pour l'amour du ciel, Todd ! Combien de ces torchons est-ce que tu as ?* »

Il n'était pas musclé à l'excès, comme les bodybuilders qui ressemblaient à des mutants veineux, il avait la musculature harmonieuse d'une star de film d'action.

« Tu trouves ça normal de collectionner autant de ces machins pour un garçon de ton âge ? Tu es gay ou quoi ? »

« C'est pour lire les conseils et les exercices. »

Les pectoraux de Gabe étaient plus larges que des assiettes, et on pouvait deviner le dessin de ses abdominaux sous son tee-shirt. Sa taille et ses hanches étaient aussi étroites que celles de Todd, ce qui aurait dû être proportionnellement impossible, et pourtant très harmonieux sur lui.

Et il était séduisant. Il était très, *très* séduisant. Il avait de courts cheveux blonds (ou châtain clair, c'était difficile à dire dans la lumière jaunâtre du hall), des yeux d'un bleu limpide (comme un ciel d'été), et un visage de vedette hollywoodienne. Un mec comme lui pouvait sans doute séduire n'importe quelle femme sur la planète, pourquoi diable aurait-il choisi d'être gay ?

— Très bien, si tu préfères ne rien me dire alors…

Ne rien lui dire ? Lui dire quoi ? Est-ce que Todd avait loupé quelque chose ?

— Est-ce que tu peux au moins me donner ton nom ?

— Todd.

— Todd comment ?

— Ce ne sont pas vos affaires.

— D'accord Monsieur Ce-ne-sont-pas-vos-affaires. Je vais te laisser tranquille dans ce cas.

Gabe s'apprêtait à partir, lorsque Todd réalisa qu'il ne voulait pas qu'il s'en aille.

— Je me suis fait jeter de mon appartement ! dit-il précipitamment.

Gabe s'immobilisa, et se retourna pour faire face au jeune homme.

— Je ne m'y attendais pas. Je revenais d'une fête de Nouvel An, et la serrure avait été changée.

Gabe écarquilla les yeux.

— Quelle espèce de salaud met quelqu'un dehors par un temps pareil, hein ? demanda Todd en se tordant les mains. Est-ce qu'il n'y a pas une loi contre ça ?

— Si, il y en a, mais elles ne te seront pas d'un grand secours dans l'immédiat, répondit Gabe.

— Sans blague, soupira Todd en fermant les yeux.

Lorsqu'il les rouvrit pour faire face à Gabe, son cœur se serra. Qu'est-ce qu'il n'aurait pas donné pour ressembler à ça. Il avait fait des heures et des heures de sport durant ses années lycée, il avait même acheté des haltères pour la maison, mais rien n'y fit. Il était toujours aussi maigrichon, et portait encore sur son visage les rondeurs de l'enfance.

« *Non, mais regarde-toi avec tes haltères ! C'est à ces gars dans tes magazines que tu veux ressembler ? Tu ferais mieux d'abandonner maintenant, tu es comme ton père, vous les Burton, vous n'êtes tous que des rondouillards.* »

Dieu merci, il ne ressemblait pas à son beau-père, avec son gros ventre à bière et ses fesses tombantes. Todd n'était pas négligé, il prenait soin de son corps, mais il avait fini par admettre qu'il ne pourrait jamais développer la musculature de quelqu'un comme Gabe.

— Tu es vraiment pédé ? demanda-t-il sans réfléchir.

Il n'y avait pas de filtre entre ses pensées et sa parole, ce qui lui avait souvent valu des ennuis.

« *Tu ne réfléchis pas avant de parler* », lui répétait sans cesse M. Grombeck, l'un de ses professeurs de lycée.

— Je préfère le terme « gay », rétorqua Gabe. Eh oui, en effet.

« *Je me souviens d'une époque où le mot gay voulait simplement dire joyeux, mais tous ces homos l'ont sali !* »

— Techniquement ? ça veut toujours dire joyeux, marmonna Todd.

Puis il écarquilla les yeux. Est-ce qu'il venait vraiment de dire ça à voix haute ? Est-ce que Gabe l'avait entendu ?

— Je suis d'accord, gay est un mot plein de joie et de bonne humeur.

Gay, et fier de l'être, songea Todd envieux.

— Je suis désolé, s'excusa-t-il sincèrement.

Gabe avait fait preuve de tant de gentillesse en l'espace de quelques minutes. Qu'il préfère coucher avec des hommes ou des femmes n'y changeait rien.

— Tu as une solution de repli en attendant ? demanda Gabe en croisant les bras sur ses gigantesques pectoraux. Un ami chez qui tu peux rester ?

Todd sentit ses dernières forces l'abandonner, et courba le dos sous le poids de la défaite.

— Non.

Les gens qu'il avait rencontrés depuis son arrivée à Kansas City s'étaient tous comportés comme des sauvages. Il avait déjà croisé son lot de drogués, de voleurs et de profiteurs, garçons comme filles, qui avaient essayé de se servir de lui. Et dire que tout ce dont il avait toujours rêvé, c'était de quitter sa petite campagne pour découvrir la liberté d'une grande ville. Il avait vite déchanté.

— Même pas les amis avec lesquels tu as passé le Nouvel An ? s'enquit Gabe.

Todd se tendit. Un groupe de jeunes qu'il avait croisé à Gillham Park un mois plus tôt lui avait proposé de venir faire la fête avec eux. Toute excuse était bonne pour quitter les quatre murs de son minuscule appartement, alors il avait accepté. Mais il n'était pas arrivé à cette fête depuis dix minutes que deux gamins plus jeunes que lui avaient déjà trouvé le moyen de le convaincre de fumer du crack. Il était hors de question qu'il retourne là-bas. Il n'était peut-être qu'un petit campagnard ringard, mais il savait reconnaître un produit dangereux quand il en prenait un. Après seulement deux bières, il s'était retrouvé assis tout seul dans un coin, sans trop savoir s'il hallucinait ou si ce qu'il voyait était vrai. Trois types qui s'embrassaient la bouche ouverte sur un canapé, un autre avec la tête sous la jupe d'une gamine qui n'était certainement pas majeure, des quantités de drogues astronomiques. Il se souvenait avoir tiré sur un joint tellement fort, que les petits pétards qu'il avait fumés planqué derrière la maison avec son ami Austin lui semblaient maintenant risibles.

Et puis, un peu après minuit, deux filles qui l'observaient de loin en gloussant depuis un bon moment l'avaient entraîné avec elles dans une chambre vide. Elles s'étaient déshabillées, et avaient tenté de coucher avec lui. Il se souvenait que l'une d'entre elles avait pris sa main, et l'avait pressée contre l'un de ses énormes seins. Il l'avait brusquement retirée, comme si le contact l'avait brûlé, et s'était enfui de la pièce.

— Non, répondit-il enfin à Gabe. C'est hors de question.

Les gens de cette fête n'étaient pas ses amis. Gabe l'observa sans rien dire. Il n'y avait pas de jugement, pas de méchanceté dans son regard, pourtant Todd sentit son estomac se serrer. Il ne savait pas quoi penser de ce regard. Gabe ne le déshabillait pas non plus des yeux, il ne le matait pas comme un pervers, pourtant…

« Tous des pervers. Ils aiment les petits garçons. Ils les kidnappent et ils les coupent en morceaux… »

Gabe était un homme. Toutes les Gay Prides, les lois sur le mariage gay, l'acceptation de l'armée, les groupes de soutien LGBT dans les écoles ne pouvaient rien y changer : un homme qui couche avec un autre, ce n'était pas…

« … normal ! Ce n'est pas normal ! »

… ce n'était pas ce qu'on lui avait enseigné en grandissant. Gabe avait l'air d'un type bien. Il lui avait offert à manger, et il s'était montré plus gentil que ses précédentes rencontres, alors…

— Écoute, commença Gabe. Je n'ai jamais payé pour ce genre de choses, mais tu es vraiment très mignon, ça te permettrait d'avoir un toit sur la tête pour la nuit, et puis…

— Pardon ? l'interrompit Todd atterré.

— Nous ne sommes pas dans *Pretty Woman*, je n'ai pas à payer un supplément afin que tu restes toute la nuit ? Je te laisserais rester pour que tu sois au chaud et…

— Je ne suis pas une putain, et encore moins un *pédé*, cracha-t-il violemment.

Les traits de Gabe se figèrent et toute bienveillance, toute chaleur quittèrent son visage. Il portait désormais la même expression vide et désintéressée que tous les autres. Il récupéra le mug des mains de Todd, et d'une voix glaciale lui dit :

— Bonne chance pour la suite. Et comme je te l'ai dit, ne te fais pas prendre par le concierge de l'immeuble si tu ne veux pas te retrouver dehors.

Il s'en alla vers les ascenseurs et disparut dans une cabine sans un regard en arrière.

Todd regretta aussitôt sa réaction. Pourquoi s'était-il emporté comme ça ?

— Il faut vraiment que je me contrôle, grogna-t-il en se prenant la tête entre les mains.

Il aurait par exemple pu répondre, poliment, qu'il n'était ni gay, ni un prostitué. Gabe ne se serait pas vexé. Todd tourna le regard vers la baie vitrée, et prit une inspiration précipitée. La neige tombait si fort qu'il était devenu impossible de voir au travers.

— Vous avez vu ça ? demanda une voix provenant de sa droite.

Todd se tourna dans sa direction et découvrit un petit groupe de gens qui s'était amassé dans le hall.

— Je viens d'avoir ma mère au téléphone, elle dit que le gouverneur vient de déclarer l'état d'urgence, annonça un autre membre du groupe. Je n'aimerais vraiment pas être dehors.

Todd se retint de lever les yeux au ciel. Au lieu de ça, il les tourna vers les ascenseurs. Gabe était bel et bien parti. Todd regrettait son comportement. Peut-être qu'il ne lui aurait rien demandé de trop grave, peut-être qu'il voulait simplement lui faire une fellation. Ce ne serait pas la première fois que Todd laisserait un gars le sucer. Ce n'était pas parce que Joan détestait ça que c'était mal… Et puis il y avait eu ce type…

— C'est incroyable !

Todd sursauta, et se tourna de nouveau vers le spectacle à l'extérieur. La tempête qui faisait rage dehors était tout simplement terrifiante, on aurait dit une scène d'effets spéciaux d'un film catastrophe.

Qu'est-ce qu'une fellation pour échapper à ça après tout ?

« *C'est juste un moyen facile de se faire de l'argent* », lui avait un jour dit l'un des jeunes prostitués, dans le parc en face de son appartement. De son *ancien* appartement, se corrigea-t-il amèrement. Il se souvenait encore de cette conversation. C'était une belle journée d'automne, quelques feuilles rouge-orangé étaient encore accrochées aux arbres, et son ridicule manteau lui tenait encore assez chaud.

— Rien de plus facile. Cinquante dollars pour une fellation. Et c'est moi qui me fais sucer ! Je peux sans problème enchaîner deux clients dans la journée comme ça. Trois, ça se complique, mais si le gars est laid comme un pou, il peut déjà s'estimer heureux que je le laisse me toucher.

Doug – c'était le nom du prostitué en question – et un autre de ses amis s'échangeaient un énorme joint en expliquant à Todd tous les avantages de la prostitution masculine.

— Tout ce que j'ai à faire, c'est fermer les yeux et imaginer que c'est Katy Perry qui est en train de s'occuper de moi. Qui n'aime pas se faire sucer la queue ? Et si en plus je peux être payé…

Todd doutait de la sincérité de Doug. Si c'était aussi simple que ça, les gars se bousculeraient au portillon pour devenir prostitués.

— Ne te laisse pas berner, ma poule, ce n'est pas à Katy Perry qu'il pense, tout le monde sait que son truc, c'est Channing Tatum. Et ne fais pas cette tête-là, tout le monde suce une bite un jour ou l'autre, avait ajouté son ami Chaz, un métis d'une vingtaine d'années, en posant une main sur sa hanche et en claquant les doigts de son autre main. C'est la crise, mon mignon.

Todd avait secoué la tête avec force.

— Je ne crois pas que je pourrais…

— Sucer une queue ? On s'y habitue vite, avait assuré Doug, admettant à demi-mot qu'il ne faisait pas qu'être passif. Et si en plus tu avales, tu peux te faire un sacré paquet de fric.

— Pourquoi est-ce que vous me dites tout ça ? avait demandé Todd méfiant.

Chaz prit une grande bouffée de son joint, sans s'inquiéter de qui pouvait bien passer par là et le voir, puis le passa à Doug.

— Parce que tu es chom-du, et parce que tu es désespéré, pas vrai ?

Pris au dépourvu, et figé par la honte, Todd n'avait rien répondu.

— Pas la peine de nier, va, continua Doug en tirant sur le joint à son tour. On t'a vu sortir de chez toi à toute heure de la journée, avec ta cravate et ton air stressé.

Il avait attrapé la cravate que Todd portait ce jour-là, une horreur à motifs Paisley qu'il avait dégotée au secours populaire. Il lui tendit le joint, mais Todd avait refusé en secouant la tête.

— Tu vas avoir un test.

— Un test ?

— Un test d'urine, c'est pour ça que tu ne veux pas fumer.

— Comment est-ce que vous savez tout ça ?

— On en sait long sur toi, mon biquet. Tu viens d'une toute petite ville, je parie ? avait hasardé Chaz.

Todd se souvenait encore de la surprise qu'il avait ressentie, il se souvenait de son expression ahurie et de l'éclat de rire des deux autres.

— On vient *tous* d'une petite ville, l'avait rassuré Doug en essuyant des larmes de rire au coin de ses yeux.

— Tu es l'un des nôtres, avait renchéri Chaz en claquant de nouveau des doigts. On a tous fait le choix de fuir notre campagne de bouseux pour trouver un homme fort qui saura nous respecter et…

— Ou pour devenir célèbre et gagner des millions de dollars, avait interrompu Doug.

— Mais bien sûr. Conclusion, on a tous fini par vendre nos services sur un trottoir. C'est toujours la même histoire, mon chou.

Todd avait refusé leur aide et leurs conseils. Il refusait tout simplement d'y songer, jamais il ne tomberait si bas, il s'en était fait la promesse.

Et qu'est-ce que sa dignité et ses grands principes lui avaient fait gagner ? Il regarda de nouveau la tempête qui faisait rage dehors.

Gabe était loin d'être *laid comme un pou* lui au moins. Gabe était séduisant et il ne l'avait pas interpellé à un coin de rue comme un pervers. Peut-être que Todd aurait dû accepter son offre, il n'aurait rien eu à faire d'autre que fermer les yeux et se laisser faire. Ça ne pourrait jamais être pire que les quelques expériences pathétiques qu'il avait eues avec les filles. Il frissonna rien que d'y penser. Ça ne pourrait jamais être pire que…

Et puis Gabe lui avait offert un abri pour la nuit.

Mais, et s'il voulait que ce soit Todd qui le suce ? Est-ce qu'il en serait capable ?

Il haussa les épaules en essayant de chasser les souvenirs d'une cave, des souvenirs enfouis qui menaçaient de refaire surface et de l'emporter.

Il en serait capable. Tous les gars se demandaient un jour ou l'autre ce que ça faisait d'être à l'autre bout d'une fellation, non ? Il se souvenait d'un jour au collège, dans les vestiaires, il était assis sur un banc, en train de délacer ses chaussures, lorsqu'il avait réalisé que le pénis de l'un de ses camarades n'était qu'à quelques centimètres de son visage. L'autre garçon était si proche que Todd pouvait sentir l'odeur musquée de sa peau moite et encore brûlante de la douche. Il avait retiré ses chaussures lentement, l'une après l'autre, en examinant discrètement le sexe du garçon, caché derrière sa frange. Il était très vite arrivé à la conclusion que ça ne le dégoûtait pas, contrairement à Joan qui ne supportait même pas la vision de son propre sexe. Il aurait même été jusqu'à dire que c'était un beau pénis. Il était un peu plus grand que le sien, et pendait lourdement par-dessus ses testicules charnus, l'un d'entre eux légèrement plus bas que l'autre. Le scrotum était imberbe, et Todd s'était demandé si son camarade se rasait.

— Hé, Burton, qu'est-ce que tu mates ?

10

Heureusement pour lui, son absence complète de filtre lui avait sauvé la mise, et il avait répondu sans sourciller.

— J'en sais rien, mais c'est le truc le plus moche que j'ai vu de ma vie.

Ses camarades avaient tous éclaté de rire, et cette simple blague était probablement la seule chose qui lui avait évité de devenir le pédé du collège.

Quelques jours plus tard, tandis que Joan tentait à nouveau de lui faire une fellation, en bavant et en s'étouffant comme s'il était monté comme un étalon, il s'était demandé ce que ça ferait d'essayer. Il s'était demandé ce qui se serait passé si ce garçon nu et lui avaient été seuls dans le vestiaire, s'il s'était simplement penché et avait pris son sexe dans sa bouche. Ou le sexe de son ami Austin. Le visage séduisant du jeune homme apparut dans son esprit. Il repensa à tous ces étés où ils s'étaient baignés nus, à tous ces longs après-midi durant lesquels ils s'étaient retrouvés seuls chez Austin. Quel goût aurait le sexe d'Austin ? C'était à ça qu'il pensait, et seulement grâce à ça qu'il parvint à jouir dans la bouche de sa petite amie en colère.

« *Toddy, je t'avais dit de me prévenir !* », avait-elle geint de sa voix de crécelle.

Si Gabe lui offrait un endroit chaud où passer la nuit, peut-être qu'il pourrait au moins essayer ? Il avait l'air tellement propre sur lui, il était sûrement tout aussi propre sous ses vêtements.

Confus, Todd sentit son sexe réagir à cette pensée. Au même moment, une voix tonitruante résonna dans le hall, et il sursauta en poussant un cri de surprise.

— Toi là-bas ! Qu'est-ce que tu fiches ici ?

Todd observa l'énorme bonhomme qui se dirigeait vers lui comme un éléphant à la charge.

— Maudits squatteurs, saloperies de prostitués qui viennent polluer mon immeuble ! Dégage de là ! Dehors !

Et maintenant, qu'est-ce qu'il allait faire ?

II

À PEINE les portes de l'ascenseur s'étaient-elles refermées qu'une vague de culpabilité submergea Gabriel Richards. Pourquoi s'était-il comporté de cette façon ? Il n'osait même pas imaginer ce qu'avait traversé ce gamin pour se retrouver à la rue par un temps pareil. Todd avait eu l'air terrifié et transi de froid.

C'était ce mot, « pédé », ça le faisait toujours réagir au quart de tour. Il haïssait ce mot. Les militants de la communauté LGBTQ répétaient sans cesse qu'utiliser ces mots, c'était le seul moyen de leur ôter leur pouvoir et de se les réapproprier, mais Gabe n'était pas d'accord. Les gens qui employaient ces mots le faisaient pour blesser. Todd avait voulu le blesser.

Gabe entra dans son appartement, au dernier étage de l'immeuble Oscar Wilde, et jeta négligemment son courrier sur la table laquée dans l'entrée. Les appartements de cet étage étaient les plus chers, et les plus grands. Il disposait d'une chambre, d'un bureau, et d'une pièce pour son équipement de sport. Ces trois pièces étaient pour lui un prérequis. Une chambre, essentielle, pour dormir, et pour faire l'amour (ce qui ne lui était pas arrivé depuis des lustres, c'était d'ailleurs l'unique raison pour laquelle il avait proposé de payer le gamin, Todd). Un bureau, pour ranger tous les papiers qu'il rapportait du travail sans encombrer le reste de l'appartement. Et une salle d'entraînement, parce qu'un esprit sain dans un corps sain était sa devise. Une place pour chaque chose, et chaque chose à sa place.

Il avait prévu de faire un peu de sport ce soir-là, c'était d'ailleurs bien ce qu'il comptait faire en remontant d'aller chercher le courrier, et puis il avait revu Todd. Il se souvenait clairement l'avoir laissé entrer en même temps que lui une heure plus tôt, en revenant du travail. En lisant le désespoir sur son visage, Gabe l'avait pris en pitié. Il se doutait bien que le gamin devait être dans le pétrin, mais qu'est-ce qu'il pouvait y faire ?

Au moins, il lui avait offert à manger.

Il aurait été difficile d'ignorer la beauté de Todd. Une peau pâle et crémeuse, des cheveux noir de jais et des sourcils volontaires. Il portait une légère barbe négligée, mais à quand remontait la dernière fois qu'il avait eu l'opportunité de se raser ? Et puis, ça lui allait étrangement bien. Il avait l'air trapu, mais c'était difficile à dire sous les vieilles fripes qu'il portait. Il avait une très belle bouche, large sur sa mâchoire, des lèvres charnues, bien dessinées. Des lèvres qui appelaient aux baisers. Et puis ces yeux... Des yeux de biche, immenses et mélancoliques.

Gabe lui avait descendu le sandwich de viande froide qu'il n'avait pas eu le temps de manger au déjeuner sans y réfléchir à deux fois, accompagné d'une tasse de café bien chaud. Mais le gamin s'était rapidement montré ingrat.

On se demande pourquoi... lui chuchota une petite voix intérieure. Il était effrayé. Il était frigorifié, il n'avait aucun endroit où aller, et par-dessus le marché un parfait inconnu le prenait pour un prostitué ? Gabe n'avait pas la moindre certitude que le gamin faisait le trottoir. C'était une conclusion hâtive, nourrie par des préjugés. Et Gabe ne faisait pas dans le préjugé.

Il en était venu à cette conclusion parce que... non. Il refusait d'y penser.

Subitement, il n'avait plus du tout envie de faire du sport. C'était une partie intégrante de son emploi du temps très strict, mais il se voyait mal grimper sur l'une de ses machines de sport à plus de trois mille dollars, alors qu'un gamin d'à peine une vingtaine d'années crevait la dalle dans le hall de son immeuble.

Une bonne douche chaude, voilà ce qu'il lui fallait. Pour oublier sa longue journée de travail et le froid glacial qui régnait dehors. Ça n'apaiserait pas sa conscience, mais il y verrait sans doute plus clair. Après ça, il serait plus en mesure de décider quoi faire de cette situation.

Il pouvait déjà entendre la voix de sa collègue Tracy dans sa tête : « Non. Non et non. Ça suffit l'accueil des sans-abri. Surtout un si jeune homme. Rappelle-toi ce qui s'est passé la dernière fois. »

Il était perdu dans ses pensées sous le jet de la douche, lorsqu'il entendit quelqu'un tambouriner avec insistance contre sa porte.

Exaspéré, il sortit de la salle de bains en enroulant à la hâte une serviette autour de sa taille, et en attrapant une autre pour ses cheveux. Il se pressa pour aller ouvrir avant que la personne derrière la porte ne la fasse sortir de ses gonds.

Autant dire qu'il ne s'attendait pas à trouver M. Martinez (un homme aussi haut que large), accompagné du jeune Todd, qui lui lança aussitôt un regard implorant. Gabe comprit immédiatement qu'il le suppliait de jouer le jeu, quel qu'il soit.

Le concierge tenait fermement le jeune homme par le bras, sans avoir l'air de se soucier de lui faire mal.

— Je suis désolé de vous déranger, monsieur Richards, mais j'ai trouvé ce gamin au rez-de-chaussée, et il prétend être votre petit ami.

Gabe était partagé entre la surprise et l'amusement.

— Vraiment ? demanda-t-il en haussant comiquement les sourcils.

À la surprise de Gabe, Todd dégagea son bras de l'emprise de l'énorme concierge d'un geste sec, et se blottit contre son torse encore humide, en frottant sa joue mal rasée sur un pectoral.

— Je suis désolé, Gabe. Je t'en supplie, laisse-moi revenir.

Gabe se fit violence pour ne pas éclater de rire. Ça ne devait pas être évident pour le jeune homme de se jeter dans les bras d'un grand gaillard gay à demi nu. Mais Gabe ne put s'empêcher d'en rajouter.

— Je ne sais pas trop… Tu n'as pas dit des choses très gentilles tout à l'heure.

Gabe se mordit les joues en voyant l'air désespéré de Todd. Ça n'était pas drôle, le gamin était probablement paniqué. Son but n'était pas d'envenimer la situation.

— J'ai dit que j'étais désolé, répéta Todd d'une voix suppliante.

Il n'en fallut pas davantage à Gabe pour prendre sa décision. Il allait aider ce gamin.

— Et bien… commença-t-il hésitant.

Il ne voulait pas non plus lui faciliter la tâche, il n'appréciait vraiment pas d'être traité de pédé.

— D'accord, dit-il finalement, avant de passer un bras autour du jeune homme et de l'embrasser.

Ce n'était pas un petit baiser pour jouer la comédie. Gabe y alla avec force et conviction. Pendant quelques secondes à peine, Todd se débattit, mais très vite il se rappela que M. Martinez les regardait, et il se laissa aller. Il entrouvrit même la bouche pour laisser l'accès à la langue de Gabe. Mon Dieu que ça lui avait manqué. Gabe n'avait pas embrassé quelqu'un de cette manière depuis tellement longtemps ! Son cœur se mit à battre la chamade, et il dut se faire violence pour s'arrêter et s'écarter de Todd. Il sentit son sexe se durcir sous sa serviette de main. Il y avait peu de chances pour que Todd ne le remarque pas.

— C'est bon ! Ça va comme ça ! s'exclama M. Martinez. À ce rythme-là, vous allez nous faire un petit dans le couloir, rentrez chez vous.

Le concierge s'en alla en riant.

— Ah, les querelles d'amoureux ! s'exclama-t-il en s'éloignant dans le couloir.

Une fois qu'il fut hors de vue, Gabe relâcha le jeune homme. Todd s'écarta, chancelant, et à bout de souffle.

— Eh ben ! On peut dire que tu sais profiter d'une situation.

Gabe se sentit rougir. Il avait peut-être été un peu trop loin.

— Excuse-moi, je…

Puis en baissant le regard, il remarqua qu'il n'était pas le seul à être en état d'excitation. Todd était visiblement à l'étroit dans son pantalon. *Tiens, tiens, tiens, voilà qui est intéressant.*

— Je suis désolé. Je n'aurais pas dû faire ça. Mais ça t'apprendra à traiter les gens de pédé.

Il ouvrit grand la porte, et lorsqu'il remarqua que Todd n'entrait pas, il demanda :

— Est-ce que tu veux rentrer, ou est-ce que tu préfères rester planté là ?

Todd déglutit, jeta un dernier regard dans le couloir, puis hocha nerveusement la tête. Gabe s'effaça pour le laisser entrer. Une fois à l'intérieur, Todd laissa échapper un sifflement admiratif.

— Sympa, l'appart.

— Merci, répondit simplement Gabe. Tu n'as qu'à t'asseoir et te mettre à l'aise, je vais aller m'habiller. Je suis un peu sorti de la douche en catastrophe.

En se dirigeant vers sa chambre, Gabe sentit le poids du regard de Todd le suivre jusqu'à ce qu'il soit hors de vue, ce qui n'aida absolument pas l'état d'urgence qui s'était déclaré sous sa serviette. Est-ce que le gamin était conscient de ce qu'il faisait ?

Gabe se sécha rapidement, enfila un bas de jogging et son tee-shirt « TROBOPR1HTRO », fit l'impasse sur les chaussettes, et retourna dans le salon. Todd était toujours debout, à l'endroit exact où il l'avait laissé. Il regardait autour de lui, les yeux écarquillés, comme s'il n'avait jamais rien vu de pareil.

C'était d'ailleurs peut-être le cas. Gabe était conscient de vivre confortablement. Il aimait les beaux meubles, et il aimait la qualité. Il avait opté pour une décoration sobre et intemporelle. Trois des murs de la pièce étaient peints en gris clair, et le dernier mur d'une couleur beaucoup plus sombre, offrant un contraste saisissant contre lequel se fondaient un canapé en cuir et deux gigantesques fauteuils de la même couleur. La table basse

15

était laquée en noir, comme la console dans l'entrée, et comme le buffet sur le mur d'en face. Une œuvre d'art de style industriel était suspendue au-dessus, un enchevêtrement de rouages et de pièces de métal, comme une horloge éclatée. Les lampes étaient dans le même style. Sur le mur du fond trônait une splendide cheminée d'origine, en marbre noir et blanc, au-dessus de laquelle était accroché un tableau impressionniste. Gabe en était tombé amoureux au premier regard. Il lui rappelait le « Boulevard des Capucines » de Monet, une peinture qui l'avait profondément marqué dans son enfance. Lorsqu'il avait appris que l'artiste était un habitant gay du coin, il s'était dit que c'était le destin, et il l'avait aussitôt acheté.

Et puis, il y avait sa gigantesque télévision en 160 cm. Pourquoi s'en priver ? Quitte à regarder la télévision, autant profiter pleinement de l'expérience, non ? Les tapis, les rideaux et les abat-jour servaient de notes de couleurs harmonieuses, tour à tour rouge ou bien crème, ils réchauffaient un peu l'ambiance sévère du reste de la pièce. C'était à n'en pas douter, un intérieur masculin. Gabe avait même fait refaire le parquet. Mais ce n'était qu'une location, et il n'avait absolument pas l'intention de passer sa vie ici.

— Assieds-toi, dit-il, et le gamin sursauta en se tournant précipitamment vers lui.

Il avait l'air tellement à cran, Gabe aurait presque eu pitié de lui.

— Est-ce que tout va bien ? demanda-t-il gentiment.

Todd le fixa sans rien dire de ses grands yeux bruns et tristes, puis il hocha lentement la tête en passant une main dans ses cheveux emmêlés. Il poussa un long soupir.

— Donne-moi ton manteau, proposa Gabe en tendant vers lui une main. Assieds-toi quelque part, essaye de te détendre.

Todd retira son manteau, le lui donna, mais il sursauta lorsque ses doigts effleurèrent ceux de Gabe. Il semblait constamment sur ses gardes.

— Tu veux boire quelque chose ? Un soda ? Une bière ? Un verre de vin ?

— Je n'ai que vingt ans, lui fit remarquer Todd en prenant place sur un bout du canapé, le plus loin possible de Gabe.

— Je ne dirai rien à personne, c'est promis, plaisanta Gabe en lui souriant.

Il regretta presque aussitôt ses mots. C'était exactement le genre de phrase qui lui avait fait perdre le contrôle de la situation la dernière fois.

Todd dut lire l'hésitation dans son regard, car il sourit à son tour et répondit.

— La même chose que toi, ça ira très bien.

— J'ai une bonne bouteille de vin que je gardais pour une occasion spéciale, pourquoi pas maintenant ?

Todd redevint sérieux, et hocha imperceptiblement la tête.

En allant accrocher son manteau dans le couloir, Gabe fut surpris par le poids du vêtement. Pas de rembourrage en plumes, pas de doublure, le gamin avait dû mourir de froid avec seulement ça sur le dos. Il se rendit ensuite dans la cuisine, une autre pièce qu'il avait entièrement refaite lui-même, au grand désespoir de Tracy, qui ne comprenait pas pourquoi il se donnait autant de mal pour une simple location.

— *Tu payes déjà un loyer ! Pourquoi dépenser encore davantage d'argent pour retaper un appartement qui ne t'appartient pas ?*

— *Je vis ici, Tracy. J'ai bien l'intention de m'y sentir à l'aise.*

— *Je ne comprends pas pourquoi tu n'achètes pas tout simplement une maison.*

Tracy était une grande brune plantureuse, pourvue d'une garde-robe essentiellement dans les tons rouges. Elle appelait ça sa « couleur pouvoir ». Une chose était certaine, ça attirait immanquablement l'attention de ses clients comme de ses collègues, gays ou non.

— *Pourquoi ne trouves-tu pas une jolie petite maison à Hyde Park, ou à Brookside ? Tu pourras y faire tous les travaux que tu veux. Au moins, ce sera un investissement à long terme, pas de l'argent perdu.*

— *Je n'ai pas perdu d'argent, je me suis arrangé avec le propriétaire pour ne pas payer mes premiers loyers en échange de tous ces travaux.*

— *Quelque chose me dit que ce n'était pas équitable.*

— *Là n'est pas la question. J'aime cet endroit, j'aime que la majorité de mes voisins soient gays eux aussi, et pour être honnête, ça me rend fier de penser à la tête que fera le prochain locataire en voyant l'état de cet appartement.*

— *Le prochain locataire va déféquer une pendule en voyant cet appartement. J'espère au moins que ce ne sera pas une lesbienne incapable d'apprécier ton sens de la décoration.*

— *Tracy, s'il te plaît...*

— *Je vois d'ici la tête que ferait un jeune gay qui loue son premier appartement en voyant cet endroit ! Il aura l'impression d'être au paradis, ce sera Noël. Même s'il loue en juillet.*

Gabe sourit en repensant à cette conversation. Il n'était pas encore sûr d'avoir vraiment déterminé la sexualité de Todd. Malgré ses remarques déplacées, il doutait que le jeune homme lui-même le sache. Dans tous les cas, il avait semblé enchanté par l'appartement. Est-ce qu'un jeune homme hétéro aurait réagi pareil ? Todd se comportait comme Alice au Pays des Merveilles. C'était adorable. Gabe attrapa la bouteille de Schwartzbeeren qu'il avait mise de côté, et fronça les sourcils. C'était peut-être un peu trop sucré, peut-être qu'un merlot serait un choix plus judicieux. Ou est-ce que c'était trop sec pour le jeune homme ? Il s'apprêtait à demander, lorsqu'il se souvint de son adolescence à la campagne, et des après-midi à s'enivrer avec le vin fait maison de la ferme d'à côté. Quelque chose lui disait que Todd préférerait sans doute un vin sucré.

Il ouvrit la bouteille, servit deux verres, et retourna dans le salon. Lorsque le jeune homme attrapa son verre, Gabe remarqua que sa main tremblait. Était-ce la peur ? Ou bien quelque chose de pire ? Gabe espérait sincèrement que le gamin n'était pas un junkie, il n'en avait pas vraiment le profil. Si ce n'était que nerveux, Gabe pouvait au moins essayer de le mettre à l'aise.

— Un peu de musique ?

Todd déglutit péniblement.

— Comme tu veux, répondit-il d'une voix tendue.

Gabe réprima un soupir et se tourna vers la chaîne hi-fi pour l'allumer. Il était sur une station de radio de jazz, il jugea que c'était sans doute le meilleur choix pour calmer l'ambiance. Puis il s'assit sur le canapé à côté de Todd, et le jeune homme se crispa.

C'est alors que Gabe comprit. Le gamin croyait qu'il allait passer à la casserole.

— Todd, appela-t-il doucement. Bois ton verre et essaye de te détendre un peu. Je vais te préparer le canapé pour la nuit, si tu veux.

— Le canapé ? répéta Todd en écarquillant les yeux.

— Je n'ai pas de chambre d'amis malheureusement, je n'ai rien de mieux à te proposer. Je vais te donner plusieurs couvertures, il est très confortable, tu verras.

— Je… Je ne comprends pas. Je vais dormir ici ?

L'espace d'un instant, Gabe crut que le jeune homme allait se mettre à pleurer.

— Tu peux dormir avec moi si tu veux, c'est un très grand lit, il y a largement la place. Mais j'ai pensé que tu n'aimerais pas partager un lit avec un « pédé ».

Todd fronça les sourcils, comme s'il ne comprenait pas la situation.

— Je n'ai pas… Je… Je suis désolé d'avoir dit ça.

— C'est bon pour cette fois, ne t'inquiète pas. Tu peux te détendre, je n'ai pas l'intention de te payer pour tes services. Tu m'as très bien fait comprendre que tu n'étais pas à vendre, dit-il avec un sourire rassurant.

Le visage de Todd se tordit dans une nouvelle grimace d'incompréhension.

— Mais je croyais que tu m'avais laissé entrer parce que…

— Je n'ai pas pour habitude de forcer les gens. Encore moins quelqu'un dans le besoin. Excuse-moi pour tout à l'heure, j'ai cru que…

— Que je faisais le tapin, l'interrompit amèrement Todd.

Gabe sentit son cœur se serrer.

— Je suis sincèrement désolé, Todd, j'ai mal agi. Pour me faire pardonner, je t'offre un abri pour la nuit, le temps de te reposer et de rassembler tes esprits. Rien de plus, c'est promis.

À ces mots, le jeune homme se détendit visiblement. Ses épaules retombèrent et sa posture tout entière se relâcha. Il esquissa un sourire, mais il avait toujours l'air au bord des larmes. Qu'est-ce qu'il avait bien pu se passer dans la vie de ce gamin ?

Il prit une gorgée hésitante de son verre de vin, et offrit à Gabe un sourire franc.

— C'est bon ! s'exclama-t-il surpris.

— Tu aimes ? demanda Gabe en sirotant son verre.

— Beaucoup.

— Alors, trinquons à une bonne nuit au chaud, proposa Gabe en levant son verre.

Todd acquiesça et cogna légèrement son verre contre le sien pour trinquer. Il avait l'air encore un peu perdu, un peu hésitant, alors Gabe entreprit de lui changer les idées.

— D'où viens-tu, Todd ? demanda-t-il gentiment.

— De Buckman.

Gabe plissa les yeux en cherchant s'il connaissait l'endroit.

— C'est une toute petite ville à quelques heures de route, ajouta Todd. J'y ai vécu toute ma vie.

— Comment as-tu atterri à Kansas City ?

— J'en avais assez de ma petite vie étriquée, je voulais grandir, découvrir de nouvelles choses. Alors j'ai économisé, et je suis parti.

— Qu'est-ce qui ne te plaisait pas à Buckman ?

— Par où commencer ? demanda Todd avec un reniflement ironique. C'est loin de tout, et il ne s'y passe jamais rien.

Le jeune homme tourna la tête vers les immenses baies vitrées qui donnaient sur le balcon. Dehors, la neige tombait toujours aussi violemment. Gabe observa son profil tourmenté. Il était évident que le gamin hésitait à trop en dire. Lorsqu'il se tourna de nouveau vers lui, Gabe lui offrit un hochement de tête encourageant.

— Je suis parti parce que je ne supportais plus mes parents, dit-il finalement. Ma mère… Elle… Je suis parti parce que mon beau-père est alcoolique et qu'il… Il…

Todd s'interrompit, prit une respiration tremblante, et reprit.

— J'ai cru que ce serait facile de venir ici et de trouver du travail. Mais je me suis vite rendu compte que je m'étais trompé. C'est presque impossible de trouver un emploi qui me permettrait de payer mes factures et de suivre des cours à côté. Je voulais entrer en école de cuisine, expliqua-t-il.

— Tu aimes la cuisine alors, remarqua Gabe surpris.

— C'était une idée ridicule, un rêve de gosse. Et quand toutes mes économies se sont évaporées, je me suis retrouvé à la rue.

Il essuya les larmes qui coulaient sur ses joues avec un geste de rage.

— Mon père me battait, dit Gabe en posant une main réconfortante (du moins, il l'espérait) sur le genou du jeune homme. Et puis j'ai grandi, et j'ai commencé à lui rendre ses coups. Après ça, il n'a plus jamais levé la main sur moi.

— Je ne peux pas vraiment frapper ma mère, lui fit remarquer Todd sur un ton sarcastique. Et mon beau-père me briserait en deux d'une pichenette.

En disant ces mots, sa mâchoire se contracta de colère. Il luttait pour ne pas laisser couler ses larmes.

— Ce n'est pas une mauvaise chose de pleurer, tu sais, offrit Gabe en serrant gentiment son genou entre ses doigts.

— Je ne pleure pas ! s'exclama Todd.

Et c'est ainsi que s'ouvrirent les vannes. Un véritable torrent de larmes. Gabe se rapprocha et passa un bras autour de ses épaules, ce qui ne fit qu'accentuer les sanglots du gamin.

— Tout va bien, murmura Gabe en lui frottant le dos. Pleure un bon coup, ça ira mieux.

Il se sentait impuissant devant l'immense chagrin de Todd, il ne savait pas quoi faire. Il se rapprocha encore un peu plus, lentement, pour ne pas effrayer le gamin et pour lui laisser une chance de s'écarter s'il était mal à l'aise, et le serra contre lui. Après une seconde d'hésitation, Todd se laissa complètement aller dans l'étreinte. Toute la tension de son corps s'évanouit, et il se fondit entre les bras de Gabe en s'abandonnant au chagrin. Il passa ses bras autour de la taille de Gabe et ses sanglots s'intensifièrent. Il pleurait si fort que son corps était secoué de convulsions incontrôlables.

Gabe le berça en silence, et le laissa pleurer toutes les larmes de son corps. Il ne pouvait rien faire d'autre.

III

À sa grande horreur, Todd se mit à pleurer comme un bébé. Toute la peine et toute la souffrance qu'il refoulait depuis des années se mirent à sortir. Toutes ses frustrations, tous ses espoirs avortés, comme un torrent de lave inévitable…

Il pleurait pour la cruauté de ses parents, pour son véritable père qu'il n'avait pas connu, pour Joan, pour les lacunes de leur relation, pour sa trahison et pour sa propre indifférence. Qu'importe qu'elle l'ait trompé et avec qui ? Il pleurait ses désillusions, ses rêves qui ne se réaliseraient jamais. Il pleurait sa différence, son incapacité à s'intégrer, où qu'il aille. Il pleura jusqu'à ce qu'il ne lui reste plus de larmes.

Et pas à un seul moment, Gabe avait desserré son étreinte. Gabe, le pédé, le genre d'hommes contre lesquels sa mère l'avait mis en garde, la pire engeance qui soit. C'était Gabe qui le tenait dans ses bras. Pas sa mère.

L'étreinte de Gabe était incroyable. Todd se sentait tellement en sécurité dans ses bras musclés, et sa présence était étrangement apaisante. Sans compter que ses gigantesques pectoraux faisaient de parfaits oreillers dans lesquels enfouir son visage.

Est-ce qu'on ressentait ça dans les bras d'un père ? Todd n'aurait pas su le dire. Il n'avait aucun point de comparaison. Il avait une photo de lui en couche dans les bras de son père biologique, mais il ne se souvenait pas de ce jour, il n'était encore qu'un bébé. L'homme sur la photo souriait, mais il était mort, peu de temps après qu'elle avait été prise. Et six mois plus tard, sa traînée de mère était fiancée à un autre homme, un homme qui n'avait jamais offert un sourire à Todd. Sauf lorsqu'il lui faisait du mal.

Et voilà qu'il était blotti dans les bras d'un parfait inconnu qui lui avait souri avec plus de sincérité que n'importe qui dans sa vie.

La partie logique du cerveau de Todd savait que sa mère l'avait déjà étreint, il existait également de très vieilles photos pour le prouver. Il lui semblait même se souvenir d'une fois où il était tombé de son tricycle, et sa mère avait embrassé son genou blessé, mais c'était un souvenir vague et très lointain.

Todd se demandait parfois ce que serait sa vie si son père n'était pas mort. Que se serait-il passé si cet homme souriant de la photo l'avait élevé ? Est-ce que tout aurait été différent ? Est-ce que cet homme l'aurait serré dans ses bras ? Peut-être pas tous les jours, mais quand Todd en aurait eu besoin…

En se mettant avec Joan, c'était l'une des premières choses auxquelles il avait pensé. Il avait hâte de découvrir le quotidien et l'intimité qui existe dans un couple. Tous ses amis lui avaient dit que ça allait être génial, qu'il pourrait lui peloter les seins. Mais ça n'avait pas été si génial que ça. Chaque fois qu'ils avaient un contact physique, Todd se sentait mal à l'aise, même s'il ne savait pas pourquoi.

Mais maintenant ? Dans les bras de Gabe ? Il se sentait mieux que jamais.

Il ne s'était jamais senti aussi bien de toute sa vie, et il ne connaissait même pas le nom complet de son sauveteur. Est-ce que le gros concierge ne l'avait pas appelé par son nom de famille ? Todd ne parvenait pas à se souvenir. Il n'arrivait pas à se concentrer sur quoi que ce soit d'autre que la sensation délicieuse des bras de Gabe. Les larmes se firent de plus en plus rares, et Todd avait la sensation qu'un poids immense venait d'être ôté de ses épaules. Il se blottit davantage contre Gabe, émerveillé par la facilité avec laquelle leurs deux corps s'emboîtaient harmonieusement, comme deux pièces d'un puzzle, malgré leurs silhouettes diamétralement différentes.

C'est alors qu'il réalisa que son corps était en train de le trahir. Il avait une érection. Paniqué, il ne savait pas quoi faire. Il ne comprenait pas pourquoi il avait une réaction sexuelle dans les bras d'un homme, au beau milieu d'un moment comme celui-ci !

Ça ne serait pas la première fois de la soirée… lui souffla son cerveau.

Et c'était vrai. Lorsque Gabe l'avait embrassé devant sa porte, il avait eu une érection aussi.

Non, non, non ! Je ne suis pas gay ! paniqua Todd. Il ne pouvait pas être excité par un autre homme !

« *Tu es gay ou quoi ?* » résonna la voix de sa mère.

Todd s'écarta brusquement, et son bras effleura l'entrejambe de Gabe. Il avait une érection aussi !

— Non ! s'écria Todd en se levant à toute vitesse.

— Todd, je suis désolé.

Je ne suis pas gay, je ne suis pas gay ! se répéta inlassablement Todd.

Il tremblait comme une feuille. Il aperçut son verre, posé sur la table basse (il ne se souvenait même pas de l'avoir posé), l'attrapa, et le descendit d'un trait. Il baissa les yeux vers son verre vide, les releva vers Gabe, et se précipita dans la cuisine en lançant d'une voix paniquée :

— Je vais me resservir.

Il avait dix ans. C'était la fête des Mères. Il venait de faire cuire une pile entière de pancakes aux pépites de chocolat blanc. Avec de la sauce au chocolat, il avait dessiné des pétales de fleurs tout autour de l'assiette, puis il l'avait posée sur un plateau et avait ajouté quelques fleurs du jardin pour faire joli. Tout ce qu'il avait espéré c'était un sourire. Un « merci, mon cœur ».

— Mais qu'est-ce que c'est que ce cirque, Todd ? avait hurlé son beau-père en regardant le plateau avec un air de dégoût.

— Des pancakes ? avait-il répondu d'une toute petite voix.

— Un garçon ne prépare pas des pancakes en forme de fleur !

— C'est pour maman...

— Je n'en ai rien à faire ! Tu es pédé ou quoi ?

Il n'avait pas apporté le plateau à sa mère. Il avait jeté les pancakes à la poubelle, puis il en avait refait une nouvelle pile. Des pancakes nature. Sans pépites de chocolat blanc. Sans pétales en chocolat.

Todd redressa la tête et aperçut Gabe qui se tenait juste devant lui, la bouteille de vin à la main. Il ne l'avait même pas entendu entrer dans la pièce.

— Je te ressers ?

Todd le vit tirer sur son tee-shirt dans une tentative ridicule de cacher l'érection évidente qui tendait son pantalon de jogging.

Mon Dieu, elle a l'air énorme, songea Todd malgré lui.

Non. Ne regarde pas ! Ne regarde pas ! Je ne suis pas gay. Je n'ai pas besoin de ça en plus. Ce n'est pas juste !

Todd tendit son verre en évitant soigneusement de regarder vers le bas. Gabe remplit son verre. Le vin était d'un rouge profond, presque pourpre.

Todd descendit le second verre à la même vitesse que le premier, puis cessa de respirer en réalisant ce qu'il venait de faire. Il était en train de boire un grand vin comme du jus de raisin.

— Je suis désolé, bredouilla-t-il.

— Non, c'est moi qui suis désolé.

24

Todd leva les yeux vers son (très) séduisant sauveteur, et lut l'angoisse dans son (magnifique) regard bleu. Pourquoi Gabe était-il désolé ?

— Ton vin, insista Todd.

— Mon vin ?

— Je suis désolé de siffler ton vin comme ça.

— Voyons Todd, ce n'est que du vin. Je peux toujours en racheter.

— Tu ne bois pas ? lui fit remarquer le jeune homme en désignant le verre plein de Gabe.

Pour une raison étrange, il faillit se remettre à pleurer, mais il n'en avait plus la force.

Ils retournèrent dans le salon, et cette fois-ci, Gabe prit place dans l'un des deux fauteuils. Il avala une petite gorgée de vin, et se laissa aller contre le dossier du fauteuil en fermant les yeux.

Todd plongea le nez dans son propre verre, et but une gorgée beaucoup plus digne, beaucoup plus mesurée, du peu de liquide qu'il lui restait. Il ferma lui aussi les yeux pour essayer de savourer cette fois. C'était sucré. C'était à peu près tout ce qu'il pouvait dire. Il ouvrit timidement un œil pour guetter Gabe qui n'avait pas bougé, et prit une autre gorgée prudente. À sa grande surprise, il découvrit autre chose. Il n'avait pas remarqué jusqu'ici, parce que le goût du vin était si fort, mais il connaissait cette saveur. C'était du vin de mûres. Il n'arrivait pas à croire qu'il ne l'avait pas senti tout de suite. Il se mit à imaginer ce qui se passerait si on le réchauffait et qu'on le versait sur de la crème glacée. Est-ce que ça se mélangerait bien ?

— Tu veux quelque chose de plus fort ? Un whisky ?

— Non merci, je n'aime pas ça, répondit Todd en rouvrant les yeux. Je me demandais simplement quel goût ça aurait avec de la glace.

— J'adore mélanger les deux, répondit Gabe avec un grand sourire.

— Vraiment ? s'étonna Todd.

— Je t'en aurais bien proposé, mais je n'en ai pas. On peut toujours le verser sur de la neige ?

— Je crois que j'ai eu ma dose de neige, répondit Todd en frissonnant.

— Je plaisantais, ne t'inquiète pas, lui sourit Gabe.

Ils restèrent assis en silence pendant un long moment, puis Gabe proposa :

— Tu veux regarder un film ?

Todd tourna la tête vers le gigantesque écran, et se demanda ce que ça faisait de pouvoir l'allumer n'importe quand et de pouvoir regarder ce qu'on voulait sur un appareil de cette taille et de cette qualité. Puis il regarda de nouveau en direction des baies vitrées. Le balcon était couvert de neige. Et dès le lendemain matin, il lui faudrait retourner faire face à toute cette neige. À quoi bon goûter au luxe d'une vie qu'il ne connaîtrait jamais ?

— Ce n'est pas une bonne idée, répondit-il simplement.

Il y eut un autre long silence, et Todd sentit le malaise s'installer entre eux. Qu'est-ce qu'il devait dire ? Est-ce qu'il devait dire quelque chose ?

— Todd, je sais que tu as l'impression que c'est la fin du monde, mais crois-en mon expérience, les choses vont s'améliorer.

— Bien sûr, répondit cyniquement le jeune homme.

— Une bonne nuit de sommeil, et déjà demain matin ça ira mieux.

— Ça ira mieux demain matin ? s'emporta Todd. Comment est-ce que ça pourrait aller mieux ? Hein ? Dis-moi ?

Gabe ne sut d'abord pas quoi lui répondre. Que pouvait-il bien dire ? « La nuit porte conseil » ? « Demain est un autre jour » ? Ou une platitude dans le genre ?

— L'enfoiré qui m'a mis à la porte ? reprit Todd. Il a gardé toutes mes affaires, *toutes* ! Il ne veut même pas me laisser récupérer mes vêtements !

— Mon Dieu, souffla Gabe.

— Il a mon ordinateur portable ! Toute ma vie est sur cet ordinateur. Tout le reste, ça se remplace, mais j'avais tout sur cet ordinateur. Ma musique, mes photos, et surtout mes recettes !

— J'imagine qu'il est hors de question que tu rentres chez tes parents ?

— C'est absolument hors de question. Je ne peux pas. Je refuse. Et je t'arrête tout de suite, ce n'est pas de la fierté. Ma mère et mon beau-père ont été très clairs quand je suis parti. Ils m'ont dit que si je franchissais leur porte, ils ne voulaient plus jamais me revoir. Tu y crois toi ? J'ai vingt ans, c'est normal de vouloir partir vivre ma vie ! Tous les gens que je connais étaient déjà partis à l'âge de dix-huit ans, la plupart des gens avec lesquels j'allais à l'école ont une maison, et des enfants.

Todd détourna le regard.

— Mais mon beau-père dit que la cuisine est un truc de pédé. Il a dit que si je partais à Kansas City, je finirais sur le trottoir en moins de deux, et qu'il ne voulait pas d'un prostitué sous son toit. *Son* toit ? C'est la maison de ma mère !

Todd prit une inspiration tremblante pour essayer de se calmer.

— Je suis parti quand même. Je ne pouvais plus vivre avec cet homme. Et il était hors de question que j'emménage avec Joan.

Surtout après ce qu'elle lui avait fait.

— Joan ?

— Ma petite amie, précisa-t-il avec un rire sans joie. Soi-disant…

Jusqu'à ce que tout vole en éclats. Jusqu'à ce qu'il décide enfin de grandir, qu'il prenne la décision de partir et qu'elle…

— Tu es venu à Kansas City pour apprendre à cuisiner ?

— Je sais *déjà* cuisiner, répondit Todd en haussant un sourcil. Peut-être que je n'ai travaillé que chez Pizza Hut et McDonald's, mais je sais cuisiner. Ce qui me manque, ce sont les diplômes. Je voulais apprendre avec Izar Goya, c'était mon plus grand rêve, mais elle m'a jeté de son restaurant.

— La Chef du restaurant Izar's Jatetxea ?

— Tu la connais ? demanda Todd, surpris.

— Bien sûr, mais je ne savais pas qu'elle donnait des cours.

— Elle n'en donne pas. Du moins pas vraiment. Elle a une émission, et j'essaye souvent de suivre ses conseils et de refaire ses recettes. Parfois, ça marche et parfois…

« Mais qu'est-ce que c'est que ça ? Tu ne peux pas préparer un burger normal, comme tout le monde ? »

— Ça ne marche pas. Mais je ne peux pas apprendre à travers un écran de télévision. Je ne peux pas sentir ni goûter les aliments, j'ai besoin d'un mentor. J'ai cru que je pourrais la convaincre, mais je n'ai même pas eu le temps de lui expliquer qu'elle m'avait déjà mis dehors.

Gabe soupira en secouant la tête.

— Je n'avais plus qu'une seule solution. J'ai commencé à regarder les programmes des écoles de cuisine de la région, mais j'ai vite réalisé que je n'avais pas le quart des économies nécessaires pour intégrer ce genre d'écoles. J'ai fini par en trouver une qui proposait de financer les études des gens qui n'ont pas les moyens, mais les candidatures sont tellement nombreuses qu'il y a plus d'un an d'attente. Et avec mon loyer, j'ai brûlé le peu d'économies que j'avais en un rien de temps.

— Tu n'as pas réussi à trouver un job dans la restauration rapide ? Tu as mentionné McDonald's tout à l'heure, je croyais que les fast-foods recherchaient toujours à recruter.

Todd fronça le nez.

— Je me suis fait virer. Parce que je suis arrivé en retard. Une seule fois. Ma camionnette m'a lâché. C'était un vieux tas de ferraille, mais elle était à moi.

Il s'interrompit, leva de nouveau les yeux vers Gabe, et se retrouva perdu dans son regard bleu. Il sentit son cœur s'accélérer, et tenta de changer de sujet.

— Qu'est-ce que tu as comme voiture ?

Gabe ouvrit la bouche pour répondre, mais aucune réponse ne sortit. Il haussa les épaules.

— Tu ne connais pas la marque de ta voiture ?

— Une Saturn Sky, capitula-t-il en soupirant.

— Une Saturn Sky ? répéta Todd. Je ne connais pas.

— Ce n'est pas une marque très connue, ce n'est qu'une petite voiture de sport.

— Est-ce qu'elle est sexy ? demanda Todd sans réfléchir.

Il rougit aussitôt. Qu'est-ce qu'il lui avait pris de poser une question pareille ? Pourquoi est-ce qu'il ne réfléchissait jamais avant de parler ?

— J'imagine, répondit Gabe, évasif. Où est ta camionnette maintenant ?

Le visage de Todd s'assombrit.

— Je ne l'ai plus. Elle était déjà en fin de vie, le voyage jusqu'à Kansas City l'a achevée. Un matin, elle n'a pas voulu démarrer. J'ai demandé au garagiste le plus proche d'y jeter un œil, et il m'a simplement dit que ça me coûterait moins cher d'acheter un nouveau tas de boue, que de la faire réparer.

— Et alors ? C'est toi qui décides, fais-la réparer quand même.

— Je n'ai pas eu le temps. Le concierge de l'immeuble a appelé la fourrière en prétextant que c'était un véhicule abandonné. Ils l'ont emportée, et chaque jour qu'elle passe là-bas ajoute vingt dollars au prix d'enlèvement. Déjà, que je ne pouvais pas me permettre les vingt dollars du premier jour, autant dire que maintenant, ce n'est même plus la peine d'y penser. Je passais la voir tous les jours, et puis un matin, elle n'était plus à sa place. Ils ont dû l'envoyer à la casse.

Todd soupira et laissa échapper un petit rire désespéré.

— Un jour, on se reverra. C'est là où je vais finir moi aussi, à la casse.

— Todd, tu ne finiras pas à la casse.

— Où veux-tu que je finisse alors ?

— Après tout ce que tu m'as raconté, je pense que n'importe quel endroit sera toujours mieux que là d'où tu viens.

— Tu marques un point. Le quartier de La Colombe n'est pas le plus recommandable.

— Je ne sais même pas où c'est.

— Dans le centre-ville. Je vivais à côté du club de strip-tease de la Jarretière Carmine.

— Oh, autant pour moi, rit Gabe, je vois très bien où c'est. Cet endroit est un taudis, je ne savais même pas qu'il y avait des appartements dans ces immeubles.

— Infestés de cafards. Mais au moins, c'était un chez moi.

Gabe resta muet un long moment.

— Je ne sais vraiment pas quoi te dire, Todd. Je voudrais que tu me croies quand je te dis que ça va s'arranger. Je suis désolé que ton rêve de devenir cuisinier n'ait pas fonctionné, mais tu ne peux pas baisser les bras à cause d'un échec. Parfois, il faut savoir persévérer.

Todd secoua la tête.

— Ne dis pas non sans y penser. Qu'est-ce que tu as à perdre ?

Todd s'apprêtait à lui servir une réponse cinglante, mais il se ravisa.

Il prit le temps d'y penser. Il n'avait pas de travail, pas d'argent, pas de maison. Gabe avait raison, il n'avait littéralement *rien* à perdre.

— Quand on a touché le fond, on ne peut que remonter, offrit Gabe.

— Tu as sans doute raison, soupira Todd.

Gabe lui tapota le genou.

— Qu'est-ce que je suis censé faire maintenant ?

— Et bien, pour commencer, tu vas passer une bonne nuit de sommeil. Et on avisera demain. Chaque chose en son temps. Qui sait ce qui t'attend au prochain tournant ?

— Un panneau « voie sans issue » ?

— Peut-être. Peut-être pas.

Todd croisa son regard et se trouva de nouveau perdu dans le bleu de ses yeux. Ses yeux clairs et pétillants. Il avait de si beaux yeux... Et ce bleu...

Il détourna brusquement le regard. Mais à quoi pensait-il ? Pourquoi est-ce qu'il avait des papillons dans le ventre ?

— Ça me rappelle la fois où je suis rentré de chez moi dans l'Arkansas...

— L'Arkansas ? Tu viens de l'Arkansas ?

Gabe secoua la tête en haussant un sourcil.

— Non, ma mère est partie vivre chez sa sœur après avoir divorcé. J'étais allé leur rendre visite. Je peux finir mon histoire ? demanda-t-il, amusé.

Todd hocha la tête.

— Je revenais de chez elles, j'étais seul sur une petite route de campagne, et il y avait un vent incroyable. J'ai pris un virage serré, et j'ai aperçu un OVNI.

Todd éclata de rire.

— Un OVNI ?

Gabe se moquait de lui ! Il scruta son regard bleu à la recherche d'un indice. Grossière erreur, il semblait incapable de le regarder en face sans perdre ses moyens. Il se détourna rapidement. Pour la première fois de sa vie il comprenait l'expression « avoir des yeux revolver ». Les yeux de Gabe étaient un véritable danger public.

— Non, je sais, ça a l'air dingue. Mais je suis sûr de ce que j'ai vu. C'était une énorme masse noire, avec des angles étranges. Elle était beaucoup trop massive, elle n'aurait jamais dû être capable de flotter comme ça dans les airs sans aucun bruit. J'ai à peine eu le temps de l'observer, qu'elle a disparu en un clin d'œil ! raconta Gabe en claquant les doigts. Elle a disparu derrière les arbres.

Todd s'autorisa un regard prudent dans sa direction. Il ne pouvait pas décemment tenir une conversation en fixant ses chaussures.

— Tu avais fumé la moquette ?

— Daniel, c'était mon petit ami de l'époque, soutient que je devais être complètement stone. Mais je n'ai jamais fumé un seul joint de toute ma vie !

Évidemment, Monsieur Parfait ne fumait pas.

— Dans ce cas, tu es juste cinglé.

— Peut-être. Tout ça pour te dire qu'il n'y a encore pas si longtemps, pour moi non plus la vie n'était pas toujours rose.

Todd regarda lentement autour de lui, en arrêtant son regard sur chaque meuble, chaque objet de déco design. Il avait du mal à y croire.

— Et puis, de fil en aiguille, j'ai sorti la tête de l'eau, et je suis arrivé là où j'en suis aujourd'hui.

— Tu as tout ce dont tu as toujours rêvé, compléta Todd.

— Non, pas tout, mais un jour, j'espère.

Gabe avait tellement de confiance en lui. Il avait toutes les raisons du monde d'avoir confiance en lui. Il avait un appartement magnifique (dans un immeuble un peu moins magnifique), il devait probablement avoir une très bonne situation professionnelle. Il était taillé comme un dieu, et il était incroyablement séduisant. De quoi d'autres pouvait-il bien avoir besoin ?

— Un animal de compagnie, dit-il à voix haute.

— Pardon ?

— Un chat, ou un chien. C'est ça qu'il te manque.

Gabe n'avait pas l'air convaincu.

— Je ne suis pas souvent à la maison, ça ne serait pas juste de prendre un animal dans ces conditions.

— Comment ça, tu n'es pas souvent à la maison ? Où est-ce que tu passes ton temps ? Tu écumes les bars pour séduire tous les hommes de la ville, les gays et les hétéros ?

Gabe éclata de rire à son tour.

— Seulement les hétéros très mignons.

Il fallut une bonne dizaine de secondes à Todd pour comprendre qu'il faisait référence à lui. Puis il rougit furieusement. Il avait passé sa soirée à rougir.

— Non, je passe la plupart de mon temps au travail. Mon amie Tracy dit que je travaille trop, mais le travail c'est toute ma vie. Ce n'est pas comme si j'avais une raison de vouloir rentrer.

— Il te faut un chat alors, conclut Todd. Ils sont plus indépendants. Tu n'as pas à les emmener promener et tu peux rentrer aussi tard que tu veux. Du moment qu'ils ont à manger et de l'eau fraîche, ils se débrouillent plutôt bien.

— Je préférerais savoir qu'on m'attend, répondit Gabe en accrochant délibérément le regard de Todd.

Il sembla au jeune homme que le bleu de ses yeux s'était assombri.

— J'adore les chats, expliqua Todd. C'était la seule chose que mon beau-père m'accordait. Je n'ai pas pu emmener Leia avec moi, j'avais peur de ne pas pouvoir m'occuper d'elle comme il fallait. Je regrette maintenant.

— Ton beau-père ne lui ferait pas de mal ?

Je n'espère pas, songea Todd, rongé par l'inquiétude.

— Il n'en a rien à faire. Au pire, il la mettra dehors. Elle risquerait de se faire renverser par une voiture…

Il déglutit et tourna les yeux vers la fenêtre.

— Ils ne m'ont même pas appelé pour Noël. Ma famille. Je n'ai pas de téléphone portable, mais je leur avais laissé le numéro du concierge de mon immeuble en cas d'urgence. J'ai attendu toute la journée, je pensais que ma mère laisserait au moins un message.

Il laissa échapper un petit rire chargé de tristesse.

31

— Ce n'est pas vrai. Je savais qu'elle n'appellerait pas. Mais je me mentais à moi-même. Parce que c'était plus facile d'y croire. Encore que, le concierge est tellement désagréable, elle a très bien pu appeler sans que je le sache.

— Mon Dieu, Todd, je suis désolé. Qu'est-ce que… qu'as-tu fait pour Noël ?

— Surgelé.

— Pardon ?

— Des tranches de dinde surgelées. Ce n'était pas mauvais. Et puis j'ai regardé *Le Grinch* à la télé.

— Oh Todd…

Le jeune homme haussa les épaules. S'il ne les avait pas déjà toutes épuisées, il aurait encore versé quelques larmes. Tant mieux. Pleurer, c'était pour les tapettes.

Un autre silence lourd de sens s'installa entre eux.

— Est-ce que tu as sommeil ? finit par demander Gabe. Tu n'as peut-être plus envie de parler. Je peux aller te chercher les couvertures maintenant si tu veux.

Todd ne savait pas ce qu'il voulait. Il voulait que Gabe s'en aille, mais il voulait également qu'il reste. Tout ce qu'il trouva à répondre fut :

— Je suis un peu fatigué.

— Évidemment que tu es fatigué. Tu viens de passer une horrible journée. Ne bouge pas, je reviens tout de suite.

Fidèle à sa promesse, Gabe revint avec une pile de couvertures et un oreiller en un clin d'œil. Il déplia le canapé-lit, qui avait vraiment l'air très confortable.

— Je vais te laisser dormir. Tu peux éteindre la musique et la lumière quand tu veux.

Todd hocha la tête.

— Merci beaucoup, Gabe. Merci pour…

Il sentit son corps se pencher malgré lui dans la direction de Gabe, comme attiré par un aimant. Il ne comprenait pas ce qu'il lui arrivait.

Tu veux qu'il t'embrasse…

— Ne me remercie pas, c'est normal.

La gorge de Todd se serra, et il se redressa.

— Tu sais que ce n'est pas vrai.

Les deux hommes se fixèrent un long moment, puis Gabe rompit le silence.

— Bonne nuit, Todd.

— Fais de beaux rêves, répondit doucement le jeune homme.

— Toi aussi.

En regardant la silhouette de Gabe disparaître dans le couloir, Todd songea que tout irait bien s'il parvenait seulement à passer cette nuit sans faire de cauchemar.

IV

CE N'EST qu'une fois dévêtu et dans son lit que Gabe réalisa qu'il n'était que huit heures du soir. Todd était probablement exténué, mais Gabe n'avait pas pour habitude de se coucher avant vingt-deux heures, et il n'était absolument pas fatigué.

Il ne pouvait même pas regarder la télévision. C'était entièrement sa faute, après tout c'est lui qui avait décidé que la chambre à coucher n'était pas un endroit pour une télévision.

— Si je ne peux pas regarder les infos, on pourrait au moins se mater un petit porno ? avait supplié, Daniel, son ex.

— On n'a pas besoin de ça, avait rétorqué Gabe.

— Même pas tes vidéos de Logan McCree ? avait insisté, Daniel, d'un ton séducteur.

— Pas au lit, avait répondu Gabe en rougissant furieusement.

— C'est donc pour ça que tu as acheté un canapé en cuir. Plus facile d'entretien.

Gabe n'avait rien répondu à ça. Toujours est-il, qu'il se retrouvait aujourd'hui dans sa chambre sans écran plat, et sans vidéo porno. Il s'était montré intraitable sur le sujet : une chambre était faite pour dormir, ou pour faire l'amour, point barre. Il commençait sérieusement à reconsidérer cette décision.

Un petit porno aurait peut-être été exactement la solution pour le détendre à l'heure actuelle. Il se sentait frustré, à l'étroit dans sa propre peau. Il culpabilisait d'être attiré par Todd comme si le gamin n'était qu'un fantasme libidineux, et pas un être humain à part entière.

Admets-le, il te fait penser à Brett... lui souffla son cerveau.

Brett, mon Dieu... Surtout ne pas penser à Brett.

Il songea brièvement à se masturber, mais sans porno, il savait pertinemment qu'il finirait par se caresser en pensant à Brett. Ou pire encore, à Todd. Et il n'avait aucune envie de les traiter de cette façon.

Alors oui, c'était un peu hypocrite. Après tout, il traitait bien les acteurs de ses films pornos préférés de cette façon sans aucun remords. Mais ces gens-là avaient choisi d'en faire leur métier en connaissance de

34

cause. Todd n'avait rien choisi du tout. Il n'avait pas choisi d'être pris pour un prostitué dans un hall d'immeuble, et il n'avait d'ailleurs absolument pas apprécié.

Malgré tout, Gabe ne put s'empêcher de penser au baiser qu'ils avaient partagé. Qu'est-ce qu'il lui avait pris d'embrasser le gamin comme ça ? Ce n'était pas le traiter comme un objet ça peut-être ?

Sauf que Todd lui avait rendu le baiser.

Il était difficile de déterminer si le gamin était gay ou non. Gabe avait l'intuition qu'il l'était, mais rien ne lui permettait de confirmer ses soupçons. La seule chose dont il était certain, c'est que Todd était complètement perdu. Il semblait tiraillé par ce qu'il ressentait.

Pour l'amour du ciel, tu n'es pas psy !

N'apprendrait-il donc jamais de ses erreurs ? Jouer les psychologues de bazar ne lui avait valu que des ennuis dans sa vie.

Gabe poussa un énorme soupir. Il n'était pas près de réussir à s'endormir.

Un livre, voilà ce qu'il lui fallait.

Il enfila un tee-shirt très large qui lui tombait à mi-cuisse, se rendit sur la pointe des pieds jusqu'à son bureau, et se posta devant sa bibliothèque. Il devait bien y avoir un livre qui lui changerait les idées. Son regard se porta sur l'une des étagères du milieu qui contenait ses albums photo et les quelques rares livres qu'il avait achetés pour le plaisir.

Qu'est-ce qu'il lisait pour le plaisir ? Il ne se souvenait même plus.

Du Patricia Cornwell ? Non. Qu'est-ce que c'était que ce livre neuf ? *La Troisième Porte*, de Lincoln Child. Il se souvenait à présent. Les aventures de l'énigmologue Jeremy Logan, il adorait cette série ! Pourquoi est-ce qu'il ne l'avait pas encore lu ?

Parce qu'il passait sa vie au travail, voilà pourquoi. Ou plutôt, parce qu'il ne trouvait jamais de raison de passer du temps chez lui.

Il avait des connaissances dans l'immeuble, des voisins avec lesquels il s'entendait très bien ; Tommy et Jude, ou bien Harry et Cody. Ils vivaient tous à quelques mètres seulement les uns des autres. Mais il se voyait mal frapper à leur porte simplement pour leur demander de passer du temps ensemble. Il n'était pas assez sociable pour faire une chose pareille, ses voisins le regarderaient bizarrement. Il était une créature solitaire.

Menteur...

— Gabe ? appela une petite voix depuis le salon.

Gabe baissa instinctivement les yeux vers ses jambes nues, et décida que le tee-shirt était assez long pour épargner un spectacle exhibitionniste à Todd.

— Tout va bien ? demanda-t-il au jeune homme en entrant dans la pièce.

— Je ne sais pas comment on éteint la chaîne hi-fi.

— Oh, attends, je vais te montrer.

Il se rapprocha de Todd qui se tenait devant l'appareil.

— C'est le bouton rouge, juste là sur la gauche.

Todd était torse nu, et malgré la pénombre, Gabe ne put s'empêcher de remarquer que le jeune homme était musclé. Pas à outrance, certainement pas comme lui (tout le monde n'avait pas sa salle de gym privée), mais une musculature bien définie malgré tout, avec un léger chemin de poils entre ses pectoraux.

Gabe tendit le bras pour appuyer sur le bouton, et frôla les tétons durs du jeune homme. Gabe se surprit à imaginer ce que ça ferait de les toucher, de les goûter...

Prends un peu sur toi !

Il éteignit rapidement la chaîne hi-fi, et fit un grand pas en arrière.

Todd leva les yeux vers lui, et leurs regards restèrent accrochés l'un à l'autre pendant ce qui lui semblait être une éternité.

— Merci, murmura le jeune homme.

— De rien. J'étais dans le bureau, je cherchais un livre. Je n'arrivais pas à dormir, il est encore un petit peu tôt pour moi...

— C'est de ma faute, je suis désolé. Je peux rester debout si tu veux regarder la télé dans le salon.

— Non, ne t'inquiète pas. Tu as besoin de dormir. Je ne t'ai même pas demandé, est-ce que tu veux prendre une douche avant ?

Le visage inquiet de Todd se fendit d'un large sourire.

— Mon Dieu, j'adorerais. Je n'ai pas osé demander...

— Tu aurais dû, voyons. Viens avec moi, je vais te donner une serviette propre.

Gabe le conduisit jusqu'à la salle de bains, et attrapa une serviette dans l'un des placards au-dessus de la baignoire. C'était un vieil immeuble, et avec la hauteur sous plafond, il avait eu largement la place d'installer du rangement. En refermant la porte du placard, il réalisa qu'il était sur la pointe des pieds, et qu'il venait probablement d'offrir une vue imprenable sur ses fesses au jeune homme. Où avait-il la tête ce soir ?

36

Il se retourna lentement, et sentit le sang lui monter aux joues. Le visage de Todd avait approximativement la même couleur.

— Désolé, offrit-il en lui tendant la serviette.

— P-pas de souci, bredouilla Todd en avalant sa salive. Ce n'est pas la première fois que je vois les fesses d'un autre gars. On en voit tous dans les vestiaires de sport.

Il rougit de plus belle, et ils restèrent tous les deux plantés au beau milieu de la salle de bains, sans savoir quoi dire. La tête de Todd était penchée sur le côté dans un geste d'embarras, découvrant les tendons saillants de son cou, et Gabe fut submergé par l'envie soudaine d'y poser ses lèvres. Son regard remonta lentement jusqu'à la bouche du jeune homme, ses lèvres douces, l'ombre de sa barbe naissante sur sa lèvre supérieure. Une bouche à baiser…

Quel âge as-tu ? Quinze ans et les hormones en ébullition ? Contrôle-toi un peu.

Mais c'était plus fort que lui. Il traça du regard la barbe sur ses joues. Il portait de larges pattes, et d'ordinaire Gabe trouvait ça assez ridicule, mais sur le jeune homme c'était étrangement séduisant. Les poils sur son menton étaient plus longs ; il devait sans doute les laisser pousser volontairement depuis un moment. Cependant, Gabe était presque sûr que Todd ne dirait pas non à un rasoir. La repousse dans son cou devait commencer à le démanger. Gabe se tourna vers le lavabo et s'apprêtait à se pencher pour ouvrir le meuble en dessous, avant de se souvenir qu'il était préférable de ne pas infliger au jeune homme le spectacle de son derrière nu une seconde fois.

— Il y a un paquet de rasoirs jetables dans le tiroir du bas si tu veux. Tu trouveras aussi une brosse à dents.

— C'est ta réserve pour tous les mecs que tu séduis et que tu ramènes ? plaisanta Todd.

À son grand désarroi, Gabe se sentit rougir de plus belle. Pourtant il n'avait pas couché avec qui que ce soit depuis des mois. Il n'avait pas le temps, et les coups d'un soir n'étaient pas vraiment son truc. Ce qui rendait la proposition qu'il avait faite à Todd dans le hall d'autant plus incompréhensible.

Très bien. Pas *complètement* incompréhensible.

Il savait pourquoi il avait fait des avances à Todd.

À cause de Brett. Todd lui faisait penser à Brett.

Ce qui était ridicule, les deux garçons ne se ressemblaient même pas !

— Simplement un dentiste consciencieux qui offre une brosse à dents à chaque rendez-vous, désolé de te décevoir.

Todd hocha la tête.

— Merci en tout cas. J'ai l'impression d'avoir une haleine de chacal et d'avoir de la crasse dans chaque recoin de mon corps. J'avais vraiment besoin d'une douche.

— Ne me remercie pas pour ça.

Un autre silence s'installa entre eux, et l'espace d'une seconde, Gabe crut que le jeune homme allait l'embrasser. Ils étaient si proches l'un de l'autre... Est-ce que le jeune homme venait de se hisser sur la pointe des pieds ? Gabe baissa les yeux. Même ses pieds étaient séduisants. Larges, avec des doigts de pied parfaitement alignés, le deuxième orteil ne dépassait pas le...

C'est alors que Todd l'embrassa. Un simple et chaste petit baiser, au coin de sa bouche. Gabe s'entendit pousser un petit gémissement. Il était pathétique. Il venait de gémir à cause d'une bise.

— Merci, répéta timidement le jeune homme, les joues écarlates. Merci pour tout.

Gabe hocha bêtement la tête, incapable de prononcer le moindre mot, puis il sortit de la salle de bains.

— Bonne nuit, dit Todd.

— Bonne nuit, parvint-il à articuler péniblement.

Il referma la porte derrière lui, trouva rapidement refuge dans sa chambre, ferma également la porte, éteignit la lumière, retira son tee-shirt à la vitesse de l'éclair, et se jeta sur son lit. Lorsqu'il referma son poing autour de son sexe, il était déjà dur et tendu de désir. De son autre main, il effleura à peine ses tétons, et il lui fallut moins d'une minute avant d'éjaculer à grands traits sur son torse. Il poussa un grognement de satisfaction en se mordant les lèvres pour ne pas crier son plaisir. Même s'il était probablement sous la douche, il ne pouvait pas courir le risque que Todd l'entende.

À sa grande surprise, il s'endormit comme un bébé en un temps record.

TODD GRIMPA dans la baignoire et surprit son reflet dans le miroir au-dessus du lavabo. Il examina ses fesses velues, et repensa à celles de Gabe. Rondes, musclées et imberbes. Il lui avait fallu se faire violence pour ne pas tendre la main et les toucher. Que se serait-il passé s'il avait cédé à cette pulsion ? À cette seule pensée, son sexe se dressa. Todd fut englouti par une vague d'excitation et de désir irrépressibles.

Oh mon Dieu. Je viens d'avoir une érection en pensant aux fesses d'un autre homme.

Ce n'est rien. Ça ne veut rien dire. Je suis juste fatigué. Et confus.

Et faible.

Il régla la température de l'eau aussi chaude que possible, et se plaça sous le pommeau de douche. Il était au paradis. Sa dernière douche remontait à peine plus de vingt-quatre heures, mais il avait l'impression que cela faisait des siècles. Il sélectionna un savon et une bouteille de shampoing au hasard sur une étagère. Le savon sentait terriblement bon, une fragrance herbacée, très naturelle. Il le fit mousser en laissant la délicieuse odeur l'envelopper complètement.

Qu'est-ce qu'il m'a pris de l'embrasser comme ça ?

Il s'immobilisa sous le jet de la douche, le cœur au bord des lèvres.

Je l'ai embrassé. Pour de bon. J'ai embrassé un autre homme.

Et la sensation n'avait rien à voir avec celle d'embrasser Joan. Embrasser Joan équivalait plus ou moins à l'exercice de bouche-à-bouche sur le mannequin en plastique des exercices de premier secours.

La bouche de Gabe sous la sienne était mobile, brûlante, ses lèvres fermes... Le sexe de Todd ne semblait définitivement pas décidé à redescendre. Il avait presque peur de le toucher, il lui semblait que le moindre contact risquait de le faire exploser. Pourquoi est-ce qu'il était dans cet état ? Est-ce que c'était si grave s'il cédait à ses envies ? Est-ce que c'était mal de se masturber dans la salle de bains d'un inconnu ?

En même temps, tu ne vas pas te masturber sur son canapé...

Le visage de Gabe s'imposa à son esprit. Son visage, son torse, ses fesses nues... Le contraste entre ses fesses imberbes et ses propres fesses, recouvertes d'un fin duvet, était à la fois étrange et excitant. Est-ce que c'était le genre de Gabe ? Est-ce qu'il aimait les fesses poilues ?

Todd pensa alors à sa bouche, à ses lèvres, à son sourire. À la sensation de sa langue chaude et humide contre la sienne.

Non ! Non, non, non et non.

Todd se força à penser à Joan en prenant son sexe dans son poing. Il s'imagina son visage poupon, sa peau douce et pâle et ses longs cheveux noirs. Il s'imagina la prenant dans ses bras et commença à se caresser lentement.

Ça ne marchait pas. L'image de Joan ne lui faisait aucun effet. Il se mit à penser à sa voix geignarde, à cette manie qu'elle avait de l'appeler « Toddy » alors qu'il lui avait demandé un bon millier de fois d'arrêter. Il tenta de couper le son et de se focaliser sur son corps. Mais en songeant à sa large poitrine, au triangle de poils sous son nombril, et à la fente de son sexe, il ne parvint qu'à faire redescendre son érection. Il n'y avait rien à faire, Joan ne l'excitait pas. Il n'avait jamais compris pourquoi les autres garçons étaient aussi obsédés par le vagin. Ils exagéraient forcément, il était impossible d'être aussi excité par ce drôle d'organe. Un sexe d'homme en revanche... Voilà qui était nettement plus intéressant. Avec un sexe d'homme, on pouvait s'amuser. Même les fesses de Joan l'avaient toujours laissé indifférent. Elles étaient tellement moins agréables à regarder que les fesses fermes et musclées de ses camarades dans les vestiaires.

Les magnifiques et sculpturales fesses de Gabe lui revinrent alors en mémoire, éclipsant le souvenir fade et inutile du corps de Joan. Aussitôt, son sexe se redressa et un frisson lui parcourut la colonne vertébrale. C'était si bon... Du liquide pré-séminal glissa entre ses doigts et la sensation de son poing, humide et étroit, était parfaite. Ses jambes se mirent à trembler, et sans crier gare, il éjacula avec force. Il se mordit la lèvre pour ne pas crier. Si le bruit de la douche ne couvrait pas le son de sa voix, il prenait le risque que Gabe vienne frapper à la porte pour vérifier que tout allait bien. Des taches de lumière dansaient devant ses yeux. Encore étourdi par le plaisir de son orgasme, il dut se concentrer pour ne pas tomber dans la baignoire. En rouvrant les yeux, il réalisa qu'il venait de jouir en pensant aux fesses de Gabe.

Oh mon Dieu. Non, pas ça.

Est-ce que je suis gay en fin de compte ?

Ce n'était pas juste. Il avait déjà suffisamment de problèmes comme ça.

Il eut beaucoup de mal à s'endormir après ça. Une seule pensée hantait son esprit : l'homme qu'il *désirait* dormait là, à quelques pas seulement de lui. C'était une pensée terrifiante, et pourtant, en quelques minutes seulement, son sexe se durcit de nouveau.

« Tu es pédé, ou quoi ? »

C'était la question. Est-ce qu'il était pédé ?

« Je préfère le terme gay. »

Gay.

Todd se tourna et se retourna indéfiniment sous les couvertures puis, exténué, il finit par sombrer dans un sommeil agité.

Cette nuit-là, il rêva qu'il se relevait et traversait le couloir qui menait à la chambre de Gabe. Le couloir lui parut interminable. Sur le chemin, il passa à côté de différentes portes qui n'auraient pas dû être là. La porte de la chambre de sa mère. La porte de la chambre de son beau-père. La porte de la chambre de Joan. Est-ce que c'était la porte de la cave d'Austin ? Il croisa même la porte de sa propre chambre. La porte de son appartement, ici, à Kansas City. Et enfin, la porte de Gabe. Une vague de soulagement le submergea lorsqu'il l'atteignit. Il la poussa silencieusement pour l'ouvrir. Un gigantesque lit trônait au beau milieu de la pièce. Il découvrit la silhouette endormie de Gabe, allongé sur le ventre, son tee-shirt relevé découvrant ses fesses lisses et musclées, ainsi qu'un aperçu de ses larges testicules, imberbes eux aussi.

Todd avança jusqu'à lui sur la pointe des pieds, et grimpa sur l'énorme lit à quatre pattes. Lorsqu'il arriva à la hauteur du corps de Gabe, il tendit une main pour toucher ses fesses. Elles étaient si fermes, et si douces. Douces comme du daim, mais lisses comme du verre. Puis, Gabe le fit sursauter en se retournant brusquement pour attraper son poignet, avant de le tirer complètement sur son dos. Todd sentit son corps épouser la moindre courbe de celui de Gabe.

Ils s'emboîtèrent à la perfection, comme deux pièces d'un puzzle.

Todd ne se rappelait pas la suite de son rêve.

V

Lorsque Todd se réveilla, l'appartement était plongé dans le silence. Il s'assit lentement, et regarda autour de lui en se frottant les yeux. Ce n'était pas un rêve. Il venait de passer la nuit chez un inconnu. À la lumière du jour, l'appartement avait l'air différent. Plus fonctionnel ? Moins humain.

Todd aperçut son jean sur le sol, tendit l'oreille à l'affût du moindre bruit, puis l'attrapa et l'enfila à la hâte. Il mit ensuite son pull, fit quelques pas dans le couloir, et vit que la porte de la chambre de Gabe était entrouverte.

S'il allait jeter un coup d'œil, est-ce qu'il trouverait Gabe allongé sur le ventre, son tee-shirt relevé pour exhiber ses fesses parfaites et un soupçon de ses testicules ?

Todd fit brusquement demi-tour en fronçant les sourcils.

Espèce d'hypocrite...

Il se tourna de nouveau, traversa le couloir en deux enjambées et regarda dans la pièce.

Le lit était vide et déjà fait. Todd ne put réprimer un léger sentiment de déception.

« Tu es pédé, ou quoi ? »

Est-ce que Gabe était parti ? Todd alla vérifier dans la salle de bains, puis il examina une à une toutes les autres pièces. Vides également. Il avait du mal à croire que Gabe l'aurait laissé seul dans son appartement, avec toutes ses belles choses de valeur. Ils ne se connaissaient pas, Todd pourrait très bien se sauver en emportant avec lui un beau butin, le revendre, et récupérer son bazar.

Il n'y avait pas vraiment d'autre mot pour parler de ses maigres biens personnels.

Un lit une place, des étagères faites de planches et de blocs de béton, une commode qu'il avait trouvée à la décharge et à laquelle il manquait un tiroir, un tapis plein de brûlures de cigarettes, deux lampes dénichées sur des vide-greniers, son bureau qu'il gardait depuis qu'il était gamin, un canapé avec les ressorts qui avaient percé le tissu d'un côté, une table basse couverte de rayures, une petite télévision qui diffusait tout en vert, et deux chaises identiques en plutôt bon état (miracle). Et puis évidemment, il y avait ses vêtements, et son vieil ordinateur. Aussi vieux et lent soit-il, il gardait tout sur cet appareil. Ses rêves, ses recettes. Les recettes qu'il avait trouvées en ligne, celles qu'il avait recopiées, et surtout, celles qu'il avait inventées.

Il y avait aussi sa collection d'objets Star Wars. Il les avait pris avec lui, de peur que son beau-père ne les jette à la poubelle. Voilà à quoi se résumaient ses biens les plus précieux. Un bric-à-brac digne d'une déchetterie, et des jouets Star Wars. C'était pathétique.

Mais pathétique ou non, toutes ces choses étaient à lui. C'était tout ce qu'il avait au monde, et il comptait bien les récupérer. Plus particulièrement ce qui était caché dans une paire de chaussettes, dans le dernier tiroir de sa commode. Il fallait à tout prix qu'il le récupère. C'était son dernier recours, sa dernière chance.

Les autres pièces de l'appartement de Gabe étaient aussi impressionnantes que le salon. Dans le bureau, il y avait un magnifique et énorme bureau en bois sombre, un fauteuil en cuir, et un ordinateur dernier cri. L'écran à lui tout seul faisait deux fois la taille de la petite télé de Todd. Tout dans la pièce avait l'air luxueux, même le tapis et les rideaux. Il y avait plusieurs colonnes de bibliothèques remplies de livres. Gabe avait l'air d'être un lecteur effréné. Todd adorait Stephen King, et puis il avait sa collection de livres Star Wars, mais ce n'était pas comparable. Sur une des étagères, il trouva la photo d'une femme. Il devina immédiatement qu'il devait s'agir de la mère de Gabe, la ressemblance était frappante. Juste à côté, il y avait une photo de Gabe, jeune, en débardeur, qui brandissait un trophée. Il devait avoir à peu près le même âge que Todd, mais il avait le même grand sourire, un peu maladroit et terriblement mignon. Toutes les filles de son lycée avaient dû lui courir après.

Sauf qu'il préférait les garçons.

Todd tendit instinctivement la main pour attraper la photo, puis se ravisa au dernier moment. Il avait peur que Gabe remarque qu'il avait touché à ses affaires. Peut-être qu'il le prendrait mal.

Il quitta la pièce et entra dans la suivante.

La salle de sport était incroyable. Todd connaissait bien l'appareil de musculation qui occupait presque tout l'espace. Combien de fois avait-il failli appeler le numéro qui défilait en bas de l'écran de l'émission de télé-achat pour se renseigner ? Il n'osait même pas imaginer combien la pièce tout entière avait coûté à Gabe.

Il termina par la chambre. Le lit était un king size à baldaquin en bois sombre. Après quelques secondes d'hésitation, Todd céda à la tentation et s'approcha pour l'essayer. C'était un matelas à mémoire de forme, le genre sur lequel on pouvait rebondir avec un verre de vin, sans en renverser une seule goutte. Le reste du mobilier confirmait les goûts de luxe de Gabe. S'il avait les moyens de se payer des choses pareilles, pourquoi est-ce qu'il louait un appartement dans un vieil immeuble comme celui-ci ?

Et Gabe restait introuvable. Il n'y avait plus aucun doute, si Todd le décidait, il pouvait appeler du monde (peut-être les jeunes qu'il avait rencontrés au parc), et dévaliser son appartement. Ça ne leur prendrait que quelques heures, et qu'est-ce que Gabe pourrait raconter à la police ? Qu'il avait offert à un prostitué mineur de passer la nuit chez lui et qu'il l'avait laissé seul le lendemain matin ? Est-ce qu'il existait une compagnie d'assurance sur la planète qui le couvrirait pour une chose pareille ?

Bien évidemment, Todd n'avait aucunement l'intention de voler quoi que ce soit. Gabe l'avait sorti du froid et lui avait offert un refuge. Et de toute façon, cette énorme machine de musculation était beaucoup trop lourde pour qu'il la vole.

Pourquoi faut-il toujours que je fasse le choix moral ?

Il retourna dans le salon en soupirant, et se traîna ensuite jusqu'à la cuisine. Il pouvait au moins se servir à boire sans que le poids de la culpabilité l'écrase. Il attrapa un verre dans un placard, et fut surpris de trouver un pichet de jus d'orange avec un petit mot qui lui était adressé, posés sur la table.

Bonjour Todd,

    Tu avais l'air de dormir paisiblement, alors je ne t'ai pas réveillé.

    Il y a du bacon et des œufs dans le frigo. Fais-toi un bon petit-déjeuner, et ne fais pas le timide, mange à ta faim. Si tu veux du café, j'ai déjà tout préparé dans la machine, tu n'as plus qu'à appuyer sur le bouton marche.

    J'ai sorti la mijoteuse électrique, est-ce que tu voudras bien mettre le poulet dedans ? Il décongèle dans l'évier. Je te laisse l'assaisonner comme tu veux, j'ai cru comprendre que la cuisine c'était ton domaine. Mets-le à cuire à feu doux, ça devrait être prêt pile pour mon retour.

Je rentre généralement entre seize et dix-huit heures.
J'espère que tu resteras dîner avec moi.

Profite de cette journée pour te reposer un peu. Tu
n'as aucun endroit où aller, et je n'ai pas l'intention de te
mettre dehors par ce temps.

Il est tombé presque vingt centimètres de neige la nuit
dernière, et la météo annonçait encore quinze centimètres
pour aujourd'hui. Reste à l'intérieur. Repose-toi. Regarde
la télévision.

Prends le temps de réfléchir.
J'espère te voir ce soir,
Gabe

Todd sentit les larmes lui monter aux yeux. Visiblement, il n'avait pas épuisé tout le stock hier au soir. Gabe, ce parfait étranger qu'il avait rencontré il y a moins de vingt-quatre heures, lui confiant sa maison sans l'ombre d'une inquiétude et lui proposait même d'y rester un jour de plus.

Todd avait presque du mal à croire qu'hier encore, il était gelé, sans espoir, et seul au monde.

Peut-être que Gabe avait raison, peut-être que lorsqu'on touchait le fond, on ne pouvait que remonter.

— PARDON ?! UN prostitué ? cria Tracy Creighton.

Gabe jeta un regard nerveux par-dessus son épaule.

— Gabe, je t'en supplie, dis-moi que j'ai mal compris.

— Ce n'est pas un prostitué, gronda-t-il en tentant de contrôler sa colère.

Il n'aimait ni le ton qu'elle avait employé ni le choix de ses mots. Elle le regardait comme s'il venait de lui annoncer qu'il avait demandé le jeune homme en mariage. Il ne comprenait pas son indignation. Tracy le connaissait depuis des années, elle était sa collègue, son amie et sa confidente. Personne, à part Peter Wagner, ne le connaissait mieux qu'elle.

— Gabriel, est-ce que tu as perdu l'esprit ?

— Non Tracy, je n'ai pas perdu l'esprit. Pour l'amour du ciel, est-ce que tu peux baisser d'un ton s'il te plaît ? Ou alors, ferme la porte au moins !

— Je ne vois pas d'autre explication, dit-elle en posant les mains sur ses hanches. Tu as laissé un étranger passer la nuit chez toi.

— Oh, je t'en prie, ne fais pas l'innocente, comme si ça ne t'était jamais arrivé.

— Il s'agissait toujours d'hommes que je connaissais ! Cite-moi une fois où j'ai ramené avec moi quelqu'un que je ne connais…

Elle s'interrompit, rougit furieusement, et leva une main dans sa direction.

— Très bien, ne réponds pas à cette question.

Gabe tenta vainement de dissimuler son sourire triomphant. Il se souvenait parfaitement d'un voyage d'affaires quelques années plus tôt, durant lequel Tracy avait craqué sur un séduisant inconnu dans un bar.

— D'accord ! Je l'avoue, je ne suis pas Mère Teresa non plus ! Mais au moins, c'était dans une chambre d'hôtel. Qu'est-ce que je risquais ? Qu'il me vole ma trousse à maquillage ?

Tracy, qui portait bien entendu une superbe robe rouge, ouvrit grand ses yeux élégamment maquillés de noir, laissa tomber ses deux bras en ouvrant les paumes vers le ciel dans un geste de frustration, et poussa un cri.

— Je n'arrive pas à y croire ! Tu as laissé un gigolo dans ton appartement ! Ton appartement, Gabe ! Prends tes clés de voiture, et rentre chez toi immédiatement, tu m'entends ? Rentre chez toi avant qu'il ne te dévalise.

— Tracy, appela Gabe d'une voix calme en quittant sa chaise de bureau pour fermer la porte. Tout va bien se passer, il ne volera rien du tout.

La jeune femme se laissa tomber dans le fauteuil en face de son bureau, et laissa dramatiquement tomber sa tête sur le dossier en laissant pendre le rideau de ses boucles noires.

— Je ne te comprendrai jamais, Gabriel. À moins que tu ne sois vraiment un archange. Est-ce que j'ai travaillé avec un ange pendant tout ce temps, sans le savoir ?

— Il n'y a bien que toi pour passer des prostitués aux anges dans la même conversation, rit Gabe en secouant la tête.

Elle leva les yeux au ciel.

— Ne dis pas de sottises, la Bible regorge de prostitués. La Grande Prostituée de Babylone, Jézabel, Marie-Madeleine.

— Je ne crois pas que Marie-Madeleine ait été une prostituée.

— Bien sûr que si, insista Tracy.

— Non, crois-moi. Vérifie si tu veux. Tu as le bon chapitre, mais tu te trompes de femme. C'est une erreur commune.

Elle haussa les épaules.

— Il faut être un ange pour connaître un détail pareil, Gabriel ! Le fait est que tu devrais vraiment songer à rentrer chez toi si tu veux encore avoir un « chez-toi » ce soir.

— Tracy, soupira-t-il. Ma seule inquiétude, c'est qu'il ne soit plus là quand je rentrerai.

— Ah d'accord, sourit-elle. Vous avez couché ensemble. Dis-moi que vous avez au moins couché ensemble ? J'espère que tu as mis un préservatif. Même deux.

— Personne n'a couché avec personne. Il a dormi sur le canapé. Et là encore, tu fais erreur. Je t'ai dit que j'avais *cru* que c'était un prostitué. Mais je me suis trompé. Ce n'est qu'un pauvre gamin de la campagne qui a voulu tenter sa chance à la ville et qui n'a pas réussi.

— Tu fais trop confiance aux gens, grogna-t-elle. C'est sans doute ton pire défaut.

— Je préfère ça plutôt que de devenir amer et cynique comme toi, ma chère. Quand ma foi en l'humanité s'est-elle retournée contre moi ? Dis-moi. Cite-moi un seul exemple.

Si cette conversation ne prenait pas fin très bientôt, il allait dire quelque chose qu'il regretterait.

Tracy plissa les yeux en le dévisageant. Il pouvait presque voir tourner les rouages de son cerveau. Qu'allait-elle lui lancer au visage ? L'histoire avec Daniel ? Avec Brett ?

Comment avait-il pu se tromper à ce point sur leurs comptes ? Surtout Brett. Qu'est-ce qu'il lui avait pris ? Il était d'ordinaire un excellent juge de caractère, et il croyait avoir cerné le gamin, il avait sincèrement pensé qu'ils partageaient un lien spécial.

Peter Wagner, le fondateur de la société pour laquelle Tracy et lui travaillaient, avait très vite repéré son talent pour cerner les clients. Gabe avait presque un sixième sens qui lui permettait de déterminer si l'on pouvait ou non faire confiance à quelqu'un. C'était la raison pour laquelle il était aussi doué. Il était capable de dire en un clin d'œil si tel ou tel client était digne de confiance pour un investissement, ou s'ils jouaient double jeu, s'ils cachaient quelque chose. Il ne pouvait pas littéralement lire dans les pensées, il détestait qu'on résume les choses ainsi, mais il avait un très bon instinct. Peter et lui avaient toujours su lire et déchiffrer les expressions sur le visage des gens. Un instinct animal que l'on retrouvait notamment chez les chiens, mais que l'être humain avait perdu au fil de l'évolution.

Et pourtant on ne pouvait pas dire que sur le plan sentimental, il avait su prédire les catastrophes. Peter était probablement sa seule expérience romantique positive.

Mais Todd n'était pas Brett. Gabe avait confiance en Todd. Il savait qu'il pouvait lui faire confiance, il le *sentait*.

Et pas un seul des arguments de Tracy ne le ferait changer d'a…

— Et la fois où tu t'es rendu compte que Daniel avait volé tous tes DVD de Logan McCree ? Tu disais que jamais il ne serait capable de te voler quoi que ce soit. L'un d'entre eux était un cadeau de moi ! s'indigna-t-elle. C'était un DVD dédicacé !

Gabe éclata de rire. Il aurait payé cher pour savoir comment elle avait eu cet autographe. Elle n'était pas particulièrement prude, mais elle n'aimait pas parler de sexe ouvertement.

— C'est un argument très faible, Tracy. Vraiment très faible.

— Et la commode ancienne ! ajouta-t-elle en bondissant sur ses pieds, malgré ses talons vertigineux.

— C'est moi qui ai décidé de la laisser à Daniel.

— C'est quand même du vol. Cette commode était à toi. Tu l'avais achetée avec ton argent.

— Mais c'est Daniel qui l'avait choisie et je la détestais.

Tracy soupira, et pour une fois, ce n'était pas un geste théâtral, elle semblait vraiment prête à rendre les armes. C'était une bonne chose pour lui, car, si elle avait voulu l'achever, elle avait sans doute les armes pour.

— Après tout, c'est ton problème.

Elle se dirigea vers la porte, posa une main sur la poignée, puis se retourna une dernière fois.

— Est-ce qu'il est mignon au moins ?

Un petit sourire apparut sur le visage de Gabe.

— Très, dit-il sans hésiter une seule seconde.

Il ferma les yeux et repensa au gamin. Il faisait une bonne tête de moins que lui. Gabe avait d'abord cru qu'il était un peu enrobé, mais il l'avait vu torse nu. Il se tenait mal, et il portait des vêtements atroces, mais il n'y avait pas une once de gras sur son corps. Sa peau était pâle et lisse, ses cheveux et ses sourcils d'un noir intense. Il avait des yeux si intenses que Gabe craignait de s'y perdre chaque fois qu'il les regardait.

— Oui, Tracy. Il est extrêmement mignon, confirma-t-il à nouveau.

Il rouvrit les yeux, et la trouva se mordant les lèvres, songeuse.

— Tu n'as donc pas pris cette décision qu'avec ton cerveau du haut ?

Gabe lui offrit un sourire diabolique. Tracy était toujours un modèle de politesse. Jamais elle ne lui aurait demandé s'il avait pensé avec sa queue. Elle prenait des détours, elle restait élégante. Elle avait peut-être du bagou, mais elle savait garder la classe.

— Sans doute que non, avoua-t-il. Tracy, quand je le regarde, je…

Il s'interrompit. Il ne savait pas comment expliquer ce qu'il ressentait. Peter saurait trouver les mots, lui. Il écouterait son histoire, et il saurait immédiatement ce que Gabe ressentait. Peter. Gabe laissa échapper un petit soupir.

— Todd me fait penser à moi, il n'y a pas encore si longtemps. Il avait des rêves plein la tête, et ils se sont tous brisés. Je ne viens peut-être pas de la campagne, mais quand j'ai quitté St Louis et que je suis arrivé ici, heureusement que j'ai rencontré Peter…

— Je me demande toujours si vous avez eu une aventure tous les deux.

— Ne sois pas ridicule. Tu sais très bien que je n'ai pas couché avec lui.

Ce n'est pas faute d'avoir proposé.

— Écoute Tracy, tout ce que je sais, c'est que ce gamin a tout perdu. Tout ce qu'il a, ce sont les vêtements qu'il porte. Le concierge de son immeuble a confisqué toutes ses affaires. Si je peux l'aider, ne serait-ce qu'un tout petit peu, si je peux lui apporter ne serait-ce qu'un quart de l'aide que Peter m'a apportée, alors j'aurai l'impression de faire quelque chose de bien.

Tracy avança jusqu'à lui, et posa une main sur son avant-bras.

— Oh Gabriel, dit-elle d'une voix tendre. Tu *es* quelqu'un de bien, tu es foncièrement bon.

Elle le prit dans ses bras et le serra contre elle.

— Je ne voulais pas faire ma S-A-L-O-P-E, je m'inquiète pour toi, c'est tout.

— Je sais que tu t'inquiètes.

Tu as peur que Todd ne soit qu'un autre Brett.

— Gabriel, je voudrais que la roue tourne. Tu passes ta vie à aider les autres. Il est largement temps que tu laisses les autres prendre soin de toi.

— Je sais que tu as du mal à le croire, mais je suis heureux, Tracy. J'ai tout ce que j'ai toujours voulu dans la vie.

Presque tout.

Tracy le relâcha.

— Je te laisse tranquille alors, mon chou. Mais j'espère sincèrement que tu sais ce que tu fais.

Elle quitta son bureau et referma la porte derrière elle.

Gabe leva les yeux vers sa pendule. Il n'était que dix heures trente. La journée allait être très longue. Il aimait son travail plus que tout au monde, mais ce jour-là, il n'avait qu'une seule envie : rentrer chez lui.

Todd trouva le poulet dans l'évier, comme indiqué. Il était emballé dans de la Cellophane, et sur l'étiquette on pouvait lire « poulet fermier élevé en plein air ».

— Un vrai poulet bio qui a eu le droit de gambader dans les prés.

Todd avait grandi à la campagne, il connaissait mieux que quiconque la différence entre un poulet élevé en claustration et un poulet élevé en plein air. Le goût n'était même pas comparable. Depuis qu'il était arrivé à Kansas City, il n'avait mangé que du poulet immonde. Il salivait à l'idée de déguster de la bonne viande saine.

Il aperçut le prix du poulet et grimaça. Pourquoi était-il surpris ? Bien sûr que Gabe faisait très attention à ce qu'il mangeait. Avec le corps qu'il avait et à en juger par le matériiel de sport qu'il possédait, il était évident qu'il ne regardait pas les dépenses lorsqu'il s'agissait de prendre soin de lui.

Todd avait une vague idée de ce que Gabe devait avoir en tête pour leur repas de ce soir. Il avait vu sa mère utiliser la mijoteuse en grandissant. Il suffisait de mettre la viande et le reste des ingrédients dedans, de la régler sur feu doux, de mettre la minuterie, et de partir au travail sans s'inquiéter. Il était hors de question que Todd gâche un si bon poulet de cette façon. Absolument hors de question.

Après un rapide état des lieux de la cuisine, Todd fut agréablement surpris de découvrir des fruits et légumes frais (probablement bio eux aussi), un panier suspendu au-dessus de l'évier qui contenait des pommes de terre nouvelles, des oignons, du gingembre et quelques gousses d'ail. Il sentit venir l'inspiration. Il ne savait jamais vraiment d'où lui venaient ses idées, mais par un mystérieux coup du sort, elles fonctionnaient presque toujours…

(« *Mais qu'est-ce que c'est que ça ? Tu ne peux pas préparer un burger normal, comme tout le monde ?* »)

… Peu importe ce que disait son beau-père.

Les épices dans le placard étaient à l'évidence déshydratées, mais fraîches, dans des petits sachets encore scellés. Avec les épices en pot, on ne pouvait jamais savoir depuis combien de temps elles étaient là. Il ouvrit un sachet de romarin et huma la délicieuse odeur qui s'en échappait en fermant les yeux. Les idées affluaient à présent, il savait ce qu'il allait préparer.

Mais première étape : la météo. Il alla jeter un coup d'œil par les baies vitrées du salon. Dehors, le monde était endormi sous une épaisse couche de neige qui brillait sous les premiers rayons du soleil. Il y avait quelques nuages, mais dans l'ensemble le ciel était clair, et bleu. Il y a encore quelques mois, il se serait émerveillé devant ce paysage enchanteur, mais aujourd'hui il ne pouvait que frissonner en se souvenant du froid mordant dans lequel il avait grelotté si longtemps.

Il attrapa la télécommande sur la table basse et alluma la télévision. Le lecteur DVD était en marche, et le film qui était dedans reprit. *Avengers*. Todd sourit. Qui aurait cru que Gabe regardait les *Avengers*. Cette découverte ne fit qu'attiser sa curiosité. Il s'avança jusqu'à l'étagère de DVD. La collection de Gabe était un véritable rêve de geek ! Il avait même un coffret *Star Wars* ! Ce qui voulait dire que, même si Gabe n'avait pas relevé le nom de son chat pendant leur conversation la veille au soir, il n'était pas contre la science-fiction en règle générale. Pour une raison étrange, Todd fut touché par cette conclusion.

Il éteignit le lecteur DVD pour regarder la chaîne météo, qui lui confirma rapidement qu'en effet, quinze centimètres de neige devaient encore tomber au cours de la journée. Ce n'était pas une bonne nouvelle. Est-ce que Gabe le laisserait passer une nuit de plus chez lui ? À en juger par le petit mot qu'il avait laissé, leurs chemins se séparaient ce soir après le dîner. Todd tourna de nouveau la tête vers le balcon, et repensa à son projet initial d'offrir une fellation à Gabe.

Non. Ôte-toi ça immédiatement de la tête.

Todd ralluma le lecteur DVD, rangea les *Avengers*, et mit en route le premier *Star Wars*. Il était trop jeune pour avoir snobé les trois films de la deuxième génération ; il les aimait tous les six avec autant de passion, et les connaissait tous par cœur. Il adorait en mettre un en fond sonore, simplement pour le plaisir et le réconfort des bruits familiers.

Il retourna ensuite dans la cuisine, et entreprit d'éplucher et de couper des pommes et des oranges. Idéalement, il aurait préféré de l'ananas, mais Gabe n'en avait pas. En revanche, il avait mis la main sur un paquet de noix. Il râpa un peu de gingembre, mélangea le tout dans un mixeur avec des clous de girofle, de la noix de muscade, de la cannelle et des raisins secs. Il plaça ensuite le mélange dans un bol, le couvrit de film alimentaire, et le mit au frigo. Le temps que le poulet finisse de décongeler, il décida de regarder la fin de *La Menace Fantôme*.

Du bacon, songea-t-il distraitement en s'installant dans le canapé. *Je pourrais faire quelque chose avec du bacon.* Il lui en restait du petit-déjeuner, dans une poêle sur la cuisinière. Sa mère avait l'habitude de conserver la matière grasse de la cuisson du bacon dans un petit pot pour s'en servir plus tard. Les idées se bousculaient dans sa tête, et il salivait presque en pensant à faire revenir le poulet dans de la graisse de bacon à la place du beurre.

Todd avait beau être inconditionnel de *Star Wars*, il s'assoupit devant le film. Ces derniers jours (ou plutôt il devrait dire ces derniers *mois*) l'avaient exténué.

Il rêva d'une cave sombre, de son ami Austin, et d'une vidéo porno qu'un de leurs amis avait volée à son cousin qui était plus vieux qu'eux. Ils la regardaient tous les trois en cachette, le volume au minimum, bien que la maison soit vide. Austin avait trop peur que quelqu'un les surprenne.

Todd fut surpris de constater qu'il était excité. Tout le long de la vidéo, son sexe était dur et tendu, et ce malgré la profusion de seins siliconés et de sexes féminins épilés de toutes les façons possibles et imaginables. Le rêve paraissait si réel, aussi réel que le souvenir de cette soirée quelques mois plus tôt. La seule différence était l'érection qui déformait le caleçon d'Austin. Son pantalon était défait, et son sexe était clairement visible à travers le tissu modeste de son sous-vêtement. Il était énorme, plus grand et plus large que le sexe des acteurs dans la vidéo, beaucoup plus grand que dans les souvenirs de Todd. La télé d'Austin était aussi vieille que la sienne. Au lieu d'une coloration verte, celle-ci teintait l'écran d'un voile orangé qui doublait la silhouette des personnages sur l'écran, comme des fantômes. Mais Todd n'était pas concentré sur l'écran. Il était bien trop occupé à fixer du regard l'entrejambe d'Austin, et la petite auréole d'humidité qui commençait à se dessiner sur son caleçon, au bout de son sexe.

Austin se tourna vers lui avec sur le visage un sourire impie.

— Elle est grosse, hein ?

Todd pâlit, et se recula à la hâte.

Austin commença à se caresser à travers le tissu.

— Allez, Todd, je sais que tu en as envie. Tu as envie de goûter, pas vrai ? Je suis sûr que tu vas aimer…

Todd se réveilla en sursaut, tremblant de désir, et avec l'érection la plus dure de toute sa vie.

VI

Du sport. Voilà la solution. Et puis, c'était l'occasion idéale d'essayer la superbe salle d'entraînement de Gabe.

Todd ne savait pas faire marcher l'appareil de musculation, et il n'avait aucune intention d'essayer. Et si Gabe avait réglé les poids et la résistance sur un programme particulier et qu'il déréglait tout ? Il y avait tellement d'accessoires et de systèmes de réglage, il préférait ne rien toucher.

Le tapis de course en revanche, voilà un challenge qu'il se sentait prêt à relever. Todd n'avait pas eu l'occasion de faire du sport depuis qu'il était arrivé à Kansas City. Ça lui manquait.

Il baissa les yeux sur son jean ; il ne serait pas très à l'aise dans cette tenue. Il haussa les épaules, et se mit en sous-vêtements. Après tout, il était seul, et ce n'était pas le pire de ses boxers.

Correction : à l'heure actuelle, c'était son seul et unique boxer.

Il ne lui fallut pas longtemps pour comprendre comment fonctionnait l'appareil. Avant de monter dessus, il attrapa un tee-shirt de Gabe dans une corbeille de linge sale à côté de la porte, et trouva un iPod emmêlé au milieu du tas de vêtements. Gabe avait dû l'oublier la dernière fois qu'il s'était entraîné.

— Je me demande ce qu'il écoute…

À sa grande surprise, il s'agissait de Lady Gaga.

— Alors ça, je ne m'y attendais pas, sourit-il en secouant la tête au rythme de la musique.

Il augmenta le volume, et grimpa sur le tapis. Il y avait trop longtemps qu'il n'avait pas couru, il savait qu'il aurait dû commencer doucement, mais il laissa la musique l'envahir et ses jambes le porter sur un rythme effréné. Son cœur battait à tout rompre dans sa poitrine, et pour la première fois depuis longtemps, il eut l'impression d'oublier ses problèmes. Il n'y avait plus que la course et lui.

En un rien de temps, il se retrouva couvert de sueur. Des gouttes de transpiration coulaient dans ses yeux, ses poumons le brûlaient et il commençait à avoir un point de côté. Il aurait dû s'arrêter, mais il continua, il repoussa ses limites. Il voulait que la douleur physique rattrape la douleur de son âme, et il y avait encore de la marge.

Il courait, il courait loin de toutes ces choses qui l'avaient fait pleurer hier soir. Et dire qu'il avait chialé comme un bébé dans les bras d'un inconnu. Dans les bras d'un homosexuel. Todd n'avait jamais pleuré comme ça de toute sa vie, en tout cas jamais en présence de quelqu'un. Il lui était arrivé parfois d'aller se cacher dans les bois derrière la maison pour pleurer en paix, pour lire, ou simplement pour être seul. C'était le seul endroit dans lequel il se sentait libre d'être lui-même. Un après-midi d'été, il avait trouvé refuge dans ces bois, avait retiré tous ses vêtements, et s'était allongé nu au soleil. Il ne savait pas ce qu'il lui était passé par la tête ce jour-là, mais cela restait l'expérience la plus libératrice de sa vie. Et après ça il était revenu, il avait recommencé, de plus en plus fréquemment. Il enlevait lentement ses vêtements, se tenait debout, les bras écartés, la tête en arrière, et il savourait la caresse du soleil sur sa peau. Un peu avant de partir pour Kansas City, il avait hésité à inviter Austin, à lui montrer sa cachette, à lui proposer de venir partager cette expérience avec lui. Il avait beaucoup pensé. Il voulait retenter l'expérience qu'ils avaient partagée devant cette vidéo porno, mais seuls tous les deux, à l'air libre. Que se serait-il passé ? Seraient-ils allés plus loin ?

Est-ce que ça voulait dire qu'il était pédé ?

Non. Il n'était pas amoureux d'Austin. Ils n'étaient qu'amis. Il lui semblait avoir lu dans un livre qu'il était normal pour deux jeunes adolescents d'expérimenter ensemble. C'était normal, parce que leurs hormones étaient en ébullition et qu'ils n'avaient pas encore l'occasion de libérer toute cette énergie sexuelle avec une personne du sexe opposé.

Il pensait que ce n'était qu'une passade, comme un apprentissage, et que très vite, il ressentirait la même excitation avec Joan. Peut-être qu'il lui fallait simplement un peu plus de temps. Il s'était persuadé que bientôt, très bientôt, lui aussi s'intéresserait aux vagins, aux seins, et que son intérêt pour Austin s'épuiserait.

Todd avait trouvé sa petite clairière secrète dans les bois lorsqu'il était encore tout gamin, le jour où sa mère lui avait annoncé qu'elle allait se remarier. Il se souvenait encore du choc de la nouvelle. Se remarier ? Déjà ? Et avec ce sale type, cet Urston, qui regardait toujours Todd de travers ? Cet homme aux yeux noirs et méchants, avec ses profondes cicatrices d'acné sur les joues, celui qui travaillait au black pour le garage automobile à la sortie de la ville. Celui qui venait dans le café où travaillait sa mère, s'installait sur une banquette et buvait des litres de café en commandant d'abord une part de tarte aux pommes avec un morceau de cheddar, et puis une autre part de tarte aux pommes, avec une boule de glace vanille. Et d'ailleurs, qui faisait ce genre de chose ? C'était louche.

Le jour où la mère de Todd lui avait annoncé leur union, Todd s'était enfui. Il avait couru le plus vite et le plus loin possible dans les bois, et c'est ainsi qu'il était tombé sur cet endroit, son refuge au bord du ruisseau. La première fois qu'il y était arrivé, bouleversé, à bout de souffle, il avait écarquillé les yeux en découvrant ce décor tout droit sorti d'un conte de fées. C'était le genre d'endroit dans lequel on imaginait facilement vivre des elfes, ou des fées. Il y avait même un cercle de champignons orange, et, par un mystérieux miracle, il avait déboulé au milieu sans même en écraser un seul.

Dès lors, cet endroit était devenu son repère. C'était d'ailleurs sans doute le seul endroit de la petite ville de Buckman qui lui manquait vraiment. Il n'y avait pas beaucoup de verdure dans son quartier à Kansas City, sans compter les quelques arbres du parc qui servaient de support aux prostitués qui offraient leurs services. Il était hors de question qu'il aille s'asseoir au pied d'un arbre sur lequel un sale pédé avait sucé la queue du premier venu.

« Je préfère le terme « gay ». Eh oui, en effet, je suis gay. »

Comment était-ce possible ? Comment est-ce qu'un homme comme Gabe pouvait être gay ? Le seul homosexuel que Todd avait connu à Buckman était monsieur Tanson, le bibliothécaire. Il était petit, chauve et maniéré. Les gens restaient polis devant lui, mais dans son dos, c'était une autre histoire. Todd avait entendu des choses vraiment horribles.

— Espèce de sale suceur de bites, grognait le beau-père de Todd. Il ne devrait même pas avoir le droit de travailler dans un endroit où il y a des enfants. Les homos sont tous des pervers dégénérés. Ils kidnappent les petits garçons, et ils les dépècent.

— Qu'est-ce que ça veut dire ? avait demandé Todd terrifié.

— Ils baisent les petits garçons, et si leurs trous du cul sont trop petits, ils en découpent des morceaux pour l'élargir, ces sales pédés.

Todd se souvenait encore de la bile acide qui était remontée le long de sa gorge. Il ne parvenait pas à imaginer que le gentil monsieur Tanson puisse faire des choses pareilles. Il ne parvenait même pas à concevoir des choses pareilles ! La simple idée l'horrifiait. Todd était encore très jeune, et il ne savait pas s'il fallait croire son beau-père ou non, mais pendant des mois après ça, il fut incapable de regarder monsieur Tanson dans les yeux. Il était trop tard. Le venin de son beau-père avait fait son effet.

Très vite, la course à pied était devenue une échappatoire pour Todd. Lorsqu'il courait, il ne pensait à rien d'autre. Il ne pensait pas au remariage de sa mère, seulement six mois après la mort de son père. Il ne pensait pas à son horrible beau-père et aux choses affreuses qu'il pouvait dire.

Aujourd'hui encore, Todd courait pour ne pas penser. Pour ne pas penser au fait qu'il était désormais un sans-abri, pour ne pas penser à la neige et au froid, pour ne pas penser aux garçons du parc qui lui avaient conseillé de se prostituer afin se faire de l'argent facile. Pour ne pas penser aux coups de son beau-père. À sa mère qui avait regardé sans rien faire. Qui avait fini par lui tourner le dos elle aussi. Que s'était-il passé au juste ? Comment son enfance heureuse avait-elle pu si mal tourner ?

« Hair » de Lady Gaga commença, et Todd ne put s'empêcher de penser que les paroles étaient faites pour lui. Il savait ce que, c'était de vouloir être libre, de pouvoir être lui-même sans avoir à répondre aux attentes des gens autour de lui. Et dans cet instant, qu'importait que tous ses muscles crient à l'agonie : il était libre.

Il avait mal, mais c'était une bonne souffrance. Une souffrance saine. Il n'était peut-être pas dans sa clairière, dans les bois de Buckman, mais il était presque nu. Et étrangement excité par l'odeur du tee-shirt de Gabe contre sa peau. Todd avait le sentiment que s'il avait couché avec Gabe la veille au soir, ça n'aurait rien eu à voir avec les quelques caresses clandestines qu'Austin et lui avaient échangées dans sa cave. Rien à voir du tout…

Il ouvrit les yeux en même temps que Lady Gaga terminait sa chanson. Gabe se tenait debout dans l'embrasure de la porte.

GABE SENTIT sa mâchoire tomber. Il était rentré sur sa pause du midi pour manger avec Todd. Il était passé au Subway sur son chemin pour prendre deux grands sandwichs au bœuf avec des tonnes de fromage et d'oignons grillés (parce qu'après tout, Todd était encore un jeune homme en pleine croissance, non ?). En rentrant dans l'appartement, il avait appelé le jeune homme, mais n'ayant pas reçu de réponse, il s'était déjà presque résolu à l'idée qu'il soit parti. Il s'était ensuite rendu dans la cuisine, et le poulet décongelait toujours dans l'évier, ce qui ne fit que confirmer ses craintes.

C'est alors qu'il entendit une voix qui chantait. C'était la voix de Todd. Il chantait du Lady Gaga.

Gabe traversa le couloir en appelant une nouvelle fois son prénom pour ne pas le surprendre. Il suivit la voix mélodieuse jusqu'à la salle de sport, et se figea dans l'encadrement de la porte. Il fit un pas en arrière, interloqué par le spectacle qui s'offrait à lui. Todd ne portait rien d'autre qu'un boxer et l'un des tee-shirts de Gabe. Il était couvert de sueur et il courait à grande vitesse sur le tapis de course en chantant comme une rock star. Les vêtements humides de transpiration collaient à son corps, soulignant l'érection évidente qui tendait son boxer. Il était évident que le jeune homme ne courait pas pour le plaisir ; il avait l'air désespéré et en colère, l'émotion qu'il mettait dans l'effort et dans la chanson brute, à vif. Malgré tout, Gabe songea que c'était sans doute la chose la plus sexy qu'il avait vue de sa vie.

Il savait que le bon choix aurait été de reculer discrètement et de laisser le jeune homme terminer en paix, mais il était comme paralysé. Il se sentait comme un promeneur qui venait de tomber sur un animal sauvage dans son habitat naturel, comme s'il était témoin d'une chose rare et précieuse.

En cet instant, Todd était à la fois séduisant, terrifiant et saisissant de beauté. Gabe sentit son sexe durcir à la vue de ce spectacle étrange et unique.

Bien entendu, Todd choisit ce moment pour ouvrir les yeux.

— Oh putain ! s'écria-t-il.

Pris de court, il ralentit son rythme de course, s'emmêla les pieds, et se retrouva projeté vers l'arrière.

Gabe se précipita aussi à ses côtés.

— Todd ! Todd, tout va bien ? demanda-t-il en posant une main sur son épaule.

L'odeur musquée du jeune homme lui assaillit les sens, ce qui ne fit rien pour aider son état d'excitation déjà avancé.

Todd releva lentement la tête pour le regarder, les yeux grillagés par les mèches de cheveux humides qui tombaient sur son front. Il se frotta maladroitement la nuque et se mit à rougir.

— Tu m'as fait peur, haleta-t-il en retirant les écouteurs de ses oreilles.

Puis il baissa les yeux vers son entrejambe, et ramena brusquement ses genoux contre sa poitrine en passant un bras autour.

— Oh, mon Dieu, je suis tellement gêné…

— Ne le sois pas. C'est moi qui suis désolé. J'étais rentré pour qu'on déjeune ensemble, et puis je t'ai entendu chanter…

— Tu pourrais me laisser seul une minute ? demanda Todd, le regard obstinément baissé.

— Je… Bien sûr.

Gabe se releva, commença à sortir de la pièce, puis se retourna au dernier moment.

— Tu es sûr que ça va ?

— Gabe, s'il te plaît !

— D'accord, d'accord. Désolé, s'excusa-t-il en rougissant à son tour. Je suis dans le salon si tu me cherches.

Cette fois-ci, il quitta la pièce.

JAMAIS DE sa vie Todd ne s'était senti aussi humilié. Pas même la fois où ses camarades l'avaient surpris en train de regarder le sexe d'un autre garçon dans les vestiaires de sport. Cette fois-là au moins, il avait eu le réflexe de l'humour pour se protéger. Qu'est-ce que Gabe devait penser de lui ? Il venait de le trouver dans sa salle de sport, en train d'utiliser sans gêne ses appareils, de surcroît vêtu de l'un de ses tee-shirts. Il jeta un regard abattu en direction de son entrejambe. Mon Dieu, il aurait tout aussi bien pu être nu vu l'état dans lequel il était. Comment était-il censé traverser ce couloir et faire face à Gabe après ça ?

Pas le choix. Il ne pouvait de toute façon pas quitter l'appartement sans passer par le salon.

Peut-être que si je reste ici sans bouger assez longtemps, il finira par retourner au travail.

Todd passa une main tremblante dans ses cheveux humides, et se redressa.

Puis il se souvint que Todd avait mentionné le déjeuner. Il leur avait acheté à déjeuner. Il ne risquait pas de repartir tout de suite.

Le jeune homme se releva, et jeta un coup d'œil à son jean, en boule sur le sol. Il ne pouvait pas décemment remettre son pantalon par-dessus son boxer trempé de sueur. Il passa la tête dans le couloir pour s'assurer que Gabe n'était pas dans les parages, et retira ses vêtements mouillés à la hâte, avant d'enfiler son jean sans sous-vêtement, et son pull. Il prit une grande inspiration, et alla retrouver Gabe.

Il était dans la cuisine, assis à table, le dos tourné. Deux sandwiches étaient posés dans des assiettes.

— Il y a du soda dans le frigo, si tu veux. Je ne savais pas ce que tu aimais, alors j'en ai pris plusieurs.

Todd ouvrit le frigo et prit un Coca sans rien dire. Il essayait de gagner du temps pour ne pas avoir à s'asseoir en face de Gabe.

Quand je pense qu'il m'a vu courir en boxer avec une érection monumentale... Et qu'il m'a entendu chanter !

Il finit par s'asseoir.

— J'espère que je ne t'ai pas crevé les tympans, essaya-t-il de plaisanter.

— Pardon ? demanda Gabe confus.

— Avec ma voix, précisa Todd.

— Pour être honnête, commença Gabe en fixant son sandwich, pour quelqu'un qui chantait en courant à toute vitesse, c'était assez impressionnant.

Mais bien sûr.

(« Tu sais quoi, Todd ? Avec une voix comme la tienne, tu feras une excellente poissonnière. »)

— Je ne crois pas que mon beau-père serait d'accord avec toi.

— Qu'il aille se faire mettre, répondit Gabe, se surprenant lui-même par la véhémence dans sa voix.

— Je ne le souhaite à personne, plaisanta Todd en feignant un frisson de dégoût. Il est assez répugnant.

— C'est rassurant de savoir que tu ne veux pas que j'aille me « mettre » ton beau-père, rétorqua Gabe avec un sourire en coin.

Todd tordit la bouche en regardant son sandwich.

— Allez, mange, l'encouragea Gabe avant de mordre dans le sien.

Todd hocha la tête et déballa son sandwich. Il avait l'air appétissant, mais il n'était pas certain qu'il pourrait manger tout ça. Il avait pris son petit-déjeuner tard, et copieusement. Plus copieusement qu'il n'en avait l'habitude.

— Je suis désolé d'avoir utilisé ta salle de sport sans ta permission.

Pitié, faites qu'il ne fasse pas de remarque sur ma tenue...

Mais Gabe ne fit aucune remarque, il se contenta de hausser les épaules.

— Ne sois pas désolé, je te l'ai dit, tu es mon invité, dit-il entre deux bouchées. *Mi casa es su casa.*

— Je suis désolé aussi pour… pour ton tee-shirt.

— Arrête de t'excuser pour tout. Tu n'allais pas courir avec ton gros pull. Mais tu aurais pu aller prendre un tee-shirt propre, tu sais.

— Je ne voulais pas fouiller dans tes affaires, marmonna Todd.

La vérité, c'était que porter un tee-shirt avec l'odeur de Gabe lui avait plu. C'était presque comme être dans les bras du grand homme.

Todd mordit dans son sandwich, et dut se retenir pour ne pas gémir de plaisir. À quand remontait la dernière fois qu'il avait mangé quelque chose d'aussi bon ? Il se força à manger lentement. Il ne voulait pas que Gabe le prenne pour un sauvage sans manières.

— Je vais aller voir si j'ai des vêtements que je peux te prêter, annonça Gabe.

— Sérieusement ? demanda Todd en riant. Je vais nager dans tes fringues. Je vais marcher sur tes pantalons.

— Je n'en suis pas si sûr. Ils seront peut-être un tout petit peu trop long, mais rien qu'un ourlet ne puisse arranger. Et on doit avoir à peu près le même tour de taille, ajouta-t-il en se levant. Je n'ai plus faim, tu veux la fin de mon sandwich ?

Todd examina le reste du sandwich, puis Gabe, et de nouveau le sandwich. Il en avait envie, mais il voulait aussi se réserver pour le dîner qu'il comptait leur préparer.

— Je peux peut-être le garder pour plus tard ? demanda-t-il. Si tu es sûr que tu n'en veux pas…

— Certain. Tu peux le remballer et le garder dans le frigo pour une fringale d'après-midi.

Il se rendit dans sa chambre, et revint quelques minutes plus tard avec deux pantalons en jean, quelques tee-shirts et, oh, mon Dieu, des sous-vêtements. Est-ce qu'il allait sérieusement lui prêter des sous-vêtements ? Il tendit la pile entière à Todd.

— Tiens, va essayer ça si tu veux. Ça devrait te permettre de tenir pour quelques jours.

Quelques jours ? Quelques jours ici, à l'appartement, avec Gabe ? Ou bien quelques jours dehors, dans la rue ?

Soucieux, Todd commença à débarrasser la table, mais Gabe l'interrompit.

— Laisse-moi m'occuper de ça, va te changer.

Le jeune homme soupira, attrapa la pile de vêtements, et se dirigea vers la salle de bains. À sa grande surprise, les deux pantalons étaient presque à sa taille, un tout petit peu trop long aux jambes, évidemment, mais c'était à prévoir. Après deux revers, le résultat était impeccable. Il enfila un tee-shirt sur lequel était écrit « L'autre équipe » (il n'avait pas la moindre idée de ce que ça voulait dire), et retourna dans la cuisine pour montrer le résultat à Gabe.

Il n'y avait jamais pensé, mais c'était un avantage pour les couples gays, ils pouvaient se prêter leurs vêtements. Il était arrivé que Joan lui emprunte des pulls, mais il n'avait bien évidemment jamais porté de vêtements à elle, et il n'avait jamais été tenté de le faire.

— Tu nages un peu dans le tee-shirt, mais le pantalon ne te va pas trop mal, remarqua Gabe.

Son regard s'attarda sur les pieds nus du jeune homme, et Todd haussa les épaules.

— Je ne pense pas que tes chaussures m'iront, dit-il en désignant du menton les grands pieds de Gabe.

— Non, je ne pense pas non plus, sourit-il. Mais on va trouver une solution.

— Mes chaussures feront bien l'affaire.

— Tes chaussures sont en lambeaux.

— Qu'est-ce que ça peut te faire ? demanda Todd, vexé par cette remarque.

Gabe le regarda droit dans les yeux.

— C'est une paire de chaussures, Todd, pas une voiture de luxe, détends-toi. Il te faut des chaussures neuves.

Pour quand tu seras de retour dans la rue, songea amèrement Todd.

— Il y a une friperie au coin de la rue. Ou bien on peut aller en boutique.

Todd secoua négativement la tête. Il ne pouvait pas en demander autant à Gabe. Il l'avait logé, nourri, habillé, Todd ne pouvait pas continuer à abuser de sa gentillesse de cette façon.

— Tu ne devrais pas retourner au travail ? demanda-t-il gentiment.

Il avait hâte de se retrouver seul. Il n'arrivais pas à réfléchir correctement en présence de Gabe. Il était trop. Trop gentil. Trop grand. Trop... séduisant.

— Tu as raison, je devrais. Si tu veux, il y a une petite coupe avec de la monnaie sur la commode dans ma chambre. Tu n'as qu'à te servir et descendre à la laverie au sous-sol pour nettoyer tes vêtements. Tu peux m'emprunter une paire de tongs pour descendre, elles seront un peu grandes pour toi, mais il faut aussi que tu laves tes baskets.

— Je commence à puer ? demanda Todd gêné.

— Todd, arrête de te déprécier sans arrêt. Tu es quelqu'un de *bien*.

Surpris par l'intensité de cette réponse, le jeune homme leva les yeux vers Gabe en repensant à toutes les fois où son beau-père l'avait rabaissé. Toutes les fois où il l'avait traité de bon à rien, de crétin. De sale pédé.

Gabe l'observait avec sur le visage une expression étrange. Ses grands yeux clairs s'assombrissaient au fil des secondes.

— Todd… Est-ce que tout va bien ?

Todd tenta de se ressaisir et de faire bonne figure, mais avant même qu'il ne puisse répondre, Gabe reprit :

— Question stupide, excuse-moi. Écoute, fais ta lessive, repose-toi, profite de l'après-midi. Et fais comme chez toi. J'ai vu que tu avais regardé un film, n'hésite pas à fouiller dans les DVD. Et la salle de sport t'est entièrement accessible. Ne te gêne surtout pas, s'il te plaît. Tu dînes avec moi ce soir ?

Le cœur de Todd manqua un battement.

— Ça… ça ne te dérange pas ?

Gabe sourit et le cœur de Todd manqua un autre battement.

— Bien sûr que non, au contraire. C'est agréable d'avoir de la compagnie.

Todd ne put s'empêcher de lui rendre son sourire.

— Il y a un double des clés, sur la console dans l'entrée. N'oublie pas de t'en servir pour ne pas rester enfermé dehors.

— Tu me prêtes un double des clés ? demanda Todd en écarquillant les yeux.

— Je compte sur toi pour ne pas courir en faire une copie dès que j'aurai le dos tourné, plaisanta Gabe. Tu ne devrais pas trop tarder à mettre le poulet dans la mijoteuse, si tu veux qu'il soit cuit pour ce soir.

Todd lui offrit un immense sourire.

— Laisse-moi m'occuper du poulet, tu veux ?

Gabe haussa un sourcil.

— Très bien. Je te fais confiance.

Je te fais confiance. Comment ces quatre simples petits mots pouvaient-ils avoir un tel impact ? Le sourire de Todd était si large qu'il en avait mal aux joues.

Gabe se dirigea vers la porte d'entrée, et en passant devant la télévision qui était sur pause, il pointa l'écran du doigt et se mit à rire. Puis, il se tourna vers Todd.

— Princesse Leia, ton chat. Je viens de comprendre.

Todd crut que son cœur allait exploser.

— Je n'arrive pas à croire que je n'ai pas compris tout de suite, déplora Gabe en secouant la tête. J'adore les *Star Wars* !

— Moi aussi, répondit Todd aux anges.

— On pourra peut-être en regarder un ce soir, si ça te dit ? Mais pas le premier, pitié, je déteste Jar Jar Binks.

— Pauvre Jar Jar, se lamenta Todd. Personne ne l'aime, ce n'est pas juste.

Gabe leva les yeux au ciel en souriant malgré lui.

— N'essaye même pas de m'attendrir, je ne changerai pas d'avis. Ce n'est peut-être pas juste, mais c'est la vie. Allez, j'y vais. À ce soir.

Il fit un clin d'œil à Todd, et quitta l'appartement.

Ce n'est peut-être pas juste, mais c'est la vie.

Gabe ne croyait pas si bien dire.

VII

GABE AVAIT à peine franchi la porte de son lieu de travail, que Tracy l'attrapa par la cravate et le tira dans son bureau.

— Wagner est là !

— Vraiment ? demanda-t-il surpris.

Il était très rare que Peter vienne sans appeler avant. Qui plus est par ce temps, Peter détestait le froid.

— Il est venu pour t'emmener déjeuner, sauf que tu n'étais pas là ! Tu étais parti manger avec ton nouveau petit ami.

— Ce n'est pas mon petit ami !

— Quel dommage, les interrompit une voix mélodieuse qu'ils connaissaient bien. Et moi qui espérais secrètement que tu t'étais éclipsé pour un rendez-vous coquin entre midi et deux.

Gabe se tourna pour faire face à Peter Wagner, son patron, son meilleur ami, son confident et son sponsor. Peter était nonchalamment appuyé contre l'encadrement de la porte, il tenait sa canne dans une main, et l'autre était posée sur sa hanche. Malgré ses cheveux grisonnants et les lignes qui creusaient son visage, ses yeux bleus brillaient malicieusement comme ceux d'un enfant. Il ressemblait plus à un pirate qu'à la plus grosse fortune du pays. Peut-être parce qu'il portait un foulard en lieu et place de cravate. Sauf qu'aucun pirate ne porterait du William Fioravanti ou du Brioni.

— Peter ! s'exclama Gabe, ravi de le revoir.

Il traversa le bureau pour lui serrer la main, mais Peter l'attrapa et le tira contre lui pour le serrer dans ses bras.

— Gabriel, dit-il de son étrange accent, pas vraiment du sud, pas vraiment anglais, simplement d'ailleurs.

— J'étais dans les parages, je me suis dit que c'était l'occasion de passer. Tu n'étais pas là, alors j'ai emmené ton chef de service à déjeuner à la place. Il est nettement moins amusant que toi, ce vieux croûton.

— Je suis désolé, Peter. Si j'avais su que tu allais venir, je serais resté. Surtout avec cette météo.

— Le mauvais temps a toujours l'air bien pire à travers une fenêtre, philosopha Peter sur le ton de l'homme cultivé qui cite un célèbre auteur.

Peter adorait les citations, il en usait et en abusait. Mais cette fois encore, Gabe n'avait pas la moindre idée de qui était celle-ci. Il faudrait qu'il regarde plus tard sur Internet.

— Qu'est-ce que c'est que cette histoire de petit ami ?

Gabe lança un regard mauvais à Tracy, qui lui répondit par un sourire grimaçant.

— Il n'y a aucune histoire de petit ami, Peter, répondit fermement Gabe.

— C'est bien ce que je disais alors : quel dommage ! Tu as besoin de quelqu'un dans ta vie, Gabe.

— Je vais vous laisser, moi, j'ai du travail, glissa Tracy d'une petite voix paniquée. Monsieur Wagner, salua-t-elle d'un signe de tête.

— Mademoiselle Newman, répondit-il courtoisement.

Tracy fit une petite révérence ridicule, et fuit le bureau à toute vitesse. Peter referma la porte derrière elle, s'assit dans l'un des deux fauteuils face au bureau, et croisa ses longues jambes élégantes.

— Tu veux boire quelque chose ? proposa Gabe.

— Volontiers, répondit Peter en superposant ses deux mains sur la tête en métal de sa canne. Mais seulement si tu as du Lagavulin.

— Jamais je n'oserais t'offrir autre chose.

Gabe ouvrit le placard dans le coin de son bureau et en sortit un décanteur en cristal à moitié plein d'un liquide ambré.

— D'autant plus que c'est toi qui m'as offert la bouteille.

Peter haussa un élégant sourcil argenté, et lui offrit un sourire complice. Il avait une bouche large et de grandes dents blanches et parfaitement alignées. Il était capable d'un sourire charmant, et parfois il vous terrifiait avec un sourire carnassier, plus aiguisé qu'un requin. Heureusement pour lui, Gabe ne s'était jamais retrouvé la cible de l'un de ceux-là.

— Tu veux me faire croire qu'il t'en reste encore depuis ton anniversaire ?

— Je n'ai pas pour habitude de boire au travail, Peter, dit-il en leur servant deux verres. C'est le whisky le plus vieux et le plus cher que j'ai jamais possédé, je ne vais pas le siffler comme un sauvage à n'importe quelle occasion.

Il tendit son verre à Peter, qui le leva aussitôt pour porter un toast.

— Aux visites inattendues.

— À ta visite, précisa Gabe en cognant délicatement son verre contre le sien.

Ils respirèrent tous les deux l'arôme unique de l'alcool, une odeur de feu de bois par un jour glacé, une odeur qui tombait à point nommé, avant de boire une gorgée.

— Dieu existe, murmura Peter avec une pointe d'accent écossais.

Lui aussi tombait à point nommé.

Gabe laissa échapper un petit rire. Il ne savait même pas si Peter était croyant. Peter était difficile à cerner, il pourrait aussi bien être un fervent catholique qu'un athéiste acharné. Un jour, il reprochait au système scolaire de ne pas enseigner la théorie de l'évolution dans toutes les écoles, et le lendemain il vous murmurait à l'oreille : *« La science sans religion est boiteuse, la religion sans science est aveugle. »*.

Albert Einstein.

— Tu as bravé la tempête de neige pour aller déjeuner, alors ? Tu es sûr qu'il n'y a pas d'histoire de petit ami ?

Gabe s'assit dans le fauteuil à côté de lui. Il était hors de question qu'il se mette dans son fauteuil de bureau. Il aurait l'impression de s'asseoir sur un trône en présence de la reine d'Angleterre.

— Pas de petit ami, insista-t-il.

Peter lui lança un sourire ironique en haussant les deux sourcils.

— C'est juste un gamin à qui je donne un coup de pouce, expliqua-t-il finalement en espérant pouvoir rapidement changer de sujet.

Il connaissait Peter, il n'avait pas fait tout ce chemin ni supporté toute cette neige pour parler garçons.

— Si j'ai bien compris, tu l'héberges dans ton appartement ?

— Tracy devrait apprendre à fermer sa grande bouche.

Le rire mélodieux de Peter se répandit dans la pièce.

— Elle s'inquiète, c'est tout. Ne sois pas trop dur avec elle. Je m'inquiète aussi, tu sais.

Gabe prit une grande inspiration, et par le plus grand des miracles, parvint à ne pas pousser de soupir exaspéré.

— Eh bien, ne vous inquiétez pas. C'est quelqu'un de bien, je lui fais confiance.

— J'ai confiance en ton jugement, répondit simplement Peter.

Gabe hocha la tête. Il était grand temps de changer de sujet. Gabe était curieux de savoir ce qui avait fait venir Peter.

— Sauf lorsqu'il s'agit de ton cœur, poursuivit Peter.

Eh merde, songea Gabe, incapable de ne pas soupirer cette fois-ci.

— Écoute, Peter. C'est un gamin, il s'est fait mettre à la porte de chez lui, c'était le Nouvel An, il faisait un froid glacial et la tempête de neige s'apprêtait à faire rage. Il s'était caché au chaud dans le hall et le concierge l'a surpris. Il l'a menacé de le jeter dehors, qu'est-ce que tu voulais que je fasse ?

Peter pencha la tête sur le côté, le regard pétillant.

— Tu as fait ce que ferait n'importe quel ange, Gabriel, tu l'as aidé.

— J'ai été à bonne école, sourit Gabe en le regardant.

— Je t'en prie, je n'ai rien à voir là-dedans. Tu es né comme ça. C'est pour ça que je t'ai pris sous mon aile.

Après ça, la conversation se centra de nouveau sur les affaires. Et Peter avait de grandes nouvelles.

PORTER LES vêtements de Gabe était une drôle d'expérience. Pas drôle dans le sens amusant, mais étrange et, pour être honnête, terriblement sexy. Todd n'arrêtait pas de penser au fait que les vêtements contre sa peau avaient touché la peau de Gabe avant. Les sous-vêtements en particulier, c'était… quoi au juste ? Perturbant ? Il n'aurait pas su dire exactement ce qu'il ressentait.

Tu es ridicule, ils sont propres, songea-t-il. *Ce n'est pas comme s'il avait transpiré dedans juste avant.*

Todd frissonna à cette simple pensée, et sentit les poils se dresser sur sa nuque. Mon Dieu, son sexe était dans un boxer qui avait touché le sexe de Gabe. Son sexe qui faisait probablement dix fois la taille de celui de Todd d'après ce qu'il avait aperçu la veille au soir à travers son bas de jogging.

Ne pense pas à ça. Concentre-toi sur le dîner.

Non, d'abord la lessive.

Ce qui lui fit penser à la raison initiale de cette tournée de lessive. L'épisode de la salle de sport, lors duquel Gabe l'avait surpris courant à moitié nu en écoutant Lady Gaga. Avec une érection.

Il avait besoin de s'asseoir. C'était trop embarrassant. Comment pouvait-il encore regarder Gabe dans les yeux après ça ? Il se souvenait encore parfaitement de l'expression sur son visage. De l'inquiétude. Mais il y avait également autre chose. Il lui semblait avoir lu du désir…

Arrête de penser à ça, et va faire ta lessive.

Il trouva un bidon de lessive dans la salle de bains, alla récupérer de la monnaie dans la chambre de Gabe, puis il attrapa le double des clés et descendit à la cave.

Il y avait déjà une petite fille devant les machines à laver. Elle devait avoir une petite dizaine d'années, et elle sortait des vêtements du sèche-linge. Elle leva les yeux vers lui, et lui fit un petit signe de la main. Elle était adorable. Elle avait de longs cheveux bruns, une peau mate et de grands yeux de princesse Disney.

— Bonjour, dit-il.

— On ne se connaît pas, remarqua-t-elle aussitôt. Je suis Bianca. Tu es nouveau ? demanda-t-elle en balançant ses cheveux dans son dos.

— Je... Je reste chez un ami pendant quelques jours.

Comment était-il censé expliquer sa situation à une gamine de cet âge ?

— Comment il s'appelle ? demanda-t-elle en commençant à plier les vêtements.

Todd avala sa salive, mal à l'aise. Elle était diablement curieuse.

— Gabe, répondit-il finalement en vidant son sac de linge sale sur l'une des grandes tables au milieu de la pièce.

Il avait également descendu le contenu de la corbeille de linge sale dans la salle de sport de Gabe. Il n'y avait que des vêtements en coton et des sous-vêtements. Todd en avait déduit qu'il mettait très certainement tous ses costumes au pressing.

— Chez Gabe ? Tu as de la chance, il est gentil. Je crois qu'il aimait bien mon papa, mais il a mis trop de temps à le lui dire. Il est avec Curtis maintenant.

Quoi ? Qui ? Gabe était avec Curtis ?

— Qui est Curtis ? Gabe a un petit ami qui s'appelle Curtis ? demanda-t-il, l'estomac étrangement noué.

— Mais non ! rit-elle. Curtis, c'est le petit ami de mon papa. C'est moi qui les ai mis ensemble, ajouta-t-elle avec un clin d'œil.

— Ton papa est gay ?

— Oui, répondit-elle en souriant.

Est-ce qu'il venait de se réveiller dans une autre dimension ? Une petite fille ? Avec un père homosexuel ? Et qu'est-ce qu'elle voulait dire ?

— Comment ça, tu les as « mis ensemble » ?

— Je suis très douée, expliqua-t-elle. Ils s'aimaient déjà bien avant, je les ai juste aidés à faire le premier pas. Et maintenant, j'ai deux papas, gloussa-t-elle. Tu ne t'occupes pas de tes vêtements ?

— Pardon ? Oh.

Il s'éclaircit la gorge et rassembla ses esprits. Il entreprit de séparer soigneusement le blanc des couleurs, il ne tenait pas à teindre accidentellement les vêtements de Gabe, mais il réalisa rapidement qu'il n'y avait qu'une paire de chaussettes et un caleçon Hugo Boss blancs. Il fixa le caleçon en repensant à la taille du sexe de Gabe. Mon Dieu, il était obsédé, pourquoi est-ce qu'il pensait à des choses pareilles. Il sentit son sexe réagir. Son sexe qui était actuellement confiné dans un boxer appartenant à Gabe.

Mais qu'est-ce qu'il lui arrivait ?

— Tu aimes bien Gabe ? demanda la petite fille.

Todd redressa brusquement la tête en rougissant.

— Qu'est-ce que tu veux dire ? demanda-t-il sur la défensive.

— Est-ce que tu l'aimes bien ? répéta-t-elle plus doucement.

— Il est très gentil.

— Oui, mais est-ce que tu *l'aimes* bien ? insista-t-elle en jouant des sourcils.

— Je ne suis pas un pé… Je ne suis pas gay, se corrigea-t-il.

— Tu es sûr ? demanda-t-elle méfiante. Tu as l'air plutôt gay.

— Comment ça ?

— Je ne sais pas, dit-elle en haussant les épaules. Je sens ces choses-là, généralement. Tu es bi peut-être ?

— Quoi ? s'écria-t-il déboussolé.

Il venait définitivement de tomber dans une autre dimension.

— Bisexuel, tu sais, quand on aime les filles et les garçons.

— J'aime les filles ! s'indigna-t-il en sentant son estomac se serrer.

— Comment tu t'appelles déjà ? demanda-t-elle en le regardant de travers.

— Je ne t'ai pas donné mon nom, répondit-il en sentant une goutte de sueur perler le long de sa colonne vertébrale.

— Tu es un criminel en fuite ou un truc comme ça ? demanda-t-elle.

Il éclata de rire et lui tourna le dos pour mettre les vêtements dans une machine.

— Bien sûr que non !

— Alors, dis-moi ton nom. De toute façon, je finirai par l'apprendre.

Il la regarda de nouveau, les yeux écarquillés, la bouche ouverte.

— D'accord, c'est bon. Je m'appelle Todd.

— Tu n'es pas obligé de répondre sur ce ton, grommela-t-elle. J'essaye juste de faire la conversation.

Elle plia son dernier tee-shirt et mit la pile de linge dans son panier.

— Tu ne devrais pas être à l'école ? demanda-t-il sèchement.

— Pas avec cette neige, dit-elle en levant les yeux au ciel comme s'il était particulièrement bête de poser cette question. Tu comptes fixer ce caleçon toute ta vie ou tu as l'intention de le laver ? demanda-t-elle avant de balancer ses cheveux en arrière et de tourner les talons.

— Je te demande pardon ? dit-il offusqué.

Mais elle était déjà partie. Il baissa les yeux sur le caleçon Emporio Armani qu'il avait entre les mains. Pour l'amour du ciel, est-ce que Gabe ne possédait que des sous-vêtements de grandes marques ? Par curiosité il regarda rapidement les autres sous-vêtements, et trouva deux slips C-IN2 bleu rayé, des modèles sexy, comme ceux du site que Todd allait parfois regarder. Il étira l'un d'entre eux devant lui. La poche pendait presque, distendue. Mon Dieu, Gabe était monté comme un étalon.

Dans un élan incontrôlable, il porta le sous-vêtement à son visage, ferma les yeux et inspira profondément.

L'odeur de Gabe.

Elle n'était pas très différente de celle d'Austin.

Il avait complètement perdu la raison. Il balança le vêtement dans le tambour avec violence, referma le hublot, versa la lessive, et mit la monnaie dans la machine pour démarrer le cycle.

Il remonta à l'appartement à toute vitesse, comme s'il s'échappait des cachots d'un donjon.

Je suis en train de devenir cinglé.

TODD DÉBALLA le poulet décongelé, le badigeonna de graisse de bacon, l'enveloppa dans de l'aluminium avec les fruits qu'il avait coupés en morceaux, et plaça le tout dans le réfrigérateur. Il n'était pas encore sûr de l'heure à laquelle il allait le mettre au four. Gabe était resté vague sur son heure de retour. Le poulet pesait un peu plus d'un kilo, il en conclut qu'il ne lui faudrait pas plus de deux heures de cuisson.

« *Tu es bi peut-être ?* »

Pourquoi pensait-il à ça subitement ?

De l'occupation. Il fallait qu'il reste occupé.

Qu'allait-il faire en attendant le retour de Gabe ? Regarder un autre film ?

Le balcon. Il pouvait peut-être s'occuper du balcon.

Après quelques minutes de réflexion, il s'organisa pour déblayer la neige du balcon. Il trouva un balai et une pelle dans le placard de l'entrée. Avec la quantité de neige qui s'était amoncelée, il en aurait pour un moment. En se penchant par-dessus le parapet, il constata que l'appartement de Gabe était le seul qui possédait un balcon, mais ce n'était que l'une des faces de l'immeuble, et Gabe avait sans doute l'appartement le plus grand de ce côté-ci.

Il lui fallut une bonne heure pour enlever toute la neige, et lorsqu'il eut fini, elle recommençait tout juste à tomber. Le ciel avait pris une teinte grise, presque argentée, et les flocons étaient déjà énormes. Tout serait sans doute à refaire d'ici quelques heures. La neige aurait fini par fondre et se serait écoulée par les fentes au pied du mur, mais au moins ça l'avait tenu occupé.

Puis il redescendit à la cave pour mettre le linge dans le sèche-linge, anxieux à l'idée de recroiser la petite fille. Il n'avait vraiment pas besoin de ça.

« Tu es bi peut-être ? »

Pourquoi cette phrase le hantait-elle ?

Le souvenir de cette nuit chez Austin avec la vidéo porno lui revint.

Tu as aimé ça.

Non, j'étais jeune, j'avais les hormones en ébullition, c'est tout.

Tu as aimé ça.

La porte de la laverie s'ouvrit, et il rencontra deux nouveaux résidents qui voulurent eux aussi savoir qui il était, et ce qu'il faisait là. Il s'agissait d'un couple, Harry et Cody. Ils étaient tous les deux de nature enjouée et taquine, et aussitôt qu'il leur expliqua qu'il était hébergé chez Gabe, il eut droit à des regards en coin et des petits sourires complices. Il prit la décision de ne pas les corriger, c'était plus simple que de leur expliquer sa situation. Ils étaient plutôt gentils, et c'était intéressant de les voir interagir. Il était évident qu'ils s'aimaient beaucoup et qu'ils se connaissaient bien. Ils s'affairaient aux machines sans se bousculer, terminaient leurs phrases respectives, et échangeaient des gestes affectueux. Un vrai couple en somme.

Rien à voir avec sa mère et son beau-père.

C'était tellement étrange.

C'était la première fois que Todd avait l'occasion de vraiment observer un couple gay. Il en avait croisé depuis qu'il était arrivé à Kansas City, mais dans la rue, furtivement, en passant. Harry et Cody avaient l'air tellement… normaux. Todd ne savait pas à quoi il s'attendait. À ce que l'un des deux porte une robe et se travestisse ? Ou porte une combinaison en latex et un collier de chien ? Peut-être bien. Il avait été élevé dans le préjugé.

Ils étaient tellement sympathiques.

— Nous avons fêté nos deux ans à Noël dernier, dit Harry, le plus costaud des deux.

— Ça aurait pu faire plus, ajouta Cody, qui avait un visage anguleux et des yeux expressifs. Mais il lui a fallu tellement de temps pour s'en rendre compte.

— Il adore raconter ça.

— Parce que c'est vrai ! insista Cody. Nous avons été meilleurs amis pendant des années avant qu'il réalise enfin qu'il avait des sentiments pour moi.

— Pendant combien de temps ? demanda Todd, la gorge serrée.

— Trop de temps, répondit simplement Cody. C'est un miracle qu'il ait résisté à tout ça, dit-il en tournant sur lui-même et en contractant les muscles de ses bras.

Harry éclata de rire et passa un bras autour de la taille de Cody pour l'embrasser chastement sur les lèvres.

— J'étais bête et aveugle, concéda-t-il.

Cody le repoussa gentiment pour continuer à trier le linge. Leur linge. Les vêtements de deux hommes mélangés et lavés ensemble.

Comme ceux de Gabe et moi.

— Et toi ? Ça fait combien de temps avec Gabe ?

— Pardon ? demanda Todd en sortant de ses pensées.

— Gabe et toi ? Depuis combien de temps êtes-vous ensemble ? C'est plutôt récent ?

— Je…

Que devait-il répondre ? Il les avait laissés penser que Gabe et lui formaient un couple.

— Très récent, dit-il en sentant son cœur s'emballer.

Il était en train de prétendre être en couple avec un autre homme. Son beau-père ferait une crise cardiaque s'il savait.

— En tout cas, ça doit être du sérieux pour qu'il te confie déjà son appartement comme ça.

Todd sourit malgré lui.

— Sans doute, répondit-il timidement.

Ou bien peut-être que Gabe était simplement le genre de personne qui accordait facilement sa confiance.

— Il invite rarement d'autres hommes chez lui ?

Il n'avait vraiment aucun filtre entre son cerveau et sa bouche, pourquoi avait-il posé cette question ? Harry et Cody se regardèrent, puis se tournèrent vers lui.

— Je suis désolé, c'était indiscret.

— Ça doit bien faire deux ans qu'on ne l'a pas vu avec quelqu'un, répondit Harry en haussant les épaules et en regardant de nouveau son compagnon.

— Je suis sincèrement désolé, répéta Todd. Je ne sais pas ce qui m'a pris de vous demander ça.

— Ne t'inquiète pas, le rassura Harry avec un grand sourire sincère. Moi je pense que je sais pourquoi, tu l'aimes bien, pas vrai ?

Todd s'étouffa avec sa salive et fut pris d'une violente quinte de toux.

Cody se précipita à ses côtés pour lui tapoter le dos.

— Tout va bien ? C'est passé par le mauvais tuyau ?

Todd essaya de répondre, mais il était trop occupé à tenter de ne pas s'étouffer. La question l'avait complètement pris de court. Est-ce qu'il aimait bien Gabe ?

La question ne se posait pas en réalité. Évidemment qu'il aimait bien Gabe. Il ne le connaissait que depuis vingt-quatre heures, mais il ne pouvait pas échapper à l'évidence.

— Je… Oui, hoqueta-t-il.

Il aimait bien Gabe.

Il l'aimait beaucoup.

VIII

Lorsque Gabe franchit la porte de l'appartement, il fut assailli par une délicieuse odeur de poulet, d'épices, et autre chose qu'il ne parvint pas à déceler, mais qui sentait divinement bon. Son estomac gronda, il était affamé.

— Todd ? appela-t-il en passant la tête dans le salon.

— Ton timing est impeccable, cria le jeune depuis l'autre bout du couloir. On ne pouvait pas rêver mieux, le dîner sera prêt dans quelques minutes. Tu veux te doucher d'abord ?

Todd sortit de la salle de bains dans un nuage de condensation. Il avait les cheveux humides, et il portait le tee-shirt « L'autre équipe » de Gabe. Il n'avait sans doute aucune idée de ce que ça voulait dire. Est-ce qu'il devait lui expliquer ? Ça n'avait pas vraiment d'importance, et puis il aimait trop l'idée que Todd porte ses vêtements.

On se calme avec les élans de possessivité. Todd est hétéro.

Soi-disant.

Il savait déjà ce que Tracy dirait.

« *Tu n'apprendras donc jamais la leçon ? Qu'est-ce qui s'est passé la dernière fois que tu as recueilli un gamin paumé ?* »

Son cœur avait été brisé. En mille morceaux.

— Tu es couvert de neige ! s'exclama Todd.

Gabe tourna la tête de gauche à droite pour regarder ses épaules qui étaient effectivement couvertes de flocons. Il commença à s'épousseter, mais Todd l'interrompit.

— Laisse-moi t'aider, dit-il en lui retirant son manteau.

Il le prit avec lui, retourna dans la salle de bains pour le secouer au-dessus de la baignoire, et revint rapidement. Un grand sourire se dessina sur son visage.

— Tes cheveux, pointa-t-il en riant, avant de s'approcher pour tapoter le sommet du crâne de Gabe.

Gabe sentit son cœur s'emballer. Il avait eu si peu de contacts physiques dernièrement, ce simple petit geste le bouleversa. Todd était si proche de lui que Gabe pouvait sentir l'odeur du gel douche qui émanait de sa peau. Le jeune homme s'était rasé, il avait redessiné les contours de la petite barbe sur son menton, et des pattes qui lui allaient si bien. Il était si proche que Gabe pouvait apercevoir la pointe de ses tétons à travers le tee-shirt.

Je suis obsédé. Il faut que je me calme, ça devient ridicule.

Je ne sais pas quel est son nom de famille.

Mon Dieu, il ne lui avait même pas demandé. Et de quoi aurait-il l'air s'il le lui demandait maintenant ?

— Va te doucher, l'encouragea Todd. Mets des vêtements confortables, le dîner sera prêt dans une petite demi-heure, ça te va ?

— Oui, acquiesça machinalement Gabe. Oui, c'est très bien.

Il se rendit dans sa chambre, et trouva son linge, lavé, plié et posé en pile sur son lit. Todd avait fait sa lessive ? Même Daniel n'avait jamais fait sa lessive.

Daniel n'était même pas capable de faire sa propre lessive.

Tous ses vêtements (y compris ses sous-vêtements) étaient soigneusement pliés. Ça avait dû être bizarre pour Todd de s'occuper du linge d'un autre homme qu'il connaissait à peine.

Pas aussi bizarre que de porter tes sous-vêtements, lui chantonna une petite voix dans sa tête.

Et voilà une pensée qui ne le laissait pas indifférent. Tous les vêtements que portait Todd étaient à Gabe. Des vêtements qui n'avaient jamais touché d'autres peaux que la sienne, et qui enveloppaient aujourd'hui le corps du jeune homme. Jusqu'aux recoins les plus intimes…

Gabe réalisa qu'il avait une érection. Il se secoua pour tenter de se ressaisir.

Il était grand temps de prendre une bonne douche.

D'habitude, il faisait un peu de sport avant. Ce qui lui rappela l'épisode de ce midi.

Il avait trouvé le jeune homme tellement sexy. Est-ce que ça faisait de lui une personne horrible ? Ça n'avait pas été un moment sexy pour le jeune homme. Il avait eu l'air tourmenté, et lorsque Gabe l'avait surpris, il avait eu tellement honte. Le pauvre, être surpris dans un moment pareil, et dans l'état dans lequel il était.

Il décida finalement qu'il n'en mourrait pas s'il ne faisait pas de sport ce soir, et se glissa sous le jet de la douche.

Sans trop savoir pourquoi, il fit le choix de porter des vêtements de la pile que Todd avait nettoyés. Les vêtements que Todd avait touchés, pliés.

Il se comportait sans doute comme un adolescent énamouré, mais c'était plus fort que lui. Après tout, Todd allait bientôt s'en aller, il pouvait bien s'autoriser quelques faiblesses. Il ne faisait que rêvasser, il savait très bien qu'il ne se passerait rien entre lui et Todd.

Il enfila donc un tee-shirt, un boxer et un jean de la pile, et sa plus vieille et plus confortable paire de Nike. Ce qui lui fit penser à la paire de Converse de Todd. Il espérait vraiment qu'il les avait passées à la machine aussi. Ses chaussures étaient dans un état lamentable. Une nouvelle paire de Converse devait coûter soixante, soixante-dix dollars tout au plus, mais Gabe avait l'intuition que le jeune homme supporterait très mal qu'il les lui achète. Il y avait bien un supermarché dans lequel ils pourraient dénicher une paire de baskets pour moins de vingt dollars, mais il était à plus d'une demi-heure de route. Avec la neige qui était encore tombée aujourd'hui, il n'était pas envisageable d'y aller ce soir. Ce week-end peut-être ?

Ce week-end ? Tu vas le laisser rester jusqu'au week-end ?

Et pourquoi pas ? C'était agréable d'avoir de la compagnie. L'appartement lui semblait moins vide.

Il alla rejoindre Todd dans la cuisine, et le trouva penché au-dessus du four, ce qui lui offrit une vue imprenable sur son très joli derrière. Musclé, rond. À couper le souffle.

Obsédé, obsédé, obsédé.

Et comment je remédie à ça ?

Ce n'est pas la première fois de ma vie que ça arrive.

Tout un éventail de solutions s'offrait à lui. Les petites annonces en ligne, les applis de rencontre, les bars…

Gabe était conscient de ses atouts physiques. S'il voulait passer la nuit avec quelqu'un, il n'aurait pas beaucoup d'efforts à faire.

Sauf que les histoires d'un soir le satisfaisaient sur le moment, mais le faisaient se sentir cent fois plus seul après. Et puis il n'allait pas faire venir quelqu'un pour coucher avec pendant que Todd était là.

Gabe poussa un énorme soupir, et Todd se releva et se retourna brusquement.

— Tu m'as fait peur !

— Oups. Désolé, s'excusa Gabe avec un petit sourire contrit.

— Je ne t'ai pas entendu arriver, comment peux-tu être aussi costaud et aussi discret ?

Todd portait des maniques et tenait entre ses mains un large plat dans lequel trônait un splendide poulet doré, sur un lit d'aluminium duquel s'échappait une odeur divine.

— Je ne sais pas ce qu'il y a là-dedans, Todd, mais ça sent extrêmement bon.

Une expression satisfaite gagna les traits du jeune homme.

— Merci, dit-il en entrant dans le salon pour poser le plat sur la table.

Il avait déjà installé le couvert pour deux. Il retourna en cuisine et sortit un autre plat du four dans lequel il y avait des pommes de terre. Gabe en salivait. Elles avaient l'air encore plus appétissantes que le poulet.

— J'espère que ça sera bon, dit Todd. L'assaisonnement est un peu particulier, mais je voulais que ça aille bien avec la farce du poulet.

— La farce ?

— Tu verras bien, répondit-il mystérieusement avec un clin d'œil. Assieds-toi.

Gabe s'installa. Il faillit demander à Todd s'il voulait qu'il allume des bougies, mais il réalisa que c'était peut-être aller un peu trop loin. Pourtant, c'était tout ce dont il avait toujours rêvé. Il regarda Todd s'affairer autour de la table ; il pouvait facilement s'imaginer manger avec lui en parlant de leur journée, se câliner sur le canapé devant un bon film, et puis aller se coucher ensemble.

Il faudrait qu'il se contente d'un simple dîner.

Todd prit son assiette, lui servit une part généreuse de poulet, quelques cuillerées de la farce qui l'accompagnait et des pommes de terre. Gabe ne s'était pas senti aussi heureux depuis très longtemps.

C'est à cet instant que la sonnerie de l'interphone retentit. Ils sursautèrent tous les deux.

Qui diable cela pouvait-il bien être ?

— Excuse-moi, murmura Gabe en se levant pour aller voir.

— Oui ? demanda-t-il en appuyant sur l'interphone.

— Gabe, tu es à la maison, merveilleux ! J'espérais justement tomber sur toi. Tu me fais monter ?

Peter ? Qu'est-ce qu'il faisait ici ?

EN L'ESPACE de quelques minutes seulement, l'ambiance quasi romantique de leur petit dîner à deux vola en éclats.

— Todd, je suis tellement désolé, dit-il en appuyant sur le bouton pour ouvrir la porte de l'immeuble à Peter. C'est mon patron.

Todd fut surpris de découvrir un personnage qui avait l'air tout droit sorti d'un conte de Noël. Il était grand, incroyablement grand, mais lorsque Todd se leva pour le salua, il réalisa qu'il n'était pas beaucoup plus grand que Gabe, simplement il était mince, et élancé, avec un buste étroit et des membres très longs. Il portait un costume qui devait coûter les yeux de la tête. Il devait avoir une soixantaine d'années. Son âge était difficile à déterminer, son visage portait les marques du temps, et ses cheveux étaient grisonnants, mais il avait des yeux jeunes et rieurs.

— Bonsoir, bonsoir ! les salua-t-il en ouvrant les bras, une canne à la main, comme s'il s'apprêtait à ouvrir la mer Rouge.

— Bonsoir, Peter, répondit Gabe.

Le fameux Peter prit Gabe dans ses bras, puis se tourna vers Todd.

— Tu dois être l'invité de Gabe. Enchanté de faire ta connaissance.

Il tendit la main, et Todd la serra, surpris par la vigueur de sa poigne.

— Je me présente, Peter Wagner, dit-il de sa voix chantante, avec son étrange accent. Et tu es ?

— Todd Burton.

— Je manque à mes manières, pardonne-moi, Peter. J'aurais dû vous présenter. Je dois dire que tu me prends au dépourvu, je ne m'attendais pas à te voir.

— Tu n'es pas trop déçu, j'espère ?

— Bien sûr que non, nous nous apprêtions à… eh bien, à dîner, j'imagine.

— Grand Dieu, et moi qui ai dit à mon chauffeur qu'il avait largement le temps d'aller voir un film au cinéma.

Todd s'éclaircit poliment la gorge.

— Il y a largement assez de nourriture pour trois, monsieur Wagner, offrit-il à contrecœur.

Lui qui avait voulu impressionner Gabe, voilà que cet étrange personnage au physique arachnéen les interrompait.

— Non, non, voyons ! Je vais aller me dégourdir les jambes, je repasserai dans une petite heure, lorsque vous aurez fini.

Todd jeta un coup d'œil par la baie vitrée. La neige tombait toujours à gros flocons. Il repensa à ce qu'il avait ressenti la veille, coincé dans ce froid polaire, avant que Gabe ne le laisse entrer. Il se comportait comme un gamin égoïste.

— Monsieur Wagner, s'il vous plaît, j'insiste. Joignez-vous à nous.

— Eh bien... hésita-t-il en scrutant le regard de Todd comme s'il pouvait lire son âme. Si tu insistes, termina-t-il avec un petit moulinet de poignet digne d'un magicien.

Il tourna sur lui-même et d'un geste gracieux retira son manteau et fit apparaître une bouteille de vin. D'où sortait-elle ? Sous son bras ? Une poche intérieure ? Impossible de savoir.

— J'espère qu'elle conviendra au repas, c'est un grenache Château Rayas Châteauneuf-du-Pape. Excellent avec le poulet.

Todd n'avait pas compris un traître mot de ce qu'il venait de dire. À son grand regret, il n'y connaissait pas grand-chose en vin. Ce n'était pas une boisson populaire à Buckman, et de toute façon il était trop jeune pour en boire. Il se contenta donc de remercier monsieur Wagner.

— Je vais l'ouvrir, proposa Gabe en prenant la bouteille.

Todd installa un autre couvert et Peter plia son immense silhouette sur l'une des chaises.

— Ça sent divinement bon, Todd. Est-ce une farce aux fruits que je sens ?

Todd hocha la tête en souriant.

— Tu es cuisinier ?

— J'aimerais bien.

— Mon cher enfant, soit l'on est cuisinier, soit on ne l'est pas. Que te dit ton âme ?

Todd se laissa tomber sur une chaise, l'œil hagard. D'où sortait ce type ? Il déglutit en réfléchissant à la question. Ce que lui disait son âme ? Qu'est-ce qu'il entendait par là ?

— Est-ce que c'est quelque chose qui te divertit ? Comme regarder un film, ou faire un jeu ? Ou est-ce que ça va plus loin que ça ? Lorsque tu cuisines, est-ce que ça vient du cœur ? Est-ce que tu te sens relié à une force qui te dépasse ? Lorsque tu goûtes la première bouchée d'un plat que tu viens de préparer, ressens-tu un frisson d'exaltation ? Est-ce que tu te dis « Mon Dieu, c'est moi qui ai fait ça » ?

La bouche de Todd s'entrouvrit de surprise. C'était *exactement* ce qu'il ressentait. Peu importe qu'il s'agisse de pancakes de la fête des Mères ou d'un poulet farci aux fruits, c'était comme si une partie de lui savait ce qu'il fallait faire, c'était inné.

— Oui c'est... C'est exactement ça, monsieur Wagner, murmura-t-il.

— Allons, allons, ne m'appelle pas monsieur Wagner. Pas ici. Appelle-moi Peter, tu m'entends ?

Todd laissa échapper un rire nerveux.

— Très bien P… Peter.

— Il n'y a qu'un P, mon garçon. Détends-toi, il est évident que Gabe t'apprécie. Pas vrai, Gabriel ?

Gabe écarquilla les yeux et se mit à rougir. Todd dut se retenir pour ne pas éclater de rire. Est-ce que Peter croyait lui aussi qu'ils étaient en couple ? Il regarda ses vêtements (techniquement ceux de Gabe), puis la table, et faillit se frapper le front du plat de la main. Tout ce qui leur manquait, c'était des chandelles. Bien sûr que Peter les croyait en couple.

Gabe revint avec la bouteille de vin et un troisième verre. Il servit un verre de vin à chacun, et Todd remarqua qu'il évitait son regard. Puis il s'assit, prit une grande inspiration, et sourit à Peter comme si de rien n'était.

— Un toast ? proposa-t-il.

— Aux nouveaux amis et aux cœurs à prendre, lança Peter.

Todd sourit sans pouvoir s'en empêcher. Cet homme était complètement fou. Un peu comme tout ce qui lui était arrivé ces derniers jours. Pourquoi ne pas simplement se laisser porter et en profiter ? Ça ne durerait sans doute pas. Il leva son verre, Gabe aussi, et ils trinquèrent.

Todd fit bien attention à ne pas descendre son verre d'une traite cette fois-ci. Il huma l'odeur du liquide avec un air concentré.

C'était un arôme riche. Une odeur de pétales de rose et de mûres.

— C'est exactement ça ! s'exclama Peter.

Todd rougit. Il ne s'était pas rendu compte qu'il parlait à voix haute.

— Il y a aussi du kirsch et de la violette. Est-ce que tu arrives à sentir le poivre blanc ?

Du poivre blanc ? Dans du vin ? Todd reprit une gorgée et ferma les yeux. Il poussa un petit « Oh » de surprise.

— Je le sens, ça y est.

— C'est sexy, tu ne trouves pas ? Tu ne trouves pas, Gabriel ?

Gabe toussa, sourit maladroitement, et s'essuya la bouche avec sa serviette.

— Je ne sais pas trop…

— C'est sexy, décréta Peter. Un arôme sexy, comme des draps de lin après une folle nuit d'amour sur une île de Grèce. Maintenant que nous avons goûté le vin, puis-je ? demanda-t-il, avant de couper délicatement un morceau du poulet dans son assiette, et de le porter à sa bouche, les yeux fermés.

Todd retint son souffle.

Peter sourit en coin, puis il rouvrit les yeux.

— Un véritable délice, souffla-t-il.

Cette remarque ravit Todd. Il ne savait pas pourquoi. Il ne savait pas qui était cet homme étrange au langage soutenu, à la prose facile, qui se mouvait gracieusement malgré son étrange silhouette aiguë. Pourtant, il lui semblait qu'il n'avait jamais reçu de meilleur compliment que celui de Peter.

Peter se redressa sur sa chaise, goûta la farce, et son sourire s'élargit encore.

— C'est la Floride, Washington, l'Asie et le réconfort des derniers jours d'automne. C'est exquis.

Todd rougit. Peter en faisait trop, il devait se moquer de lui. Ou bien il était fou. Sans doute un peu des deux.

Peter goûta les pommes de terre en dernier. C'était l'instant crucial. Todd avait pris beaucoup de risques avec sa recette. Est-ce que ce serait mangeable ? Est-ce que ce serait une catastrophe ?

— Le diable m'emporte, dit Peter. C'est parfait. Absolument *parfait*. Goûte-moi ça, Gabriel. Comment peux-tu rester assis là, impassible, alors qu'un virtuose de la cuisine vient de te servir un repas ?

Todd éclata de rire sans réfléchir. Lui ? Un virtuose de la cuisine ? Il se tourna vers Gabe. Il rayonnait. Il était magnifique. Il se tourna à son tour vers Todd, et lorsque leurs regards se croisèrent, toute la tension qui régnait fondit comme neige au soleil. Todd se perdit dans le bleu des yeux de Gabe, ses yeux si bleus, et si clairs. Presque irréels.

Il sentit un frisson le parcourir. Par quel miracle ? Par quel miracle se trouvait-il là ce soir, à table avec cet homme ? Et avec son fou de patron ?

Gabe s'apprêtait à planter sa fourchette dans son poulet, mais Peter l'interrompit avec un cri d'alarme.

— Qu'est-ce que tu fais malheureux ? Commence donc par ces merveilleuses pommes de terre.

Gabe hocha la tête et obéit. Il avala sa bouchée, et sourit à Todd.

— Est-ce qu'il y a de l'orange ? demanda-t-il, émerveillé.

— Oui, répondit-il incertain. Ça ne fait pas trop bizarre ? J'ai pressé un tout petit peu de jus d'orange dessus en les préparant. Je me suis dit que ça irait bien avec les fruits dans la farce du poulet.

— Et ça ne s'arrête pas là, chantonna Peter. Il y a aussi de la noix, juste un soupçon, mais il y a de la noix, je me trompe ?

— J'avais peur que les pommes de terre soient trop sucrées, confirma Todd en hochant la tête.

— Ces pommes de terre sont parfaites, Todd. Ce repas est une pure merveille, tu m'entends ? Et toi, Todd Burton, toi, tu es sans conteste un cuisinier !

GABE OBSERVA attentivement la réaction du jeune homme. La façon dont son visage s'était illuminé était tout simplement incroyable. Il avait du mal à croire qu'il s'agissait du même jeune homme que celui qu'il avait trouvé dans le hall de son immeuble la veille au soir. Comment est-ce qu'un simple compliment sur son repas pouvait créer un sourire de cette magnitude ?

Gabe se surprit quant à lui à sourire avec fierté. Il n'avait rien à voir avec la préparation de ce repas, mais il était fier malgré tout. Fier de Todd. Il mourait d'envie de se lever et de prendre le jeune homme dans ses bras.

Mais ce n'était probablement pas une bonne idée.

Le repas se déroula dans une très bonne ambiance. Gabe complimenta de nouveau Todd sur la qualité du repas. Et dire qu'il avait failli insister pour qu'il prépare le poulet à la mijoteuse.

— Todd est venu à Kansas City parce qu'il rêvait d'apprendre avec Izar Goya, expliqua Gabe à Peter. Mais elle ne prend pas d'apprenti.

— Izar Goya ? La Chef du restaurant basque Izar's Jatetxea ? Sa carte est fascinante. C'est intéressant que tu veuilles apprendre avec elle. Il existe une ribambelle de chefs de renommée bien plus accessible qu'elle, et avec une approche de la cuisine beaucoup moins complexe, mon petit Todd.

— Si je voulais de l'accessible et du facile, j'irais chez Burger King, rétorqua sèchement Todd, avant de couvrir sa bouche avec ses mains, d'un air catastrophé.

Mais Peter se contenta d'éclater de rire, ravi par sa réponse. Ils parlèrent ensuite du vin, de la météo. Peter espérait secrètement que la neige continuerait à tomber, c'était la parfaite excuse pour rester chez soi avec un livre au coin du feu, ou pour rester au chaud, entouré des êtres qui nous sont chers.

— Pourquoi n'allumerais-tu pas un feu d'ailleurs, Gabriel ?

— Ça ne t'embête pas ? demanda-t-il en se tournant vers Todd. La lumière du feu ne t'empêchera pas de t'endormir ?

— Non, non, pas du tout, le rassura Todd.

— Pourquoi la lumière du feu l'empêcherait-elle de dormir ?

— Parce qu'il dort sur le canapé, Peter, répondit Gabe, méfiant, avant de se lever pour préparer la cheminée.

Peter se tourna vers Todd en haussant un sourcil interrogateur.

Gabe n'avait qu'une crainte, c'était qu'il fasse fuir le jeune homme avec tous ses jeux de mots et ses sous-entendus.

Peter n'était pas facile à gérer. Gabe se souvenait encore très bien de la première fois qu'il l'avait rencontré. Cette rencontre avait changé sa vie. Mais il était moins naïf que Todd, et grandir à St Louis n'était pas la même chose que grandir perdu dans la campagne.

Peter n'insista pas. Il haussa les épaules, et vida son verre. Il attrapa la bouteille et la leva vers la lumière.

— Il reste une gorgée.

— Vous devriez la finir, dit Todd.

— Tu es sûr ?

Todd hocha la tête et se leva pour commencer à débarrasser.

Il versa le fond de la bouteille dans son verre, le fit tourner délicatement, le huma, puis le but.

— C'est un miracle, tu ne trouves pas ? Que les raisins de Dieu puissent mûrir et être pressés afin de donner naissance à cet élixir sans pareil ?

— Je n'y connais pas grand-chose en vin, admit Todd en haussant les épaules. Mais j'ai beaucoup aimé celui-ci.

— Tu as du goût !

Gabe secoua la tête, exaspéré. Il espérait que Peter n'en faisait pas trop et que Todd ne songeait pas à s'enfuir à la première chance. Il posa une allumette sur le petit cube d'allume-feu, et regarda la flamme le dévorer.

Au moins, Peter avait eu la présence d'esprit de demander à Todd son nom de famille. Il se sentait un peu moins coupable de fantasmer sur le jeune homme maintenant qu'il le connaissait un peu mieux.

— Un célèbre homme d'État romain a dit un jour « Il n'est pas d'endroit plus agréable, que devant sa propre cheminée ».

Il se leva pour rejoindre Gabe devant l'âtre.

— Je devrais appeler chez moi pour demander qu'on en prépare un avant mon arrivée. C'est le cadre idéal pour un bon verre de Lagavulin. Quel dommage que tu gardes cette satanée bouteille à ton bureau.

— Laga… vilu ? demanda curieusement Todd depuis la cuisine.

— Lagavulin, corrigea Peter.

— C'est un whisky écossais, expliqua Gabe.

— Il reste du Schwartzbeeren, s'exclama Todd avec un sourire qui réchauffa le cœur de Gabe. Asseyez-vous tous les deux ! Je m'occupe du dessert ! dit-il en retournant à grands pas dans la cuisine.

Gabe et Peter s'installèrent dans le canapé, et Peter se mit de côté pour l'observer, un sourcil levé.

— Il est charmant.

— Il est hétéro, Peter.

— Balivernes ! Si ce garçon est hétérosexuel, alors, moi aussi.

Gabe jeta un regard en direction de la cuisine en fronçant les sourcils.

— Vraiment ? Tu penses qu'il est gay ?

Bien entendu, ça ne changeait rien. Todd restait un jeune homme dans le besoin, et Gabe lui donnait un coup de main. Rien de plus. Il l'aiderait à se remettre d'aplomb, et c'est tout. La dernière fois qu'il s'était impliqué davantage, il l'avait payé cher. La dernière chose dont il avait besoin dans sa vie, c'était d'un autre Brett.

— Tu penses à Brett.

Peter avait la fâcheuse manie de lire dans ses pensées. Gabe s'apprêta à nier, mais à quoi bon ?

— Oui, Peter, dit-il en soupirant.

— Tu as peur.

— Je n'ai pas peur, Peter. Je reste prudent. Je ne veux pas refaire les mêmes erreurs.

— De quelles erreurs parles-tu ?

— Tu sais pertinemment de quelles erreurs je parle.

— Mais qui craint de saisir l'épine ne devrait pas désirer la rose.

— Je ne crains pas de saisir la rose, Peter.

— Quelle rose ? demanda Todd en entrant dans la pièce, deux bols à la main.

— Ce n'est rien, répondit Gabe en regardant ce que Todd avait préparé.

Lorsqu'il vit le contenu des bols, il ne put s'empêcher de sourire.

— Qu'est-ce que c'est ? demanda Peter.

— De la glace avec du Schwartzbeeren.

— Où est-ce que tu as trouvé de la glace ? demanda Gabe en riant. Ne me dis pas que tu l'as faite toi-même avec de la neige.

— Bien sûr que non, répondit Todd en levant les yeux au ciel. J'en ai emprunté à ces deux types que j'ai rencontrés à la laverie.

— Il y avait de la glace à la laverie ? s'enquit Peter en prenant le bol qui lui était tendu.

— Mais non ! gloussa Todd. J'ai rencontré… un couple, je crois. Cody et Harry ? Ils m'en ont prêté, expliqua-t-il en tendant son bol à Gabe.

Puis il retourna rapidement en cuisine, chercher un troisième bol pour lui.

— C'était gentil de leur part, remarqua Gabe. Ce sont des gens bien.

— Et cette glace est une merveille absolue ! s'extasia Peter.

Debout devant eux, Todd avala une large cuillerée de glace. Gabe suivit la cuiller des yeux, et la regarda attentivement disparaître entre les lèvres pulpeuses du jeune homme. Puis il suivit le mouvement sensuel de sa gorge lorsqu'il avala.

— Regarde-moi ces lèvres, chuchota Peter. Je les embrasserais toute la nuit si je le pouvais.

— Chut, Peter !

— De quoi parlez-vous tous les deux ? demanda Todd en s'asseyant sur la table basse.

— De diverses choses ; du froid, du chaud, du mal aux dents, de choux-fleurs, de rois, et de roses, répondit mystérieusement Peter avant de replonger sa cuiller dans sa glace.

— Quoi ?

— Ne fais pas attention à ses bêtises, le rassura Gabe.

IX

Tout le monde se régala avec la glace. Le vin qui seul avait été un peu trop sucré au goût de Gabe était juste parfait avec la glace. La combinaison créait un dessert délicat et idéal. Todd était heureux d'y avoir pensé ce soir.

Il récupéra les bols vides, les rinça dans l'évier, et rejoignit ses deux nouveaux amis.

Est-ce qu'il pouvait vraiment les considérer comme des amis ? C'était tellement facile d'y croire lorsqu'ils lui souriaient.

Ne te monte pas trop la tête. D'ici un jour ou deux, ce sera fini. L'amitié, c'est ce qu'il y a entre eux deux. Regarde-les, assis l'un à côté de l'autre. Ils se touchent sans se toucher. Est-ce qu'ils ont été amants ? Combien d'années de différence avaient-ils ?

— Comment vous êtes-vous rencontrés ? demanda-t-il.

Ils échangèrent un regard étrange, puis Peter pencha la tête sur le côté, comme un oiseau curieux. Il ouvrit la bouche, la referma, comme s'il s'était apprêté à dire quelque chose, puis ravisé. Il sourit.

— Il y a dix ans de cela, ce jeune homme m'a sauvé la vie.

— Votre vie ? demanda Todd intrigué, en se penchant vers lui. Mais comment ?

— Je ne lui ai pas *sauvé la vie*, protesta Gabe en grognant.

— Permets-moi de te contredire, insista-t-il, avant de se tourner vers Todd avec un geste de main théâtral. J'étais en train de faire du shopping…

— En train de picoler, corrigea Gabe.

— Vraiment ? demanda Peter, le regard malicieux. Je ne m'en souviens pas, peut-être…

— Il picolait, confirma Gabe en se tournant vers Todd.

— Ah, oui. Ça y est, je me souviens. J'étais dans ce petit bar insalubre, avec l'intention de démeubler le dernier étage…

Il y eut une grande pause, durant laquelle il se contenta de les regarder, le regard plus pétillant que jamais. Todd osait à peine imaginer ce qu'il voulait dire par « démeubler le dernier étage ».

— Ça signifie s'enivrer, clarifia-t-il avec un élégant moulinet du poignet.

— À l'excès, précisa Gabe.

— Ne sois pas ridicule, l'admonesta Peter en penchant de nouveau la tête sur le côté pour observer Gabriel comme un oiseau de proie. Je ne bois *jamais* à l'excès. Je bois toujours exactement ce que j'avais prévu de boire.

Puis il concentra de nouveau son attention sur Todd.

— Ce qu'il est important de comprendre dans la vie, mon garçon, c'est que tout ce qui doit arriver arrivera. Le mieux est de se faire à l'idée, et de se détendre.

Todd secoua la tête, en se retenant de rire. Cet homme était incroyable. Soudainement, Todd réalisa qu'il se sentait bien. Vraiment bien. Et il s'était senti bien toute la soirée. Il se tourna vers Gabe, et rencontra aussitôt son regard bleu. Son souffle se coupa un instant.

Mon Dieu qu'il est beau.

(« Tu es pédé, ou quoi ? »)

Peut-être que tu es bi ?

Oh mon Dieu.

L'espace d'un court instant, en regardant Gabe, confortablement installé contre les coussins du canapé, il se demanda ce que cela ferait de grimper sur ses genoux.

Peut-être que je suis bi ? Est-ce que c'est possible ?

(« Tous des pervers. Ils aiment les petits garçons. Ils les kidnappent et ils les coupent en morceaux... »)

Mais lorsqu'il regardait Gabe, il savait qu'un homme comme lui ne serait jamais capable d'un acte aussi atroce.

Évidemment qu'il n'en serait pas capable. Comment peux-tu encore croire toutes les horreurs que disait ton beau-père ?

— Tu es toujours avec nous, Todd ?

Todd releva brusquement la tête, les mots de Peter le ramenèrent au présent.

— Je suis désolé. J'étais perdu dans mes pensées.

— J'ai bien vu, répondit Peter, et son regard pétillant se fit sérieux et obscur.

C'était comme de regarder l'espace, comme s'il pouvait lire la moindre pensée de Todd.

Peter rompit le contact, et redressa la tête, faisant rebondir ses boucles argentées comme un enfant surexcité.

— Où en étais-je ?

— À démeubler le dernier étage, rappela sarcastiquement Gabe.

— Ah, c'est vrai. J'étais donc dans cet horrible petit bar mal famé, lorsqu'au moment de partir, je fus saisi par deux brigands.

— Pardon ? demanda Todd confus.

— Je me suis fait agresser, traduisit Peter. Ou du moins, j'ai souffert d'une tentative d'agression. C'est alors que mon héros (il se tourna vers Gabe) est arrivé à mon secours !

Todd se tourna vers Gabe.

— C'est vrai ?

— J'étais juste assis dans la ruelle adjacente, tempéra Gabe en secouant la tête.

— Dans une ruelle ? répéta Todd en fronçant les sourcils.

— Pour dormir, acquiesça Gabe.

— Tu allais dormir dans une ruelle ? Mais pourquoi ?

— Parce que je n'avais pas d'autre endroit où dormir, Todd !

Il y eut un grand silence, puis Gabe reprit :

— Excuse-moi, je ne voulais pas m'énerver. J'avais un endroit où dormir. J'avais un petit ami, avec lequel je vivais. Mais un soir, je suis rentré, et je l'ai surpris au lit avec un autre.

La mâchoire de Todd se contracta. La planète n'était-elle peuplée que de sales types ?

— Alors j'ai fait ma valise, et je suis parti sans me soucier de savoir où je pourrais aller. Ça ne faisait que quelques mois que j'étais arrivé en ville, j'ai vite réalisé que je ne connaissais personne, et que je n'avais pas d'endroit où aller.

— Et c'est à ce moment, intervint Peter, qu'il a vu ces mécréants essayer de m'agresser. Il a poussé un cri de guerre qui aurait fait hésiter une meute de loups, et il leur est tombé dessus, comme la nuit sur le monde.

— Ce que je ne savais pas, poursuivit Gabe, c'est que Peter est un épéiste accompli.

— Un épéiste ? répéta Todd incrédule.

Cette histoire devenait de plus en plus intéressante. Gabe hocha la tête et Peter leur offrit un sourire carnassier.

— Pourrais-tu me passer ma canne s'il te plaît, Todd ? demanda-t-il en pointant dans sa direction.

Todd se leva pour aller la chercher, et la ramena à son propriétaire. Peter l'attrapa d'un geste rapide et élégant, tira légèrement sur le pommeau d'argent, et Todd prit une petite inspiration de surprise. C'était une lame !

— Je ne les ai pas défigurés trop cruellement, dit Peter.

— On aurait dit Zorro, raconta Gabe en mimant un geste d'épée dans les airs.

— Sauf que ma lettre est le W, W pour Wagner. Avec un peu de chance, ils n'ont même pas gardé de cicatrices.

— Heureusement pour moi qu'il savait se défendre, parce que lorsque j'ai déboulé dans la mêlée, j'ai vite compris que je n'étais pas à la hauteur.

— Non, non, non ! Tu étais Arès, Gilgamesh, Hercule face à l'Hydre de Lerne.

— Et Peter était Errol Flynn. Il était si rapide que je ne le voyais pas bouger, et il était complètement saoul.

— Ivre, acquiesça Peter.

— Rond comme une queue de pelle, surenchérit Gabe.

— Bourré comme un coing, ajouta Peter très sérieusement.

— Plein comme une barrique.

— Carpette.

Peter se leva du canapé, s'écarta d'eux, puis brandit son épée dans les airs.

— J'étais dans les vignes du seigneur !

Il fendit l'air de sa lame.

— Défoncé comme un terrain de manœuvre, rassis comme une brouette, beurré comme une biscotte !

La lame en métal chantait au rythme de ses gestes précis et maîtrisés. Il donna un coup d'épée à droite, puis à gauche.

— Gris comme un polonais !

Todd éclata de rire. Peter tourna sur lui-même et fit disparaître l'épée dans sa canne si rapidement, que ce fut comme si elle n'avait jamais existé.

— Dieu merci, je ne prenais pas le volant ce soir-là, conclut-il sur le ton de la confidence.

Todd rit de plus belle, si bien qu'il manqua tomber de la table basse.

— Ce fut une soirée *glorieuse*, déclara Peter.

— C'était assez inoubliable, confirma Gabe en riant doucement.

— Ceux qui ne nous suppliaient pas de leur laisser la vie sauve s'étaient simplement volatilisés, tels les couards qu'ils étaient.

— Vous vous êtes vraiment rencontrés comme ça ? demanda Todd en s'essuyant le coin des yeux.

— Tout à fait, répondit Peter. Puis, en me penchant sur mon héros pour m'assurer qu'il n'était pas blessé, j'ai pris la décision de l'inviter à l'intérieur pour un autre verre.

— Oh mon Dieu ! s'exclama Todd en se remettant à rire.

— C'est ainsi que j'ai découvert le nom de mon preux chevalier. Gabriel, le nom d'un ange.

Todd avait remarqué que Peter l'appelait parfois par ce prénom, mais il n'avait même pas fait le rapprochement. Il ne lui était pas venu à l'esprit que le véritable nom de Gabe puisse être Gabriel.

— C'est également de cette façon que j'ai appris qu'il était sans-abri, ainsi je lui ai offert de passer la nuit dans l'une de mes chambres d'invités.

— Plus d'une nuit, il ne voulait plus me laisser repartir !

— Très vite, nous nous sommes attachés l'un à l'autre, puis je l'ai engagé pour travailler dans l'une de mes sociétés.

— J'ai commencé en tant qu'assistant d'assistant, expliqua Gabe. En gros, je distribuais le courrier.

— Il raconte extrêmement mal, protesta Peter. Je voulais l'observer, je ne savais pas encore de quoi ce jeune homme était capable. J'étais prêt à le laisser paresser toute la journée durant au bord de la piscine, mais il a insisté pour payer son écot. Je lui ai donc confié un poste en tant qu'assistant de l'un de nos conseillers financiers. Et maintenant, il est l'un de mes deux Directeurs du Développement Commercial. C'est presque le patron de cette société. Pour tout ce qui concerne Symmetry Innovations, Gabriel est mon bras droit.

— C'est… c'est…

Todd ne trouvait pas les mots. Mais Peter sembla comprendre, car il hocha la tête.

— J'ai vu la chrysalide se changer en magnifique papillon, juste sous mes yeux.

Tous les trois assis devant la cheminée, Peter et Gabe dans le canapé, et Todd par terre, ils discutèrent de tout et de rien. Gabe leur raconta son enfance, l'histoire du jeune Gabriel qui grandit à St Louis, et qui n'aurait jamais imaginé vivre la vie qu'il avait maintenant. Il avait l'air sincèrement heureux de tout ce qu'il avait accompli, et pourtant Todd détecta une note de tristesse dans sa voix. Se pouvait-il que sa vie ne soit pas aussi parfaite qu'il l'aurait voulu ? Que lui avaient dit Harry et Cody déjà ? Que Gabe n'avait pas fait de rencontre sérieuse depuis plus de deux ans ?

Peter les régala avec d'innombrables récits de ses aventures à travers le monde. Certaines étaient complètement folles, d'autres excentriques et incroyables. Peter avait une façon de raconter ses exploits qui était irrésistible. Todd était suspendu à ses lèvres.

Puis, le jeune homme se surprit à leur raconter sa propre histoire. Ses rêves de cuisine, de quitter sa petite ville pleine de préjugés et tous les gens qui y vivaient, ses parents et sa petite amie qui ne le comprenaient pas. Les mots tombaient de sa bouche sans qu'il puisse les arrêter. Sa camionnette qu'il avait perdue, toutes ses économies qui étaient parties en fumée, et l'appartement duquel il avait été expulsé.

Après tout cela, il se tut, épuisé par son récit et par les souvenirs. Il leva les yeux pour trouver le regard de Gabe, ses yeux étaient d'un bleu profond et mystérieux ce soir et indéchiffrables, puis le regard de Peter, dont les yeux brillaient à la fois de malice et de sagesse. Comment cet homme pouvait-il irradier autant d'énergie ? Quel âge avait-il ?

— Quel âge j'ai ? demanda-t-il avec un haussement de sourcils amusé. Ça, c'est impressionnant, l'âge d'un homme ! Ça résume toute sa vie. Elle s'est faite lentement, la maturité qui est sienne. Elle s'est faite contre tant d'obstacles vaincus, contre tant de maladies graves guéries, contre tant de peines calmées, contre tant de désespoirs surmontés, contre tant de risques dont la plupart ont échappé à la conscience. Elle s'est faite à travers tant de désirs, tant d'espérances, tant de regrets, tant d'oublis, tant d'amour. Ça représente une belle cargaison d'expériences et de souvenirs, l'âge d'un homme ! C'est en tout cas ce que disait Antoine de Saint-Exupéry, et je tends à être d'accord avec lui.

Mortifié, Todd porta une main à sa bouche. Il avait parlé à voix haute.

— Je suis désolé, j'ai tendance à parler sans réfléchir.

— Quel âge me donnerais-tu, jeune homme ?

Oh non. Il était hors de question qu'il tombe dans ce piège.

— Vas-y, dit Peter en se redressant et en gonflant la poitrine. Mais vas-y vite, comme on enlève un pansement !

— Je… Je ne sais pas… Soixante ans ? demanda-t-il en serrant les dents.

Les sourcils de Peter disparurent sous ses mèches de cheveux grisonnantes.

— J'ai soixante-huit ans. Fantastique. Tu m'en donnes huit de moins. Je te recommande fortement de toujours voir à la baisse, plus particulièrement lorsque tu devines l'âge d'une dame. Je te recommande même d'éviter toute situation dans laquelle tu pourrais être amené à deviner l'âge d'une dame.

— Je n'aurais jamais deviné que vous étiez si vieux, répondit Todd, les yeux écarquillés.

— Vieux, mon garçon ? Tu as entendu les mots de Saint-Exupéry, entends à présent ceux du grand et sage Douglas MacArthur. « Vous êtes aussi jeune que votre foi, aussi vieux que votre doute, aussi jeune que votre confiance en vous-même, aussi jeune que votre espoir, aussi vieux que votre abattement ». Souviens-toi bien de ces mots, mon garçon.

Todd laissa les mots faire leur chemin en réfléchissant intensément.

— Vous croyez vraiment à cette citation ? demanda-t-il.

— Dur comme fer, répondit Peter en se levant. Et tandis que je chancelle vers l'ancienneté, je fais le vœu de toujours m'entourer de jeunesse, en laquelle je puise une intarissable énergie.

Il se pencha, tendit une main vers Todd et lui serra brièvement l'épaule.

— Je sais que la vie te semble injuste en cet instant, Toddy. Je sais que le futur te semble noir et incertain. Les jours sont froids, et te voilà à la rue. Mais, retiens ces mots d'Albert Einstein : « Il n'y a que deux façons de vivre sa vie : l'une en faisant comme si de rien n'était un miracle, l'autre en faisant comme si tout était un miracle ».

En disant ces mots, il regarda intensément Todd. C'était presque comme s'il était dans sa tête et qu'il passait en revue chacune de ses pensées, de ses émotions, et pourtant… Todd n'avait pas peur. Cet étrange homme aux manières quasi arachnéennes ne représentait aucun danger. Il émanait de lui une bienveillance absolue, et Todd sentit un étrange sentiment de paix l'envahir.

— Vis chaque jour comme s'il était un miracle, Toddy, et les miracles finiront par arriver. De grandes choses t'attendent, mon garçon. Je vois en toi le même potentiel que j'avais perçu dans le jeune Gabriel. Fais-moi confiance.

Peter virevolta loin du canapé, en levant une main dans les airs.

— Et sur ces mots, mes jeunes compagnons, je vous dis adieu. Il est l'heure pour moi de vous quitter, mon char m'attend.

— Tu es sûr que tu veux partir, Peter ? demanda Gabe.

— Certain, répondit-il en regardant sa montre. Mon chauffeur attend déjà probablement depuis un moment.

Puis il se tourna vers Todd.

— En espérant te revoir bientôt, Toddy. Tu ne m'en veux pas que je t'appelle Toddy, j'espère ?

Todd sourit. Quelle ironie du sort. Il avait tant détesté que Joan le surnomme ainsi, mais venant de cet homme ? Le surnom semblait chaleureux, il lui donnait l'impression de faire partie de quelque chose d'important.

— Pas du tout, répondit-il doucement.

Peter lui serra de nouveau tendrement l'épaule, et le tira contre lui dans une brève étreinte. Blotti contre lui, Todd fut surpris par la dureté de son corps. Cet homme n'était ni décrépit ni squelettique.

Puis, Peter serra ensuite Gabe dans ses bras, pendant que Todd allait chercher son manteau et son écharpe. Il l'aida à les enfiler, et Peter les regarda tous les deux, comme s'il hésitait à ajouter un dernier mot.

— Ah, la mélancolie des au revoir... Merci à vous deux pour ce délicieux dîner, ainsi que pour votre délicieuse compagnie. Si l'on est assez courageux pour dire au revoir, la vie nous récompensera avec un autre bonjour.

Et sur ces mots, il disparut.

X

— Ouhaou, souffla Todd en fixant la porte.

— Oui, c'est le mot.

— Il est incroyable.

— Je sais.

Todd se tourna vers Gabe, Gabe qui le surplombait de toute sa superbe hauteur, tel un géant. Tel un miracle.

— Je suis désolé pour le dîner de ce soir, s'excusa Gabe. Je n'avais vraiment aucune idée que Peter allait…

— Non, l'interrompit Todd. Ne sois pas désolé. Il était extraordinaire, ça ne m'a pas dérangé du tout.

Et il était sincère. Passées ces premières minutes de déception, Peter l'avait tout simplement envoûté.

— Qu'est-ce que ça fait de grandir avec un homme tel que lui dans ta vie ?

Gabe se rassit sur le canapé, posa un coude sur l'accoudoir, et sa main dans son menton, le regard penseur.

— Je dois avouer que c'était fantastique.

— Cet homme vit sa vie comme s'il venait de faire une bêtise et qu'il en attendait impatiemment les conséquences. Je veux ça aussi, je veux vivre comme ça.

— Il me donne exactement la même envie, acquiesça Gabe. Je ne sais pas ce que je serais devenu sans lui.

— Et que serait-il devenu sans toi ? demanda gentiment Todd en s'asseyant sur l'un des fauteuils à côté de lui. Tu es quelqu'un de bien, je suis persuadé que même tout seul, tu aurais su te faire ta place dans ce monde.

— Peut-être…

Todd prit une profonde inspiration, et la relâcha lentement.

— Moi en revanche, je ne sais pas ce que j'aurais fait sans toi.

C'était la vérité. Sans l'intervention de Gabe, il aurait pu mourir dans cette tempête de neige. Gabe s'assit sur le bord du canapé pour se rapprocher de lui, et posa une main sur la sienne.

— Tu t'en serais sorti, Todd.

— Peut-être. Peut-être pas.

— Tout peut arriver si tu gardes espoir.

En regardant dans les yeux de cet homme, Todd songea que c'était peut-être vrai. Après tout, dix ans plus tôt, Gabe s'apprêtait à dormir dans une ruelle, et aujourd'hui il vivait dans un superbe appartement et occupait un poste important sous les ordres d'un homme comme Peter Wagner. Todd examina son sauveur avec attention. Si grand, si fort, si masculin. La gigantesque main de Gabe dévorait presque la sienne. C'était tellement différent de tenir la main de Joan, petite, délicate. Ses yeux remontèrent le long du bras musclé de Gabe, parcoururent l'étendue de son large torse sur lequel il se souvenait avoir reposé sa tête. Son torse à la fois ferme et confortable, rien à voir avec la poitrine de Joan.

Ses yeux caressèrent ensuite les lignes de son cou noueux. Todd ne pouvait même pas imaginer ce que ça faisait d'avoir un corps pareil, jamais il ne serait bâti comme Gabe.

Enfin, ses yeux se posèrent sur son séduisant visage. Ses courts cheveux blonds avaient l'air si doux. Todd dut se retenir pour ne pas tendre la main et les toucher.

Leurs regards se croisèrent, et Todd frissonna. Mon Dieu, ces yeux…

Mais qu'est-ce qui m'arrive ?

(« Peut-être que tu es bi ? »)

Était-ce possible ?

Ça expliquerait tant de choses. Ça expliquerait ce qui s'était passé chez Austin.

Todd sentit son sexe réagir à cette pensée. Il avait été tellement excité ce jour-là.

Et tout à l'heure, lorsque l'envie irrépressible de monter sur les genoux de Gabe l'avait saisi. Où était le mal ? Après tout ce que Gabe avait fait pour lui.

Son érection durcit encore, et il se dandina pour trouver une position plus confortable. Son sexe, dans le jean de Gabe… Todd laissa échapper un gémissement.

— Est-ce que tout va bien ? demanda Gabe inquiet.

Todd se leva, et avança jusqu'à ce qu'il se retrouve dans le V formé par les jambes écartées de Gabe. Son cœur battait à tout rompre et il avait la tête qui tournait. Son sexe était dur comme du fer. Est-ce que Gabe avait remarqué ?

Mais qu'est-ce que tu fais ?

Ce que j'ai envie de faire depuis le début.

Qu'est-ce que ton beau-père dirait ?

J'emmerde mon beau-père.

Todd posa un genou sur le canapé, entre les cuisses de Gabe.

— Todd ?

Puis il grimpa sur ses genoux.

— Todd, qu'est-ce que tu fais ? demanda Gabe d'une voix paniquée.

Todd se pressa contre lui, son érection tout contre l'estomac musclé de Gabe. Il poussa un nouveau gémissement.

— Todd ! cria Gabe en se redressant brusquement, et si Todd n'avait pas eu le réflexe de s'accrocher à ses épaules, il se serait retrouvé par terre.

C'est alors que Gabe baissa le regard, et aperçut l'érection du jeune homme. Il se figea. Il était en train de *regarder*. Todd sentit son sexe frémir.

— Todd... dit-il très lentement en relevant la tête pour le regarder dans les yeux. Qu'est-ce que tu fais ?

— Je te remercie, murmura Todd avant de se pencher pour l'embrasser.

Todd sentit son cœur exploser dans sa poitrine. Le baiser ne dura qu'un instant, et avant même qu'il puisse entrouvrir les lèvres, Gabe le repoussa. Mais ce seul instant suffit à confirmer les soupçons de Todd. Il aimait ça. Il aimait embrasser Gabe comme jamais il n'avait aimé embrasser Joan.

Gabe se leva brusquement, soulevant avec lui le poids de Todd avec une facilité déconcertante, et le reposa sur ses pieds.

— Non, je refuse de te laisser faire ça.

— Mais...

— J'ai dit non ! Je ne peux pas.

Todd ne comprenait pas. Il baissa les yeux et, sans grande surprise, il aperçut que Gabe avait lui aussi une érection. Il n'avait jamais rien vu d'aussi sexy. Il regarda de nouveau Gabe. Il était évident qu'il avait envie de lui, pourquoi résistait-il ?

— Gabe, je...

— Non, tu ne comprends pas. Todd... Je... Je ne peux pas.

Il quitta la pièce à toute vitesse.

GABE NE se souvenait pas avoir été aussi excité dans toute sa vie. Pas même lorsque lui et son meilleur ami avaient trouvé la pile de *Playgirl* sous le lit de sa mère quand ils étaient adolescents. Que venait-il de se passer ? Comment est-ce qu'une chose pareille avait pu arriver ?

Ils avaient passé un moment merveilleux en dînant avec Peter, tout s'était si bien passé. Il n'avait absolument pas ressenti d'intérêt sexuel de la part du jeune homme. Est-ce qu'il avait loupé quelque chose ? Est-ce qu'il avait par inadvertance laissé comprendre à Todd que c'était le prix à payer pour rester ?

Ils étaient tranquillement assis dans le salon, et la seconde suivante, Todd avait grimpé sur ses genoux avec une érection. Le souvenir torride de la sensation du sexe du jeune homme pressé contre lui, lui brûlait encore la mémoire. Et puis, Todd l'avait embrassé !

Le mois dernier, Curtis, l'un de ses collègues, avait invité un ami à leur fête de Noël d'entreprise. Gabe savait que cet homme était gay. Tout le monde le savait, d'ailleurs, tout le monde était persuadé que Curtis et lui étaient en couple. Mais en discutant avec Gavin (c'était son nom), Gabe avait été surpris de découvrir qu'ils n'étaient qu'amis. Et puis, l'ambiance de Noël et le punch aidant, Gabe avait embrassé Gavin sous le gui.

C'était un baiser agréable. Il y avait très longtemps que Gabe n'avait pas embrassé quelqu'un. Depuis Daniel et Brett, en fait. Mais un baiser alcoolisé, et très vite interrompu par Gavin, qui lui avoua en bafouillant qu'il était effectivement secrètement amoureux de Curtis. Peu de temps après, il apprit que les deux hommes avaient fini par se mettre ensemble, mais il se demandait parfois ce qui se serait passé, si Gavin avait succombé à ses charmes.

Peut-être que ça n'avait pas d'importance. Peut-être que Gavin et Curtis étaient destinés l'un à l'autre. Mais il s'était posé la question.

Le baiser qu'il venait d'échanger avec Todd… Ce baiser n'était pas comparable. Il n'avait duré qu'une seconde, et Gabe avait eu la présence d'esprit d'y mettre un terme avant que ça ne dégénère. Son cœur ne survivrait pas à un autre Brett.

Gabe ferma les yeux et donna un coup de poing dans le mur de sa chambre. Todd devait se demander ce qu'il faisait.

Todd.

Mon Dieu, Todd. Il avait refait la même erreur.

Il était en train de tomber amoureux du gamin !

C'était ridicule, mais c'était vrai. Il ne connaissait Todd que depuis une journée, et il était tombé amoureux.

Ce n'est pas de l'amour. Tu te sens seul, et tu es en manque.

L'image de Todd dans le hall de l'immeuble, terrifié et mort de froid, s'imposa à son esprit. Il n'avait pas pu s'empêcher de l'aider. Il lui avait descendu quelque chose à manger. Le spectacle de ce jeune homme perdu avait étreint son cœur un peu trop fort. Il repensa ensuite à leur mésaventure dans la salle de sport, à cette vision de Todd, à la fois tourmenté et magnifique, puis il revit son sourire, lorsque Peter avait complimenté le repas.

Enfin, il se rappela l'expression intense sur son visage, lorsqu'il était monté sur lui quelques minutes plus tôt. Son regard sensuel, ses yeux mi-clos, son jean tendu par le désir. Et ce baiser. Gabe avait bien failli succomber, mais dans un éclair de lucidité, il avait réalisé ce qui était sur le point de se passer, et il y avait mis un terme.

Pourtant… Pourtant ce baiser avait le goût de l'amour.

C'était impossible ! Comment pouvait-il déjà ressentir des choses aussi fortes pour Todd ? Jusqu'à ce soir, il ne connaissait même pas son nom de famille. Ça ne pouvait pas être de l'amour. Les hormones, sans doute. Il avait lu quelque chose à ce sujet. La Limerence. Dans un livre que Peter lui avait donné juste après le fiasco avec Brett. Il scanna rapidement l'étagère à côté de sa commode. Il lui semblait se souvenir d'une tranche rose… Ah ! Le voilà.

Amour et Limerence, ou l'être amoureux.

Il n'était pas amoureux de Todd. Il ne croyait pas au coup de foudre. Il était simplement confus parce qu'il se sentait seul et qu'il avait besoin d'affection.

Quelqu'un frappa à la porte ouverte, et il se retourna pour découvrir Todd, les épaules tendues, la tête baissée. Il releva lentement les yeux, et l'expression d'agonie sur son visage tordit le cœur de Gabe.

— Est-ce que j'ai fait quelque chose de mal ? demanda-t-il. Je croyais que tu voulais…

— Todd…

— Est-ce que j'avais tort ? Comme tu… Tu avais proposé de me payer au début, je me suis dit que je pourrais…

Gabe secoua violemment la tête.

— Je me suis dit que c'était le moins que je puisse faire, poursuivit Todd. Tu as été si bon avec moi.

Gabe fit un pas dans sa direction. Puis se stoppa. Il secoua de nouveau la tête.

— Todd, non. Tu n'as pas… Tu ne me dois rien. J'ai fait ce que j'ai fait pour t'aider, ma récompense sera de te voir te relever et réussir dans la vie. Tout comme Peter l'a fait avec moi, tu comprends ? Peter ne m'a jamais demandé de coucher avec lui…

— Jamais ?

— Non, voyons ! Nous n'avons jamais couché ensemble. Ce n'est pas ce genre de relation. Il m'a aidé parce qu'il le pouvait, pas parce qu'il attendait quelque chose en retour. Il est comme ça, il aime aider les gens. Et aujourd'hui, c'est moi qui t'aide.

Todd se mit à trembler, et détourna le regard, avant de se forcer à faire face à nouveau à Gabe.

— Parce que c'est dans ta nature.

Todd fit un pas en avant et tendit une main vers lui.

— Laisse-moi faire ça pour toi, s'il te plaît, Gabe. Tu as envie de moi, pas vrai ? Je sais que tu as envie de moi.

« *Tu passes ta vie à aider les autres. Il est largement temps que tu laisses les autres prendre soin de toi* », raisonna la voix de Tracy dans sa tête.

Non. Pas de cette façon !

— Merci, Todd, répondit Gabe d'une voix tremblante. Mais je ne pourrais plus jamais me regarder dans la glace si je me servais de toi comme ça. Je t'en supplie, ne gâchons pas cette si belle soirée.

Todd eut un hoquet de surprise, puis son visage se ferma.

— D'accord, dit-il simplement.

Tu l'as blessé.

C'est mieux que de se servir de lui.

— Tu ne changeras pas d'avis ?

Jamais de sa vie Gabe n'avait autant hésité, et pourtant, il répondit :

— Non, je ne changerai pas d'avis.

Todd hocha la tête, se retourna, et quitta sa chambre.

XI

La JOURNÉE qui suivit fut une véritable torture. Gabe avait très mal dormi, et il s'était levé avec une étrange gueule de bois (ce qui ne lui arrivait jamais), et les choses semblaient aller de pire en pire. Un désastre après l'autre. Le téléphone ne cessait de sonner, et Gabe n'eut rien le temps de faire d'autre que d'essayer tant bien que mal de régler les problèmes qui semblaient s'amonceler.

Il faisait face à des difficultés avec AbledRides depuis déjà un moment. Cette société customisait des véhicules afin de permettre aux personnes en situation de handicap de les conduire. Jusqu'ici, cette société s'était plutôt bien débrouillée, mais devenait victime de son succès. Comme beaucoup de sociétés en pleine expansion, elle se retrouvait à court de place et de personnel. Malheureusement, ils étaient encore très loin d'avoir les moyens d'acheter ou de louer un plus grand entrepôt.

Gabe essayait depuis plusieurs jours de remédier au problème en leur prêtant de l'espace, mais il rencontrait un nombre incalculable d'obstacles légaux. Pieds et poings liés, il s'était résolu à présenter Sal Davidson, le président de AbledRides, à Wilfred Cooper, l'un des avocats de Peter. C'était tout ce qu'il pouvait faire pour l'instant.

Il ne lui restait plus qu'à attendre que Cooper résolve les questions d'ordre légal pour leur permettre de sous-louer des locaux à AbledRides. La société pourrait ainsi continuer à répondre à la forte demande, employer du nouveau personnel, et prospérer tranquillement. Et Wagner Enterprises posséderait des parts de cette initiative prometteuse, par le biais de Symmetry Innovations.

Il y avait également l'histoire de ce jeune entrepreneur auquel il manquait du capital pour garder son refuge pour animaux ouvert. C'était un refuge qui refusait de procéder à l'euthanasie des animaux qui n'étaient pas adoptés. Est-ce que son affaire était viable ? Est-ce que Gabe perdait son temps ?

Une petite voix au fond de son cœur traversa la tempête de ses hésitations professionnelles, pour lui rappeler l'adorable teckel avec lequel

101

il avait grandi, puis pour lui rappeler Leia, la chatte de Todd. Il savait ce qu'il avait à faire.

Ce qui le menait au problème numéro un de sa journée : Todd. Gabe était allé se coucher la veille au soir, incapable de trouver le sommeil. Il avait fixé le plafond pendant des heures. Il avait tellement envie de Todd, mais ses sentiments le rendaient confus. Il connaissait à peine le jeune homme.

C'est à cause de Brett. Il te fait penser à Brett. Tu vas revivre exactement la même situation.

Mais ce n'était pas vrai. Todd n'avait rien à voir avec Brett. Brett était le plus grand regret de son existence. Tout avait commencé tellement innocemment, et en un clin d'œil, sa vie était devenue un enfer.

À l'heure du déjeuner, le téléphone cessa de sonner, et Gabe put connaître un court moment de répit. Ce qui ne lui laissait que plus de temps pour penser à Todd.

Je pourrais rentrer déjeuner avec lui.

Puis il repensa à la façon dont les choses s'étaient terminées entre eux la veille, et réalisa qu'il ne ferait qu'embrouiller davantage la situation. Il fallait qu'il se concentre sur son travail. Qu'il laisse la journée à Todd pour réfléchir.

Quelqu'un frappa à sa porte, et Gabe pivota sur sa chaise pour voir de qui il s'agissait. C'était Tracy. Elle arborait un immense sourire crispé, et ne portait ni du rouge ni du violet.

— Salut Gabe, dit-elle entre ses dents.

— Tracy, entre.

Elle rasa les murs jusqu'au fauteuil le plus proche, et se glissa dedans.

— Est-ce que tu me détestes ?

— Pourquoi je devrais te détester ? demanda-t-il en plissant les yeux avec méfiance.

Tracy toussota maladroitement, regarda sur les côtés, puis fit face à Gabe.

— J'ai entendu dire que monsieur Wagner était passé à ton appartement hier soir.

— Oui, et ? demanda Gabe en fronçant les sourcils.

— Je sais ce que tu penses ! dit-elle à la hâte, en bondissant de son siège.

— Alors, dis-moi ce que je pense, Tracy, je suis perdu là.

— Tu crois que c'est moi qui ai demandé à monsieur Wagner d'aller voir ton gigolo ! s'écria-t-elle.

— Tracy, baisse d'un ton !

Puis, le sens de sa phrase le heurta.

— Tracy, dis-moi que tu n'as pas fait ça.

Elle était déjà arrivée à la porte du bureau, prête à sortir. Elle se retourna brusquement.

— Non, je te jure ! Gabriel, je te le jure. La dernière fois que je lui ai parlé, c'était hier matin.

Gabe se laissa aller contre le dossier de son fauteuil.

— Et de quoi avez-vous parlé hier matin ?

Ses épaules tombèrent dans un geste de découragement.

— J'étais inquiète, c'est tout. Je ne voulais pas m'en mêler, je te le promets. J'ai simplement mentionné Todd parce que j'étais inquiète.

— Pour l'amour du ciel, Tracy, soupira-t-il exaspéré.

Elle referma la porte, et se rassit.

— Il m'a demandé comment tu allais, et sans même m'en rendre compte, de fil en aiguille, j'ai parlé de Todd. Mais je ne lui ai pas dit que c'était un prostitué.

— Todd n'est pas un prostitué, gronda Gabe.

— Je sais ! C'est pour ça que je n'ai rien dit à ce sujet.

— Et si je te disais que Peter l'avait beaucoup apprécié ?

Tracy se redressa dans son fauteuil comme si elle avait reçu un électrochoc.

— Vraiment ?

— Ouaip. Il l'a adoré. Il a été complètement charmé. J'ai l'approbation de Peter.

Peter n'avait pas exactement dit cela, mais il était évident qu'il approuvait Todd.

— Tracy, tu n'as aucune idée du genre de personne qu'il est. Ce gamin était au bord des larmes lorsqu'il me parlait de son chat qu'il a été obligé d'abandonner derrière lui.

Tracy se détendit et s'autorisa un petit sourire.

— Je reconnais que c'est adorable. Un homme qui s'inquiète pour son chat est forcément bon. Et puis, si Peter l'aime bien, je suis d'autant plus rassurée. Je te promets de ne plus aborder le sujet.

Mais bien sûr.

— Ne fais pas de promesses que tu ne tiendras pas.

Il avança son fauteuil contre le bureau, s'y accouda, et posa la tête dans ses mains.

103

— Alors si j'ai bien compris, tu as plus confiance en Peter qu'en moi ?

— On ne peut pas dire que ton jugement en matière d'homme se soit révélé très juste dernièrement, rétorqua-t-elle, sarcastique.

Elle n'avait pas entièrement tort.

— Ça fait plus de deux ans que je n'ai pas eus une relation, Tracy.

— Sauf si on compte la fête de Noël durant laquelle tu as roulé une pelle au petit ami de Curtis.

Là non plus, elle n'avait pas tort.

— Ils ne sortaient pas encore ensemble !

Elle haussa les épaules, et se releva.

— J'allais sortir manger, tu partages un Subway avec moi ?

— Todd m'a préparé à manger avec les restes du dîner, dit-il en souriant.

— Il sait cuisiner ?

— Divinement bien, répondit-il en se levant à son tour pour prendre le Tupperware dans le petit frigo, au bas de son placard.

— Et qu'as-tu de bon à manger ? demanda-t-elle, amusée.

Il ouvrit la boîte et la lui tendit.

— Du poulet.

— Est-ce que c'est une farce aux fruits que je vois là ? Ça a l'air délicieux.

— Ça l'est, dit-il en quittant le bureau, Tracy sur les talons.

— Et c'est ton petit minet qui a préparé tout ça ? demanda-t-elle lorsqu'ils entrèrent dans le coin-cuisine.

— Yep.

— Tu es complètement sous le charme, pas vrai ?

— Yep. Et je n'ai pas la moindre idée de ce que je suis censé faire, alors je te serais reconnaissant de ne pas me le demander. Hier soir, il…

Gabe s'arrêta net. Il s'apprêtait à lui dire « Hier soir il m'a fait des avances. », mais quelque chose l'en empêcha. Il racontait toujours tout à Tracy, mais subitement, il sut qu'il ne pouvait pas lui raconter ça. C'était trop privé. Todd ne lui pardonnerait pas s'il savait que Gabe avait raconté cette histoire à quelqu'un d'autre. Ce serait mal.

Le four à micro-ondes bipa, et Gabe sortit son Tupperware fumant. L'odeur de la nourriture emplit aussitôt la pièce.

— Mon Dieu que ça sent bon ! s'exclama Tracy.

Gabe prit une fourchette dans le tiroir.

— Ça l'est, crois-moi.

Il s'assit et prit une bouchée. C'était presque meilleur qu'hier. Il émit un petit bruit satisfait en mâchant et en fermant les yeux.

— Fais-moi goûter.

Venant de n'importe qui d'autre, il aurait trouvé ça impoli. Mais c'était Tracy. Ils partageaient tout, tout le temps. Gabe piqua un bout de viande sur sa fourchette, et la lui tendit. Elle se pencha et referma sa bouche autour de la fourchette.

— Oh mon Dieu ! dit-elle la bouche pleine, et Gabe faillit exploser de rire.

— C'est vraiment lui qui a préparé ça ?

— Entièrement seul, confirma Gabe en souriant.

— Je me suis fourvoyée ! commença-t-elle en riant. J'ai eu faux sur toute la ligne, je retire absolument tout ce que j'ai dit ! Quand est-ce que vous m'invitez à dîner ?

— Tu en fais un peu trop.

— Tu n'as pas répondu à ma question, rétorqua-t-elle avec un clin d'œil.

— On verra, d'accord. Laisse-moi d'abord en profiter un peu avant qu'il ne décide de disparaître sans un mot.

Tracy lui tapota tendrement la main en soupirant.

— Qu'est-ce qu'on a dit, Tracy ? Arrête de t'inquiéter pour moi, je suis grand, je gère la situation.

— C'est ce que tu crois, dit-elle en secouant la tête. Mais qu'est-ce que tu deviendrais sans moi ?

Elle l'embrassa sur le front, et quitta la cuisine, perchée sur ses talons aiguilles, comme une diva qui quitte la scène.

Gabe s'affala dans sa chaise en levant les yeux au ciel. C'était plus fort qu'elle, il fallait toujours qu'elle se mêle de ses affaires. Elle était pire qu'une maman juive. Sauf que ni elle ni sa mère n'étaient juives.

Il faudrait bien qu'elle se fasse à la situation. Gabe ne changerait pas d'avis. Il aiderait Todd autant qu'il le pourrait. Il ne pouvait pas remettre le gamin à la rue.

Le nom du quartier dans lequel il louait son appartement lui revint brusquement. La Colombe. Après une recherche rapide sur Google Maps, il n'eut aucune difficulté à trouver l'immeuble miteux, à côté d'un club de strip-tease, dont lui avait parlé Todd. *La Jarretière Carmine, club pour gentlemen*. Gabe laissa échapper un reniflement ironique. On se demandait quel genre de gentlemen ?

C'est alors qu'il lui vint une idée.

Lorsque Gabe s'était levé pour aller au travail, Todd avait déjà les yeux grands ouverts. Il n'avait presque pas fermé l'œil de la nuit. Il fit semblant de dormir pour ne pas avoir à se lever et faire face à Gabe. Il avait bien trop honte. Il ne cessait de se repasser la scène durant laquelle il s'était littéralement jeté sur Gabe. Qu'est-ce qui lui était passé par la tête ? Après toute une vie à se convaincre qu'il ne pouvait pas être gay, subitement il se glissait lascivement sur les genoux d'un homme comme une danseuse de la Jarretière Carmine ? Qu'est-ce qu'il aurait fait si Gabe avait accepté ? Il n'aurait même pas su par où commencer. Une fellation, c'était une chose, mais, et si Gabe avait voulu aller plus loin ? Qui aurait pénétré qui ? Et si Gabe avait voulu le pénétrer, est-ce qu'il aurait eu très mal ? Pourquoi quelqu'un voudrait-il s'infliger ça volontairement ?

Au beau milieu de la nuit, Todd s'était levé pour préparer le déjeuner de Gabe et lui écrire un petit mot. Il était retourné se coucher, puis il avait commencé à s'inquiéter. Est-ce que le petit mot était de trop ? Est-ce qu'il était trop collant ? Est-ce que Gabe allait croire qu'il se comportait comme s'il était sa femme ? Alors il s'était relevé, et il l'avait déchiré.

Après le départ de Gabe, il avait fini par réussir à trouver quelques heures de sommeil. Il fut réveillé par des coups à la porte d'entrée. Il paniqua quelques secondes, persuadé que c'était encore le concierge de son immeuble qui venait réclamer le loyer, puis il se souvint de l'endroit où il était, et se força à respirer calmement.

La personne à la porte frappa de plus belle.

— Une seconde, j'arrive ! cria-t-il.

C'est la petite fille. Elle va encore me demander si je suis bisexuel.

Mais lorsqu'il jeta un œil par le judas, il reconnut Cody, le compagnon d'Harry qu'il avait rencontré à la laverie. Il entrouvrit la porte et passa la tête dans l'embrasure. Il ne portait qu'un boxer. Un boxer de Gabe.

— Salut, Todd, Gabe m'a appelé pour me demander de t'emmener faire les courses avec moi.

— Les courses ?

— Il m'a dit que vous alliez avoir besoin de remplir le frigo. Et qu'il fallait que tu vérifies *Le Magicien d'Oz*, avant.

Le Magicien d'Oz ? Mais de quoi parlait-il ?

— Je ne comprends rien.

— Pourtant Gabe m'a dit que tu comprendrais. Je peux entrer ?

— Ah. Heu… tu m'accordes une petite minute ?

Cody lui lança un regard amusé en haussant les épaules. Todd referma la porte et courut enfiler des vêtements. Le Magicien d'Oz ? Est-ce qu'il parlait du DVD ? En retournant dans le couloir de l'entrée, il fit une pause par l'étagère à DVD, trouva le film en question, et ouvrit le boîtier. Il y avait six billets de cinquante dollars à l'intérieur. Todd écarquilla les yeux en songeant à la paire de chaussettes cachée dans sa vieille commode.

Il fourra les billets dans la poche arrière de son jean, et courut jusqu'à la porte.

— Excuse-moi, entre, dit-il en invitant Cody.

— Tu as vérifié ce qu'il t'a demandé ?

— C'est bon, c'est fait. Il t'a dit de m'emmener faire les courses ?

— Un plein pour une semaine ou deux confirma Cody en hochant la tête.

Une semaine ou deux ? Pour Gabe seul, ou pour Todd et lui ?

— Très bien, d'accord, dit-il en enfilant ses Converses. Tu veux un café avant de partir ?

— Non, c'est gentil, je viens d'en boire un. Ne tardons pas, il faut que j'aille travailler après.

— Qu'est-ce que tu fais ? demanda Todd en mettant sa veste.

— Tu ne devines pas ? le taquina Cody en encadrant son visage avec ses mains. Je suis coiffeur.

Todd tenta de ne pas montrer de réaction. Coiffeur ? Est-ce que ce n'était pas le plus gay des métiers ?

— Ça te va si on va à la Biocoop ?

Todd haussa les épaules.

— Gabe ne t'a rien dit du tout ?

— Pas vraiment, répondit vaguement Todd.

Il était trop occupé à m'ignorer après que je me suis complètement ridiculisé devant lui.

— D'accord, ce n'est pas grave. On devrait s'en sortir. Je crois me souvenir que Gabe aime manger bio, et je sais de source sûre qu'il achète tous ses fruits, légumes et herbes fraîches à la Biocoop. Autant commencer par là.

Todd hocha docilement la tête. Il était déjà entré dans une Biocoop, mais il avait regardé les prix, et il était aussitôt ressorti. Peut-être que c'était là que Gabe avait acheté son poulet.

Cody possédait une vieille Ford Country Squire, avec les flancs en imitation bois.

— Ouhaou. Mes grands-parents avaient la même.

— Les miens aussi, répondit Cody en haussant un sourcil. Et maintenant, elle m'appartient.

Ils montèrent dans le véhicule et prirent la route.

— Tu as une vague idée de ce que tu voudrais acheter ?

Todd réfléchit à la question. Il avait trois cents dollars pour acheter « une ou deux semaines » de courses. Si du moins il était censé tout dépenser. Est-ce que c'était la cagnotte d'urgence de Gabe ?

— Des aliments de base, répondit-il finalement. Du bœuf haché, de la dinde. Peut-être des côtes d'agneau. J'aimerais bien l'impressionner un peu. Le poulet d'hier soir était vraiment basique.

— Tu sais cuisiner l'agneau ? demanda Cody étonné.

— Plus ou moins. J'en ai déjà préparé. J'étais plutôt content de la recette, mais ma mère et mon beau-père n'ont pas vraiment apprécié. Ils sont plutôt du genre à faire des pâtes à tous les repas.

— Je sais ce que c'est, mes parents sont pareils. Mais quand même… de l'agneau. Tu dois vraiment bien aimer Gabe, dit-il en souriant.

Todd commençait à se dire qu'il l'aimait plus que bien.

(« *Peut-être que tu es bi ?* »)

— Cody, est-ce que je peux te poser une question ? Ça va te sembler bizarre, mais je ne sais vraiment pas à qui d'autre le demander.

— Vas-y, demande, répondit Cody en s'arrêtant à un feu rouge. J'ai eu mon lot de questions bizarres dans la vie.

Todd hocha la tête, et prit une grande inspiration.

— Allez, vas-y, n'aie pas peur.

C'est maintenant ou jamais.

— Comment sait-on si on est bisexuel ?

Cody eut l'air étonné, comme s'il ne s'était pas attendu à ça, mais très vite il reprit une expression neutre.

— Est-ce que Gabe sait que tu te poses des questions ?

Todd cogna l'arrière de sa tête contre l'appui-tête en fermant les yeux, et poussa un grognement frustré.

— Tu te demandes si tu es attiré par les filles ?

Il rouvrit brusquement les yeux et se tourna vers Cody.

— Non ! Je veux dire, oui, dans un sens… enfin non. Je ne sais pas ce que je veux dire.

Le feu passa au vert, et Cody appuya sur l'accélérateur.

— Ton petit ami est Superman, Todd, la question ne devrait pas se poser. Si tu as des doutes, c'est que oui, forcément, tu es attiré par les filles.

— Je ne suis pas attiré par les filles !

— Tu viens juste de dire que…

— Non, non. Ce n'est pas ça. Je… Je ne suis pas sûr de ce que je ressens.

Il laissa de nouveau tomber sa tête en arrière, et déglutit péniblement. Est-ce qu'il pouvait le dire à voix haute ? Est-ce qu'il en avait le courage ? Il se tourna vers la fenêtre, et poussa un soupir.

— Je me demande si je suis attiré par les garçons.

Voilà, ça y est. Il l'avait dit. Il jeta un coup d'œil à Cody qui avait l'air complètement abasourdi.

— Mais… Mais je croyais que… tu… Tu n'es pas…

Il se racla la gorge.

— Je croyais que toi et Gabe…

— Je n'ai jamais dit que nous étions ensemble. Je vous ai simplement laissés le croire.

— Mais pourquoi ? demanda Cody confus en se tournant vers lui.

— Parce que sur le coup, ça m'a semblé beaucoup plus simple que de vous expliquer ma situation.

— J'ai du temps devant moi, dit Cody. Si tu veux de l'agneau, il faut qu'on descende au centre-ville, on ne trouvera pas ça à la Biocoop. On en profitera pour s'arrêter prendre un café.

— D'accord capitula Todd en soupirant.

Et il raconta son histoire à Cody. Son histoire tout entière, sans lui épargner le moindre détail.

— Mais pourquoi Kansas City ? Pourquoi pas New York, ou Los Angeles ?

Todd lui expliqua qu'il vouait un culte à Izar Goya et qu'il rêvait d'apprendre avec elle, qu'il avait perdu son job à McDonald's, et qu'il s'était vite rendu compte qu'il serait difficile pour un petit gars de la campagne comme lui sans CV, de retrouver un emploi. Il lui raconta la débâcle avec son appartement, l'horrible fête de Nouvel An, et la tempête de neige de laquelle Gabe l'avait sauvé en l'accueillant chez lui.

— Je suis désolé, Todd, ça n'a pas dû être facile. Tu as eu de la chance de tomber sur Gabe. C'est le gars le plus gentil de la planète.

Ils arrivèrent au centre commercial, et Cody se gara.

— Et maintenant, tu te demandes si tu es bisexuel, c'est ça ? questionna-t-il en sortant du véhicule.

— Pas si fort ! chuchota Todd en lançant des regards paniqués autour de lui. Quelqu'un pourrait t'entendre.

— Et alors ? demanda Cody en haussant les épaules. Personne n'en a rien à faire, Todd.

— Moi si ! Je n'avais jamais dit ça à personne avant.

— Personne ? répéta Cody sur un ton radouci.

Todd secoua la tête, et Cody s'arrêta au milieu du parking pour le regarder.

— Merci de m'avoir fait suffisamment confiance pour te confier à moi. Allez, viens, on y va, dit-il en penchant la tête vers l'entrée du centre commercial.

Ils passèrent devant une gigantesque épicerie, et Cody le mena jusqu'à un petit café caché juste derrière. Il l'accompagna jusqu'à une table pour deux, devant la fenêtre, et l'invita à s'asseoir.

— Installe-toi, je vais nous chercher deux cafés.

— Mais, et ton travail ?

— Je viens d'acheter le salon, qu'est-ce qu'ils vont faire ? Virer leur propriétaire ?

Todd s'assit, et Cody ne tarda pas à le rejoindre avec deux tasses de café fumant. Il lui glissa deux petits pots de lait concentré sous vide, et des sucrettes.

— Je ne savais pas comment tu le buvais.

— Merci, dit Todd en ouvrant un des petits pots de lait.

Puis il s'interrompit.

Goûte-le avant. Tu devrais pourtant le savoir. Tu veux devenir chef cuisinier, ou pas ?

Il se souvenait d'une anecdote au sujet d'Henry Ford, qui disait qu'il amenait toujours ses potentiels employés au restaurant avant de les engager, et s'ils salaient ou poivraient leur plat avant même de l'avoir goûté, il ne les engageait pas. La légende voulait que ce fût parce que Ford refusait de faire confiance à une personne qui prenait des décisions avant de connaître tous les faits.

Todd souleva sa tasse, souffla légèrement dessus, ferma les yeux (comme Gabe lorsqu'il buvait son vin), et but une gorgée.

Aussitôt différentes saveurs assaillirent ses sens. Un goût presque végétal, puis fruité, presque doux, alors qu'il n'avait pas encore mis de sucre. Il rouvrit des yeux émerveillés. Ce n'était pas du café de supermarché.

— Pas mal, hein ? lui sourit Cody. Kansas City commence à être réputé pour son café. J'ai lu des critiques qui nous classaient juste derrière New York et San Francisco.

— Vraiment ?

— Vraiment, confirma Cody. Maintenant, crache.

— Mon café ? demanda-t-il innocemment.

Il regrettait de s'être confié à Cody. Était-il vraiment prêt à parler de tout ça ? En parler risquait de rendre les choses beaucoup plus concrètes, et Todd n'était pas certain d'être équipé pour faire face à ce qu'il y avait dans cette boîte de Pandore…

— Tu sais très bien ce que je veux dire.

— Pas vraiment, non, protesta Todd avec entêtement. Je t'ai dit tout ce qu'il y avait à dire.

— Tout, sauf le plus important. Pourquoi te poses-tu subitement des questions sur ta sexualité ?

Todd se figea, tétanisé, et regarda lentement autour de lui pour voir si quelqu'un l'avait entendu. Mais Cody avait raison, personne ne leur prêtait la moindre attention. Todd ne comprenait pas comment le reste du monde pouvait continuer de tourner normalement, alors que sa vie s'apprêtait à être bouleversée.

— Comment est-ce que tu as su ? demanda-t-il à Cody.

— Su quoi ?

— Pour ta sexualité. Comment tu as su que tu étais…

— Gay ? demanda fortement Cody en levant les yeux au ciel avec exagération.

— Pas forcément, si ? Je veux dire, tu as bien dû avoir des petites amies avant ? Quand est-ce que tu as su que…

— Non, répondit Cody. Zéro petite amie. Jamais. J'ai toujours su que j'étais gay.

— C'est impossible, répliqua Todd. Toujours ? Comment ?

— Au moins depuis le CM1, en tout cas, dit Cody en se passant une main dans les cheveux pour y réfléchir.

— Le CM1 ? répéta Todd choqué. C'est ridicule ! Je ne savais même pas que le sexe existait en CM1 !

— Menteur ! répondit Cody en éclatant de rire.

111

— Je te jure ! J'étais au collège quand mon enfoiré de beau-père m'a traîné jusqu'à son garage pour me montrer des magazines cochons sur lesquels on voyait des hommes et des femmes baiser dans toutes les positions. J'étais…

Horrifié. Mon Dieu, j'étais horrifié par l'idée d'un homme et d'une femme couchant ensemble.

Il repensa à Joan. Il la connaissait depuis l'école maternelle. C'était elle qui lui avait appris à faire ses lacets. Enfants, ils étaient inséparables. Il l'aimait plus que tout au monde, et c'est tout naturellement qu'ils avaient commencé à sortir ensemble. Tout s'était bien passé, jusqu'à ce qu'ils fêtent leurs dix-sept ans et que Joan décide qu'ils étaient assez âgés pour coucher ensemble. Il ne lui refusait jamais rien, parce qu'elle était intelligente et qu'il lui faisait confiance. Mais après leur première fois, les choses avaient changé. Subitement, Austin était devenu son meilleur ami au lieu d'elle, et il préférait passer tout son temps avec lui.

Mon Dieu, comment ai-je pu être aussi aveugle ?

— Tu étais peut-être un peu en retard pour ton âge…

Un peu ? songea Todd avec ironie.

— Mais moi, j'ai toujours su.

— Mais tu étais si jeune ! Comment est-ce que tu pouvais comprendre ta différence à cet âge-là ? Comment est-ce que tu pouvais comprendre que tu préférais les hommes aux femmes sans que personne ne t'aide ou ne t'explique ?

— J'ai eu de l'aide. Il s'appelait Al Borland, dans la série *Papa Bricole*. Mon Dieu, j'étais tellement amoureux de lui. J'ai tout de suite su. Pendant que tous les garçons à l'école parlaient des filles en maillot de bain d'*Alerte à Malibu*, j'étais obsédé par Al. Sa barbe, son torse poilu, ses yeux. Et j'adorais sa petite bedaine. Je rêvais sans cesse qu'il me serrait dans ses bras.

Todd n'en croyait pas ses oreilles. Il rêvait d'être dans les bras d'un autre homme à l'âge de dix ans ? C'était tout simplement inconcevable pour lui.

— J'avais aussi un faible pour, attention, interdiction de te moquer, David Hasselhoff. Mais pas autant que pour Al. Ce petit bedon et ce torse musclé ont défini mes goûts en matière d'homme pour le reste de ma vie, je crois. C'est sans doute pour ça que j'ai craqué si vite pour Harry.

C'était du grand n'importe quoi. Comment un gamin de dix ans pouvait-il être amoureux d'un autre homme ?

Trip Tucker.

Todd manqua s'étouffer avec sa salive.

L'image de Connor Trinneer, qui jouait Trip dans *Star Trek : Enterprise* s'imposa à lui, claire et vibrante, et il sentit un petit frisson lui parcourir le corps. Il se souvenait encore parfaitement du délicieux sentiment d'interdit qui l'avait saisi la première fois que Trip avait ôté son tee-shirt dans un épisode. Quel âge avait-il à cette époque ? Probablement le même âge que Cody lorsqu'il était tombé amoureux d'Al Borland.

Dans cet épisode, Trip était couvert de sueur, sa peau avait l'air si douce, et Todd s'était demandé ce que ça ferait de la toucher. D'autres souvenirs l'assaillirent, Trip en sous-vêtement, la forme évidente de son sexe moulé par le tissu. Todd l'avait fixé jusqu'à discerner les trois parties de son sexe, ses testicules et son pénis. Est-ce qu'il appelait déjà ça un pénis à l'époque ? Ou bien est-ce qu'il employait encore un ridicule mot d'enfant ? Il se souvenait avoir regardé avec fascination les tétons découverts de Trip, en se demandant si un jour il le verrait complètement nu dans un épisode. En se demandant pourquoi il ne pouvait pas détacher son regard de lui. Pourquoi la nuit dans son lit, il y repensait et que son corps devenait moite, son pénis tout dur.

Mon Dieu...

Il n'avait pas repensé à ces souvenirs depuis tant d'années. Des sueurs froides lui coulaient le long de la colonne vertébrale. Était-ce vraiment possible ? Est-ce qu'à l'époque déjà il préférait les hommes ?

— Est-ce que tout va bien, Todd ?

Todd sursauta dans son siège, et regarda Cody sans vraiment le voir.

— Trip, dit-il dans un souffle.

— Pardon ?

— Trip, dans *Star Trek : Enterprise*. À chaque épisode, je regardais son entrejambe avec insistance, je ne comprenais pas pourquoi, mais maintenant...

Cody ne répondit rien, se contentant de siroter son café avec un regard compatissant.

— Tu insinues que j'étais déjà gay à ce moment-là ? s'emporta-t-il, frustré.

— Je ne me permettrais pas de faire une telle présomption.

On aurait dit Peter. Mais est-ce que c'était vrai ? Est-ce que déjà à cette époque, il était gay ?

Cody tendit une main pour toucher la sienne dans un geste rassurant, et Todd la retira comme s'il venait de se brûler. Il regretta aussitôt ce réflexe.

— Excuse-moi, dit-il.

Il se sentait tellement bête.

— Tu ne mentais pas, dit doucement Cody. Tu viens seulement de comprendre…

Todd sentit les larmes monter. Comment était-ce possible ? Comment pouvait-il être gay ? Lui ? Gay ?

Bisexuel. Peut-être que je suis bisexuel.

— Todd, tu es sûr que tout va bien ? demanda Cody inquiet.

— Je ne sais pas, chuchota-t-il. Je ne sais plus.

XII

Lorsque Gabe trouva enfin l'immeuble qu'il cherchait, il s'arrêta une seconde pour l'observer et poussa un grognement dégoûté. *Mon Dieu*, songea-t-il, *c'est un miracle que ce taudis tienne encore debout.*

Il gara sa Saturn Sky argentée dans la rue d'en face, et marcha jusqu'à l'immeuble. Ce ne fut pas une tâche facile. Il n'était pas vraiment habillé pour marcher dans la neige. Il manqua de tomber à plusieurs reprises, et faillit lâcher son attaché-case dans le caniveau enneigé. Pourquoi avait-il pris sa mallette avec lui ? Par habitude ? Par instinct ?

La porte de l'immeuble était vétuste, et la peinture écaillée laissait deviner couche après couche de différentes couleurs, dans une vaine tentative de cacher la misère. Elle était entrouverte, il n'y avait plus de serrure. N'importe qui pouvait entrer. Gabe franchit le seuil, et découvrit quatre portes au rez-de-chaussée. Laquelle était celle du concierge ? Vivait-il seulement ici ? Gabe ne s'était même pas posé la question avant de débarquer.

Il y avait une rangée de boîtes aux lettres sur la gauche, il se rapprocha et trouva rapidement celle sur laquelle on pouvait lire au marqueur « Concierge 1-A ».

Il alla jusqu'à l'appartement indiqué, et frappa à la porte.

Pas de réponse.

Il frappa de nouveau.

Toujours rien.

Peut-être qu'il était occupé dans une autre partie de l'immeuble. Occupé à expulser un autre gamin sans défense au beau milieu de l'hiver. Gabe observa un peu autour de lui, et remarqua une carcasse de cafard gelée dans le coin du couloir. Il commençait à se dire que le concierge avait rendu service à Todd en le mettant dehors. Puis il soupira. Est-ce qu'il aurait pensé la même chose dix ans plus tôt, lorsqu'il avait loué son premier appartement miteux ? Bien sûr que non. Même s'il avait fini par y retrouver son ex en train de sauter le barman du coin, avant ça, il y avait été heureux. Il était jeune, amoureux, et cet appartement était son Camelot, la forteresse de son premier amour. C'était la première fois de sa vie qu'il s'installait avec un autre homme, qu'il dormait avec un autre homme, partageait ses repas, son quotidien avec un autre homme. Ils pouvaient se promener nus, faire l'amour quand bon leur semblait. C'était la liberté.

Au moins, son ex et le barman avaient utilisé un préservatif lorsqu'il l'avait trompé.

Gabe frappa de nouveau à la porte du concierge, cette fois-ci avec plus de vigueur.

— Qu'est-ce que c'est que ce bordel ? vociféra une voix derrière la porte.

— Il y a quelqu'un ? appela Gabe.

La porte s'ouvrit à la volée, et Gabe découvrit un homme qui aurait pu faire passer son propre concierge pour un mannequin. Il était énorme, il débordait de partout. Il portait un sweat-shirt gris distendu par son énorme ventre, et des bretelles. Ses joues et son nez étaient couverts de couperose. Gabe aurait parié que l'homme était alcoolique. Il était déjà presque chauve, mais s'obstinait à brosser les quelques derniers cheveux gras qu'il lui restait sur le sommet de son crâne. Il lui manquait la moitié des dents, et l'autre moitié était jaunie par la cigarette. Il avait la braguette ouverte. Il était tout bonnement répugnant.

— Qu'est-ce que vous voulez ? cria-t-il, faisant profiter Gabe de son haleine fétide.

Puis, il remarqua la tenue de Gabe, et troqua son impolitesse pour un sourire hypocrite.

— Oh, bonjour m'sieur. Qu'est-ce que je peux faire pour vous ?

— Vous êtes le concierge de cet immeuble ?

— C'est moi, m'sieur, pas de doute là-dessus. Qu'est-ce que vous voulez ? demanda-t-il en s'essuyant le nez avec la manche.

— Est-ce qu'il y a un Todd Burton parmi vos locataires ?

— C'est qui qui demande ? dit-il, méfiant.

Il portait déjà sur les nerfs de Gabe. Il n'était déjà pas très objectif en arrivant, mais l'homme n'améliorait pas son cas.

— Je travaille pour Wagner Entreprises. Ça vous dit quelque chose, peut-être ? L'empire Peter Wagner ?

— Je sais pas qui c'est, répondit l'homme en fronçant les sourcils.

— Le patron de Baily, Cranston et Watch, entre autres, le plus grand cabinet d'avocats de Kansas City.

L'homme fit un petit pas en arrière en essuyant ses mains sur son sweat-shirt.

— Et qu'est-ce qui m'veut ?

— La firme de monsieur Wagner a décidé de représenter monsieur Burton dans l'affaire de son éviction.

Le mensonge sortit avec plus de confiance et de facilité qu'il ne l'aurait cru. L'homme fit un autre pas en arrière.

— Ce p'tit con avait pas payé son loyer depuis deux mois ! J'ai fait ce que j'avais à faire. Y a plein d'autres gens qui voudraient bien un appartement.

Gabe haussa les sourcils. Visiblement, ils étaient deux à savoir mentir.

— Vraiment ? J'en déduis donc que l'appartement est déjà reloué ?

Le regard du concierge devint fuyant. Il était en train de déterminer s'il pouvait mentir.

— Faites très attention à ce que vous allez dire, chacun de vos propos pourra être utilisé dans un tribunal.

— Bordel de… marmonna le concierge en passant sa grosse main moite dans les trois cheveux qu'il avait sur le caillou.

— Pourrions-nous nous asseoir ? demanda Gabe.

L'homme hésita, puis hocha la tête. Il recula pour laisser entrer Gabe.

L'endroit était encore plus sale que ce qu'il avait craint. Il aperçut un cafard vivant passer sous la table. Des boîtes de pizza vides, des cannettes écrasées et des poubelles ouvertes jonchaient le sol. Il y avait des vêtements sales en tas sur tous les meubles, et une odeur persistante d'urine flottait dans l'air. Gabe réprima un haut-le-cœur. S'asseoir ? S'asseoir où ? Le seul endroit disponible était le fauteuil du concierge, creusé par son poids.

Le concierge se précipita, avec une vitesse étonnante compte tenu de son poids, pour enlever une boîte de pizza et des sous-vêtements afin de libérer un coin du canapé qu'il désigna à Gabe. Gabe regarda le coin indiqué, incapable de bouger. Puis il se reprit, saisit un vieux journal sur la table, le posa sur le coin de canapé, et s'assit.

— Désolé, c'est un peu sale, dit l'homme dans une grimace. Si j'avais su, j'aurais fait un gâteau pour l'occaz.

Un gâteau aux cafards ? se demanda Gabe. *Très peu pour moi.* Il ouvrit son attaché-case, et fit semblant de rassembler des papiers à l'intérieur. Il en sortit un dossier au hasard.

— D'après le témoignage de monsieur Burton, il n'a reçu aucun courrier lui signalant son éviction.

Gabe espérait sincèrement qu'il utilisait le vocabulaire adapté, car il n'avait aucune idée de ce qu'il faisait.

— C'est pas vrai ! Je l'ai prévenu un paquet de fois !

— Par écrit ? demanda-t-il en se retenant pour ne pas faire remarquer qu'il doutait fortement de la capacité de cet homme à écrire quoi que ce soit.

— Ben ouais, par écrit.

— Soyez extrêmement prudent, monsieur. Vous devrez confirmer ces dires si vous êtes appelé à témoigner.

— Une petite minute, té-témoigner ? bredouilla le concierge. Comme dans un procès ?

— Précisément, répondit Gabe en feuilletant le dossier qui contenait le dernier bilan comptable d'AbledRides. Et d'après ce que je lis ici sur le bail de monsieur Burton, il est stipulé que l'expulsion ne peut intervenir qu'après trois mois de loyer impayé.

C'était un mensonge éhonté, une pure invention, mais comme il s'en doutait, le concierge tomba droit dans le panneau. Cet imbécile ne connaissait même pas les termes de son propre contrat avec les locataires.

— Rappelez-moi votre nom, s'il vous plaît ?

— Bill Racine. *William*. Racine.

William. Il cherchait à se donner de l'importance avec son véritable prénom, c'était évident, et pathétique.

— C'est en effet le nom que j'ai ici sur notre dossier, mentit Gabe avec aisance.

Racine essuya son front perlé de sueur. Il était nerveux.

— Monsieur Racine, pourriez-vous s'il vous plaît m'indiquer ce qu'il est advenu des biens matériels de monsieur Burton ?

— De quoi ? demanda le concierge en se grattant l'entrejambe.

— Le jeune homme que vous avez expulsé un soir d'hiver, en pleine tempête de neige, clarifia Gabe en articulant avec exagération. Ce qui, je vous le rappelle, est illégal pendant la trêve d'hiver.

— Il avait pas payé son loyer !

— Je m'enquérais du devenir de ses biens, monsieur Racine. Ses meubles ? Ses vêtements ?

— Ils sont encore là-haut, s'énerva le concierge en pointant le plafond du doigt. J'y ai pas touché moi, à ses affaires.

— Fantastique, et dire que mes collègues craignaient que vous ayez agi de manière stupide…

— Stupide ? répéta Racine en se redressant.

— Ce à quoi je me suis empressé de leur répondre qu'un homme responsable de la surveillance d'un immeuble entier ne ferait jamais rien de stupide.

— Un peu mon neveu ! Vous leur dites que je suis pas stupide, à vos collègues.

— Ils craignaient que vous puissiez représenter un obstacle, c'est pourquoi je leur ai demandé de me laisser vous parler d'abord. Nous sommes tous des adultes responsables après tout, n'êtes-vous pas d'accord, monsieur Racine ?

— Oui, oui, des adultes, marmonna le concierge en fuyant son regard. Responsables...

Quelque chose ne tournait pas rond, et l'antipathie de Gabe à l'égard de cet homme s'intensifia encore. Il n'avait pas prévu de jouer la comédie à ce point, mais il suivait son instinct. C'était ce qui faisait de lui un redoutable homme d'affaires. Le même instinct qui avait attiré l'attention de Peter lors de l'étrange et inoubliable nuit de leur rencontre.

Gabe afficha un immense sourire, ainsi qu'une attitude positive et arrangeante.

— Je suis ici aujourd'hui pour vous annoncer que le cabinet Baily, Cranston et Watch est prêt à abandonner toute poursuite judiciaire dès lors que tous les biens de monsieur Burton lui seront remis.

— Remis ? Et les loyers de ce sale rat, qui va les payer ?

Gabe l'étudia attentivement. Est-ce que l'homme risquait de lui causer des ennuis ? Il prenait de gros risques en se faisant passer pour un avocat et en mêlant le nom de la firme de Peter à cette histoire. Racine avait peut-être légalement le droit de garder les affaires de Todd. Dieu seul savait ce que cet immonde personnage lui avait fait signer sous la pression du loyer. Qu'est-ce qu'il fichait ici au juste ?

— À combien s'élève le montant des impayés de monsieur Burton ? demanda-t-il finalement.

— Douze mi...

Gabe l'épingla d'un regard glacial, et le concierge se ravisa.

— Neuf mille dollars. Ça fera l'affaire, dit-il en levant le menton, comme s'il mettait Gabe au défi de le contredire.

Gabe ne protesta pas. Il voulait en finir avec toute cette histoire. Il voulait quitter cet endroit immonde et cet homme détestable. Partir avant que ce Cro-Magnon ne comprenne que Gabe se payait sa tête.

— Est-ce qu'un chèque vous conviendrait ?

Tu ne vas quand même pas utiliser le chéquier de l'entreprise ?

Bien sûr que non. C'est ma décision, je vais payer de ma poche.

— Un chèque c'est très bien, répondit Racine en essuyant sa lèvre supérieure.

Gabe sortit un chéquier de son attaché-case, l'ouvrit d'un geste théâtral, déboucha lentement son stylo…

— Il va sans dire que je vais avoir besoin de voir l'état des biens de monsieur Burton de mes propres yeux.

— Et pourquoi vous aurez besoin de voir ? Vous avez ma parole, c'est pas suffisant ? demanda le concierge affolé.

— Voyons, monsieur Racine, ça n'a rien de personnel, ce n'est qu'une formalité, répondit calmement Gabe. Je vous fais *implicitement* confiance.

Il réprimait surtout l'envie de lui envoyer son poing dans la figure, mais ça n'aurait pas été une attitude très productive. Surtout après s'en être si bien sorti avec son mensonge.

— Et si nous nous occupions de ça maintenant, afin que je puisse procéder ensuite au règlement.

— Il faut que je retrouve les clés, grommela Racine en détournant les yeux.

— Mais bien entendu. Je vous attends ici.

Le regard que lui lança alors le concierge débordait d'une haine mal contenue. Mais Gabe pouvait la voir, claire comme de l'eau de roche. C'était son don.

L'homme quitta la pièce d'un pas traînant, sans un mot de plus.

Mais enfin, qu'est-ce que tu fais ?

J'aide mon prochain.

Tu t'aides surtout à séduire Todd pour te le taper.

Non, nia-t-il aussitôt.

Alors pourquoi ce chèque ? Tu ne crois pas que tu as déjà assez aidé ce gamin ?

Je fais ce chèque parce que j'en ai les moyens et qu'il ne les a pas. Je fais ce que Peter aurait fait pour moi.

C'est quand même une sacrée somme d'argent.

Pas vraiment, non. Ce n'est que de l'argent. L'argent ne sert à rien s'il n'est pas en circulation, il n'a pas de raison d'être. Ce ne sont que des morceaux de papier avec des chiffres, comme disait Peter. C'est notre culture qui leur a donné valeur et pouvoir. L'argent n'a de sens que si l'on s'en sert. Et je m'en sers pour aider Todd.

Racine revint dans la pièce.

EN SUIVANT le concierge dans l'étroite cage d'escalier, Gabe ne put s'empêcher de penser que le derrière de cet homme était un film d'horreur à lui tout seul. Une seule de ses fesses devait facilement faire la taille du derrière de Gabe tout entier. Ce qui n'était pas peu dire, car avec la musculation, Gabe n'avait pas exactement ce qu'on pouvait appeler de petites fesses.

Il a peut-être des problèmes de santé, souffla la partie bienveillante de son cerveau.

Et c'était vrai que nombre de gens dans l'entourage de Gabe souffraient de dérèglements hormonaux, de problèmes de thyroïde, mais quelque chose lui disait que le seul souci de santé de cet homme était la goinfrerie.

Après une ascension interminable (six étages sans ascenseur !), ils arrivèrent enfin devant l'appartement. Le concierge suffoquait, il était couvert de sueur, et plus rougeaud que jamais. Il tira sur l'énorme trousseau de clés attaché à sa ceinture, et trouva immédiatement la bonne. Ce sale menteur avait toujours su où elle était. Pourquoi avoir prétendu qu'il ne savait pas ? Pour avoir le contrôle de la situation ? Parce qu'il préparait un mauvais coup ?

Il ouvrit la porte, et invita Gabe à entrer.

— Après vous, grogna-t-il essoufflé.

Gabe hocha la tête et entra dans le minuscule appartement. C'était encore pire que ce qu'il avait imaginé. L'endroit était plus petit que sa propre chambre. Il y avait des fissures au plafond, le papier peint était déchiré par endroits, et le sol était dans un état alarmant. Il espérait sincèrement que Todd n'avait jamais marché pieds nus ici. Le seul point qu'il était prêt à concéder était la propreté de l'appartement. Les meubles étaient vieux et dépareillés, mais l'ambiance générale créée par Todd était chaleureuse. Il aperçut une collection de figurines Star Wars sur l'une des étagères d'une bibliothèque faite de planches de bois et de blocs de béton, et songea qu'il était facile d'imaginer le jeune homme entre ces murs. Il renifla autour de lui, et reconnut l'odeur de l'encens que Todd avait sans doute dû faire brûler dans l'espoir vain de dissimuler l'odeur d'urine qui régnait dans tout l'immeuble.

Il fit rapidement l'état des lieux. Une dizaine de livres rangés par ordre alphabétique sur la dernière étagère de la bibliothèque. Une commode à laquelle il manquait un tiroir, et un vieux poste de télévision avec une antenne en V, posé dessus.

Il réalisa alors qu'il n'avait pas encore vu le précieux ordinateur dont Todd lui avait parlé.

— Excusez-moi, monsieur Racine, mais il ne me semble pas avoir vu l'ordinateur portable de monsieur Burton.

— Je savais pas qu'il en avait un, moi, marmonna le concierge en haussant les épaules.

Il refuse de rencontrer mon regard. Il ment comme un arracheur de dents. À quoi joue-t-il ? Est-ce qu'il aurait volé l'ordinateur ? Gabe afficha un immense sourire.

— Allons, monsieur Racine, je suis certain que si vous faites un petit effort, vous vous souviendrez qu'il en avait un. Je suis même prêt à parier que vous étiez inquiet qu'on le vole, et que vous l'avez mis en lieu sûr !

Leurs regards se croisèrent, et Gabe crut déceler une lueur de peur dans les yeux de Racine. Il avait peur de lui ? Tant mieux.

Il soutint son regard, déterminé et impassible. Très vite, Racine baissa les yeux.

— Ouais, peut-être. Maintenant que j'y pense, ça me dit quelque chose. Je dois l'avoir. En lieu sûr, comme vous dites.

— Brave homme, répondit Gabe en hochant la tête avec approbation.

— Comme on en fait plus.

— Pourquoi n'iriez-vous pas le chercher immédiatement ? demanda Gabe.

Le concierge hocha la tête, et redescendit s'exécuter. Gabe ferma la porte derrière eux, et prit sa suite dans les escaliers. Une fois de retour en bas, Racine disparut dans une petite pièce derrière son salon, et revint très vite avec un vieil ordinateur portable noir, couvert d'autocollants, qu'il glissa dans une sacoche.

— Vous avez le chèque ?

— Je vais le rédiger dans l'instant, répondit Gabe en se faisant violence pour ne pas lui arracher l'ordinateur des mains.

Il posa son attaché-case sur la table, ressortit le chéquier, et commença à remplir le chèque. Tout en écrivant le montant, il ajouta d'une voix très calme :

— Ce montant couvrira bien entendu les frais d'emballage et de transport. Vous ferez livrer le tout avant demain midi à la société Alexander Storage, rue de Troost.

Il releva la tête vers l'homme en colère.

— C'est quoi ces conneries ? demanda-t-il, tremblant de rage.

— Avant demain midi, répéta Gabe en souriant. Si vous n'obtempérez pas, je vous poursuivrai en justice et vous déposséderai de tous vos biens, jusqu'à ce qu'il ne vous reste que vos yeux pour pleurer. Cette simple visite de courtoisie m'a permis de relever huit manquements à la loi dans votre immeuble.

C'était un autre mensonge, Gabe n'y connaissait rien.

— Qui plus est, je ferai en sorte, que plus aucun employeur de cette ville, non, disons même de cet État, ne vous engage. Et si vous ne faites pas ce qui est attendu de vous, monsieur Racine…

La voix de Gabe se fit glaciale.

— J'enverrai mes hommes pour vous expliquer comment nous procédons. Ai-je été assez clair ?

Le concierge porta une main à sa poitrine et se laissa tomber dans son fauteuil.

— Je ne vous ai pas entendu, monsieur Racine. Ai-je été assez clair ?

Incapable de répondre, l'homme se contenta de hocher la tête.

— Excellent. Vous voyez quand vous voulez. J'avais dit à mes collègues que vous ne poseriez pas de problème, ajouta-t-il avec un petit rire.

Il arracha le chèque du chéquier, et le tendit à Racine en prenant bien soin de ne pas le toucher directement. L'homme se jeta sur le morceau de papier, et Gabe quitta l'appartement sans attendre. Il n'avait pas pour habitude de mentir en affaires, mais aux grands maux, les grands remèdes.

Il sortit de l'immeuble le plus rapidement possible, loin de toute cette crasse et cette puanteur.

Il n'avait qu'une hâte, c'était de rentrer chez lui.

Rentrer chez lui et annoncer la bonne nouvelle à Todd.

XIII

ILS ÉTAIENT dans la cave d'Austin. C'était un peu comme leur quartier général. Todd avait même sa propre clé pour y accéder, et quelques années plus tard, Austin y avait installé sa chambre. Ils étaient assis sur le vieux canapé et plongés dans l'obscurité, la seule source de lumière provenait de l'écran de télévision. Derrière eux, le lit d'Austin était défait, les draps en bataille, comme d'habitude. La pièce tout entière était dans un désordre permanent. Des vêtements sales dans tous les coins, un slip de sport suspendu à une lampe. Todd se souvenait s'être demandé comment il avait atterri là.

Il y avait des haltères et du matériel de sport, bien meilleur que ce que Todd possédait. Les parents d'Austin étaient morts quand il était encore bébé, et ses grands-parents l'avaient élevé en le gâtant. Todd adorait venir s'entraîner chez Austin. D'ailleurs, ils venaient tout juste de finir une session de sport particulièrement intense, et ils portaient encore tous les deux leur tenue de sport.

— On n'a pas besoin de se doucher, j'aime bien notre odeur, pas toi ? avait demandé Austin, les yeux mi-clos, une étrange lueur dans le regard.

Todd détourna les yeux. La vérité, c'est qu'il préférait de loin l'odeur corporelle d'Austin à celle de Joan, mais ce n'était pas normal ! *Qu'est-ce qui ne va pas chez moi ?*

(« Tu es pédé, ou quoi ? »)

Depuis quelque temps, il avait remarqué qu'il aimait renifler Austin pendant le sport. Si par exemple, Todd était allongé sur le banc de musculation, pendant qu'Austin l'aidait à soulever les haltères longs, il avait la tête juste sous l'entrejambe de son meilleur ami, et il pouvait voir la forme de son sexe dans son short de sport, sentir l'odeur qui s'échappait de là. Parfois, il devait se concentrer très fort pour ne pas avoir d'érection. Il ne comprenait pas ce qu'il lui arrivait.

Cet après-midi encore, pendant leur entraînement, il avait été excité. Il ne pouvait pas s'en empêcher. Ce n'était même pas comme si Austin était le plus beau gosse de l'école. Il était mignon, mais maigrichon, il n'avait rien à voir avec les hommes musclés des magazines de Todd. Il avait une grande bouche et des cheveux longs en bataille. Plus personne ne portait les cheveux longs, il était ridicule. Malgré cela, il y avait quelque chose en lui qui excitait Todd. Son odeur masculine et fraîche. Et à la rentrée, Todd avait remarqué qu'Austin avait changé pendant les vacances d'été. Il n'avait plus de boutons, sa voix était devenue plus grave.

Ce jour-là, Todd était sur le banc de musculation, et comme d'habitude, son regard s'était égaré dans le bâillement du short d'Austin. Il lui sembla apercevoir ses testicules. Puis, à sa grande horreur, il réalisa qu'Austin l'avait surpris. Il fit un clin d'œil à Todd.

Oh, mon Dieu, il m'a vu. Todd se sentit rougir. Austin allait penser qu'il était pédé !

(« Tu es pédé, ou quoi ? »)

Non ! C'était impossible. Il ne pouvait pas devenir tout ce que son beau-père haïssait. Comment aurait-il pu être un être aussi dégoûtant ?

Peut-être que ça n'a rien de dégoûtant. Mon beau-père est un salaud. Ce n'est pas quelqu'un de bien. Est-ce qu'une chose qu'il hait avec autant de ferveur peut vraiment être aussi mauvaise ? Il était presque logique de se dire que tout ce que cet homme abhorrait devait en réalité être bien.

Oui, mais un pédé ?

— Tu veux regarder un porno ? demanda Austin.

— Un porno ? répéta bêtement Todd.

— Ouais, répondit Austin, la voix rauque. Je l'ai piqué à mon cousin. Il a ramené toute une collection de vidéos de l'université. Tu veux voir ?

Todd examina le regard suppliant de son meilleur ami. Il ne savait pas quoi répondre, c'était une idée complètement folle. Et pourtant…

Il hocha lentement la tête et un grand sourire éclaira le visage d'Austin.

— Super, mec !

Il bondit sur ses pieds, et courut jusqu'au lecteur DVD sur lequel il appuya simplement.

Le film se lança sans préambule. Deux femmes apparurent à l'écran. Elles étaient en train de faire des choses que Joan le harcelait de faire avec elle. Elles se touchaient entre les jambes, leurs doigts se perdaient entre les étranges plis de peau de leurs sexes. Elles se léchaient. Todd n'était absolument pas excité par ce qu'il voyait. Il se tourna vers Austin, qui avait l'air captivé par le spectacle. *Qu'est-ce qui ne va pas chez moi ?* Les plus grands poètes avaient écrit des odes au corps de la femme, même la Bible chantait les louanges de la femme dans le Cantique des Cantiques. Est-ce qu'il n'était pas censé ressentir la même fascination ? Est-ce que tous les hommes étaient vraiment excités par ce genre de choses ?

Pour ne pas arranger les choses, la télévision d'Austin rendait tout le monde orange fluo. *Comment fait Austin pour être excité par ça ?* se demanda Todd alors que la caméra zoomait sur un sexe de femme.

Après ce qui lui sembla être un temps interminable, une porte s'ouvrit dans le film, et un homme entra pour rejoindre les deux femmes. Todd glissa un regard en coin à Austin, et vit qu'il était en train de se caresser l'entrejambe. Austin lui rendit son regard.

— Je suis trop excité, gémit-il.

Mais pourquoi ? se demanda Todd. Les deux femmes étaient horribles. Elles étaient trop maigres, et leurs énormes poitrines semblaient disproportionnées. Leurs seins étaient plus gros que ceux de Joan, mais ils n'avaient pas une forme naturelle.

L'homme était encore plus maigre, il avait un visage laid et des cheveux filasse, avec une implantation tardive. La seule chose que Todd devait reconnaître, c'était que l'acteur avait un sexe énorme. Il devait faire deux fois la taille de celui de Todd, mais il n'avait pas l'air d'être complètement dur. Todd rencontrait souvent ce problème quand il était avec Joan.

Il jeta un nouveau regard dans la direction d'Austin, et à sa grande surprise, il le vit sortir son sexe de son short. Il était si dur qu'il se dressait droit contre son estomac. Un peu de liquide sortait de son gland. Todd, qui avait jusqu'ici eu du mal à se sentir excité, devint aussi dur que du béton en quelques secondes à peine.

Austin commença à caresser doucement l'endroit juste sous son gland, un endroit sensible que Todd adorait toucher lui aussi. De plus en plus de liquide coulait de son sexe. Todd gémit, et Austin se tourna vers lui. Il baissa les yeux vers l'entrejambe tendu de Todd, et lui lança un sourire complice.

— Je sais, mon pote, c'est torride.

Mais de quoi parlait Austin ? Il ne pouvait quand même pas parler des trois personnes sur le petit écran orange. Il n'osa pas demander à son meilleur ami s'il était excité par leur proximité et leur érection respective.

— Todd, appela-t-il dans un murmure. Tu es excité, toi aussi ?

Est-ce qu'il l'était ? Mon Dieu oui, il l'était. Il ne se souvenait pas avoir été aussi excité dans toute sa vie.

— Je… Oui.

Il lui sembla lire du soulagement sur le visage d'Austin.

— Tu veux qu'on le fasse ? demanda son meilleur ami.

— Qu'on fasse quoi ? demanda-t-il d'une voix tremblante.

Il avait l'estomac noué et il transpirait à grosses gouttes. Que voulait faire Austin ?

— On se masturbe.

— Ensemble ?

— Oui, tu viens de dire que tu étais excité.

— Maintenant ? demanda Todd paniqué, et sa voix se brisa sur la dernière syllabe.

— Pourquoi pas ? demanda Austin. On se connaît bien, on fait toujours tout ensemble.

Se masturber ? Avec son meilleur ami ? Que disait le livre d'éducation sexuelle déjà ? Que c'était parfaitement normal pour deux jeunes garçons d'expérimenter ensemble ? Est-ce qu'ils n'étaient pas un peu vieux pour rentrer dans ces critères ? Après tout, ils n'étaient plus de tout jeunes garçons...

Austin baissa son short en soutenant le regard de Todd. Todd sentit son sexe sursauter. Il ne pouvait pas bouger, il était tétanisé. Austin dut prendre son absence de réaction pour un accord, car il commença à se caresser de haut en bas en continuant de regarder Todd. Hypnotisé, Todd regarda le sexe de son meilleur ami qui perlait, luisant dans la lumière de la télévision.

— À toi, maintenant, dit Austin.

Todd releva les yeux vers lui, et lut le désir dans le regard d'Austin. Machinalement, sans y réfléchir, il baissa son pantalon et ses sous-vêtements.

— Merde, elle est plus grosse que la mienne, souffla Austin.

Todd en doutait. Le sexe d'Austin lui semblait déjà énorme. La calotte, qui avait toujours secrètement fasciné Todd, était baissée, révélant le bout presque pourpre et humide de son sexe. Todd sentit sa gorge se contracter, et il dut faire un effort pour avaler sa salive.

— Allonge-toi, je veux la voir, ordonna Austin.

Todd s'exécuta, et son sexe se dressa dans les airs à la complète merci de son meilleur ami.

— Je l'ai vue des millions de fois, mais je ne pensais pas qu'elle serait si grosse, dit Austin.

Tu y as pensé ? se demanda Todd. *Tu as pensé à mon érection ?*

Austin attrapa son propre sexe à la base, et commença à se caresser.

— Touche la tienne, chuchota-t-il.

Todd était trop terrifié. Il avait peur de jouir au moment même où il la toucherait.

— Fais-le, insista Austin.

Todd déglutit, et fit ce qu'Austin lui disait. Une sensation de courant électrique lui traversa tout le corps, et il se cambra contre les coussins du canapé. Son sexe pulsait dans sa main, et il se mit à perler du liquide pré-séminal, comme Austin.

— Caresse-toi, dit Austin.

Todd ferma les yeux. *Je n'arrive pas à croire qu'on est en train de faire ça !* Il imprima un premier lent mouvement de va-et-vient sur son sexe, et laissa échapper un petit cri à la sensation. Ça n'avait jamais été aussi bon. Il s'était masturbé des millions de fois, pourquoi est-ce que subitement c'était si bon ?

Todd rouvrit les yeux, et vit que le regard d'Austin passait de la télé à son sexe. Les deux filles étaient en train de jouer avec le gigantesque pénis de l'homme.

Après un moment, Austin accrocha le regard de Todd, et d'une voix à peine audible lui dit :

— Tu veux qu'on fasse ça ?

— Qu'on... qu'on fasse quoi ? bégaya Todd.

— Qu'on s'aide, répondit Austin dans un souffle. Tu veux qu'on s'aide ?

Todd écarquilla les yeux. Austin voulait qu'ils se touchent l'un l'autre ?

— Allez, personne n'a besoin de le savoir, le cajola Austin. Toi tu sais ce que ça fait quand quelqu'un d'autre te touche, tu as Joan. Pas moi. Je veux savoir ce que ça fait...

C'est à cet instant que Todd comprit qu'Austin voulait simplement jouir, peu importe avec qui. Il n'y avait pas de sentiments dans l'affaire. Austin n'avait pas de sentiments pour lui, il n'était pas gay.

— Todd ? insista-t-il d'une voix désespérée.

Todd sut alors aussitôt que ce n'était pas grave. Qu'il allait le faire et que tout se passerait bien. Il n'avait rien à faire de ce que penserait son beau-père.

C'était parfaitement normal. Ils étaient jeunes. C'était les hormones, ça ne voulait rien dire de sérieux. Il poussa un gémissement, et Austin se rapprocha de lui. Son meilleur ami tendit la main vers lui, hésita une fraction de seconde, puis se saisit de l'érection de Todd.

Todd poussa un cri de surprise et se mordit les joues pour s'empêcher d'éjaculer sur-le-champ.

Austin le caressa quelques instants, et poussa à son tour un gémissement.

— Tu es tellement chaud, on dirait que tu es en feu.

Il frotta son pouce contre le gland humide, et Todd frissonna de plaisir. Son poing se serra et s'ouvrit machinalement dans le vide. Aurait-il le courage de toucher Austin à présent ?

— Pitié, Todd, supplia Austin comme s'il avait lu dans ses pensées. S'il te plaît, touche-moi.

Todd expira longuement, et tendit la main. Il s'apprêtait à toucher le pénis d'un autre homme pour la première fois de sa vie. Il referma ses doigts autour d'Austin. C'était tellement dur ! Et tellement chaud, Austin avait raison.

— Mon Dieu, gémit-il.

Sa main tremblait légèrement. Il n'arrivait pas à croire qu'il tenait un sexe masculin dans sa main. Il tenait le sexe de son meilleur ami. C'était tellement différent que de se toucher soi-même. Tellement plus sexy. Le sexe d'Austin lui sembla plus épais. Il bougea lentement sa main tout le long.

— Oh oui, gémit Austin.

Ils se masturbèrent ainsi pendant de longues minutes. À plusieurs reprises, Todd crut qu'il allait exploser, mais comme s'il l'avait senti, Austin ralentissait toujours son rythme au bon moment pour retarder l'orgasme. Austin était doué, beaucoup plus doué que Joan. S'il était honnête avec lui-même, toute cette situation était beaucoup plus excitante que n'importe quelle expérience sexuelle qu'il avait partagée avec Joan.

Qu'est-ce que ça voulait dire ?

Gay. Est-ce que c'était gay ? Était-il gay ? Non ! Il ne pouvait pas être gay ! Il ne voulait pas être gay !

Puis, Austin changea de position, plaça sa tête juste au-dessus du sexe de Todd…

Oh, mon Dieu, est-ce qu'il va me sucer ?

Il laissa tomber un filet de salive sur son gland, et se remit à le caresser de plus belle.

Todd poussa un cri de surprise, et Austin lui signala de faire moins de bruit. Todd ne savait pas à quoi bon. Les grands-parents d'Austin dormaient sans doute à poings fermés à cette heure-ci.

— Fais pareil avec la mienne, demanda-t-il.

Tremblant, Todd fit ce que lui disait Austin. Sa bouche n'était qu'à quelques centimètres du sexe de son meilleur ami. Il repensa à cette fois, dans les vestiaires, où il s'était retrouvé avec le sexe de l'un de ses camarades tout près du visage. *Qu'est-ce que ça ferait, si je le prenais dans ma bouche ?* se demanda-t-il. L'odeur du sexe d'Austin était enivrante sous cet angle. C'était tellement différent de l'odeur de Joan. Leur session de sport juste avant avait fait ressortir le musc typiquement masculin de leur odeur. C'est à cet instant que Todd comprit que tous les hommes devaient avoir cette odeur si particulière qui l'excitait tant. *Pourquoi ça sent si bon ? Pourquoi les gars à l'école parlent-ils tout le temps de la délicieuse odeur de la chatte d'une fille ?* Les testicules d'Austin étaient serrés dans leur membrane, ils ne pendaient pas lâchement comme ceux de l'autre garçon dans les vestiaires.

C'est parce qu'il est sur le point de jouir, réalisa Todd. Il fallait qu'il le voie jouir. Il le fallait, il en avait tellement envie.

— Todd ? appela Austin en le sortant de sa contemplation.

Il se pencha de nouveau au-dessus du sexe de Todd, s'immobilisa un instant pour le regarder dans les yeux.

— Tu ne diras rien à personne, d'accord ?

Et avant même que Todd n'ait le temps de comprendre de quoi il parlait, Austin engouffra son sexe dans la chaleur étroite et humide de sa bouche.

Todd crut un instant qu'il allait mourir de plaisir. Il se cambra de nouveau, et Austin eut un haut-le-cœur, mais il ne retira pas sa bouche. Il était évident qu'il ne savait pas comment s'y prendre. Il tenta quelques succions hasardeuses, mais il n'en fallut pas davantage à Todd.

— Austin ! Arrête ! Je vais…

Mais Austin ne bougea pas. Il était trop tard. Todd jouit comme jamais il n'avait joui de sa vie. Il ferma les yeux. Son orgasme était presque douloureux. Il vit des étoiles et perdit la notion du temps. Lorsqu'il revint enfin à la réalité et rouvrit les yeux, il aperçut son meilleur ami (son meilleur ami !) qui suçotait encore son sexe. Lorsqu'il releva enfin la tête, Todd lut toute l'envie et l'excitation dans son regard.

— Merde, c'était carrément torride ! dit-il avec un petit rire excité. Tu avais vraiment besoin de jouir, hein ?

Todd ne répondit rien. Il ne pouvait pas. Il n'arrivait pas à croire ce qui venait de se passer. Il avait peur de ce que ça pouvait signifier.

Austin s'allongea contre les coussins dans le canapé.

— Allez, à mon tour !

Todd se sentit paniquer, en était-il capable ?

— Allez, s'il te plaît ! le supplia Austin. Je sais que tu en as envie.

Todd leva ses grands yeux paniqués vers son meilleur ami. Austin hocha la tête pour l'encourager.

— C'est normal d'en avoir envie. On est meilleurs amis.

La tête de Todd menaçait d'exploser dans une cacophonie de pensées confuses et d'émotions. Il n'arrivait plus à aligner deux pensées cohérentes. Est-ce que c'était vraiment normal ? Est-ce qu'ils seraient encore amis après ça ?

— S'il te plaît, Todd, il faut vraiment que je jouisse. Suce-moi, je sais que tu en as envie.

Todd était figé par la peur. Envie ? Qu'est-ce qu'Austin venait de dire ? Qu'il savait que Todd en avait *envie* ?

Todd baissa les yeux vers son érection. Il n'avait jamais été aussi dur. Il n'avait jamais autant eu envie de quelque chose dans sa vie.

Et puis…

(Et puis il s'était enfui dans la nuit.)

… après…

(Après, les terribles conséquences de leurs actes s'abattirent sur lui.)

… Et puis le sexe d'Austin changea de forme et de couleur. Plus grand, plus large, plus épais. Il n'y avait plus de prépuce. Il était beaucoup plus pâle, et beaucoup plus gros !

Todd redressa la tête. Ce n'était pas Austin. C'était Gabe. Gabe qui portait son ridicule tee-shirt « TROBOPR1HTRO », et rien d'autre. Ses deux cuisses musclées écartées.

— S'il te plaît, Todd, suce-moi, il faut que je jouisse. Je sais que tu en as envie.

Oh, et comme il en avait envie. Dans un ralenti presque cinématographique, Todd tendit la main pour attraper le sexe de Gabe, tellement plus gros que celui d'Austin ou que le sien. Et cette fois encore, il fut surpris par la chaleur vivante de la chair sous sa paume de main. Il se pencha et…

— Todd !

… ouvrit grand la bouche…

— Todd ! Réveille-toi !

Todd se réveilla en sursaut au moment où une large main se posa sur son épaule pour la secouer. Il ouvrit les yeux, et trouva le visage de Gabe au-dessus du sien. Il était debout à côté du lit, immense et resplendissant dans son costume hors de prix.

— G-Gabe ? demanda-t-il perdu.

Il n'était pas prêt pour affronter un Gabe aussi élégant et aussi séduisant.

— Je suis désolé de te réveiller, Todd, mais je crois que j'ai une bonne nouvelle à t'annoncer.

XIV

L'ESPRIT ENCORE embué de sommeil, Todd scruta le visage de Gabe. Son érection était douloureusement prisonnière de son jean (le sien, cette fois). Il cligna des yeux, détailla la tenue de Gabe en se demandant comment il avait fait pour se rhabiller si vite.

Un rêve. Ce n'était qu'un rêve.

— Ça devait être un sacré rêve, commenta Gabe, le regard rieur. Est-ce que j'étais dedans ? demanda-t-il avec un clin d'œil.

Todd sentit le rouge lui monter aux joues comme un mauvais coup de soleil.

Il sait !

Bien sûr que non, il ne sait pas.

Il a vu mon érection.

Et alors ? Ce n'est pas la première fois. Ça ne veut pas forcément dire que tu rêvais de lui. Il croit encore que tu préfères les filles.

Mais le croyait-il vraiment ?

Gabe claqua des doigts devant son regard vitreux.

— La terre appelle Todd, est-ce que tu me reçois ?

— Je… Quoi ? demanda Todd en se frottant les yeux et en s'asseyant pour tenter de dissimuler son érection. Je n'ai pas entendu ce que tu as dit.

— Je te disais que j'avais une très bonne nouvelle à t'annoncer.

— Une bonne nouvelle ? répéta Todd en clignant des yeux. Quelle bonne nouvelle ?

Gabe lui offrit un large sourire qui découvrait toutes ses belles dents blanches, et sortit quelque chose de derrière son dos. Todd sentit sa mâchoire lui tomber. C'était la sacoche de son ordinateur. Et elle avait l'air de contenir son ordinateur.

— Oh mon Dieu ! s'écria-t-il cette fois bien réveillé.

— Tiens, prends-le, dit Gabe en riant.

Todd le saisit rapidement, ouvrit la pochette et… oui ! Il était dedans. Il reconnut aussitôt l'énorme autocollant « Que la force soit avec toi » sur le couvercle. C'était bien son ordinateur, son vieux coucou. Le souffle court, il l'alluma, anxieux à l'idée de ce qu'il allait trouver (ou ne pas retrouver).

Un message s'afficha lui indiquant que son ordinateur ne s'était pas éteint correctement et lui demandant s'il voulait retrouver les fichiers tels qu'ils étaient à la fermeture. Todd hésita un instant. Il ne se souvenait pas sur quoi il travaillait la dernière fois qu'il l'avait utilisé. Une recette, sans doute. Il cliqua sur le bouton OK.

Ce n'était pas une recette.

C'était l'une des photos qu'il avait enregistrées sur un site de sous-vêtements masculins. Todd pâlit à l'idée que Gabe ait pu la voir. Il ferma la fenêtre à la hâte, et rouvrit la dernière recette sur laquelle il avait travaillé. Il n'avait pas un sou pour acheter les ingrédients lorsqu'il l'avait écrite, mais ça n'avait pas d'importance. Son imagination lui suffisait. Il connaissait les saveurs, il savait ce que donnerait le résultat. Le but de la manœuvre n'était pas encore de les réaliser, simplement de les noter pour ne pas les oublier. Tâchant d'oublier la photo du mannequin en slip, il fut soulagé de retrouver sa dernière recette.

Le plus important, bien sûr, était qu'il avait récupéré son ordinateur entier.

Gabe avait l'air tellement heureux, c'était contagieux. Todd sentit un sourire naître sur son visage, en réponse à l'expression extatique de Gabe.

— Mais comment est-ce que tu as fait ? demanda-t-il.

— Ça n'a pas d'importance. Je t'ai aidé, c'est tout ce que tu as besoin de savoir.

— Mais Gabe… protesta-t-il en secouant la tête.

— Tout le reste de tes affaires sera livré demain matin dans un garde-meubles pas très loin. On y passera après le déjeuner pour regarder ensemble ce que tu veux ramener avec toi à l'appartement.

— À l'appartement ? répéta Todd, la voix chargée d'émotion.

Qu'est-ce que Gabe voulait dire par là ? Il ne sous-entendait quand même pas…

— Il va falloir qu'on réaménage un peu l'espace pour te faire de la place. J'imagine que tu as hâte de retrouver ton lit, pas vrai ?

Pas forcément, non, songea-t-il en se pinçant les lèvres pour ne rien dire de regrettable.

— Mon lit ? Mais Gabe, et ton bureau ? Ta salle de sport ?

Gabe balaya cette remarque de la main comme si ça n'avait aucune importance. Todd se demanda un instant s'il était encore en train de rêver. Deux jours plus tôt, il était seul dans une tempête de neige, et aujourd'hui…

— Gabe… murmura-t-il.

134

— Todd, répondit Gabe en l'imitant avec un clin d'œil.

Il était en train de se passer quelque chose.

Quelques rares fois dans sa vie, Todd avait traversé ces instants fugaces, hors du temps, comme si l'univers venait d'appuyer sur pause et que tout s'était figé. Le monde s'arrêtait, tous les bruits, toutes les sollicitations extérieures s'évanouissaient. La lumière lui sembla soudain plus vive, mais moins artificielle. Todd aurait pu jurer qu'il entendait tomber la poussière, comme un carillon surnaturel. Puis, le temps reprit ses droits, et la terre se remit à tourner.

Cette expérience ne lui était arrivée que trois fois dans sa vie. Lorsqu'il avait trouvé la photo de lui bébé dans les bras de son père biologique, dans un vieux meuble au grenier. Il s'était senti tellement vivant, tellement aimé en découvrant le sourire de cet homme inconnu sur le cliché.

Lorsqu'il avait trouvé son endroit secret dans la forêt.

Et à l'instant. Assis là sur le canapé, son vieil ordinateur portable sur les genoux. En regardant l'homme qui se tenait à ses côtés, plus beau et plus grand que jamais. La poussière brillait en paillettes d'or dans la lumière du jour qui s'écoulait par les grandes baies vitrées du balcon. La peau de Gabe irradiait, les flocons de neige encore coincés dans ses cheveux étincelaient au soleil.

Je t'aime.

Todd sentit son souffle se couper, et les larmes lui monter aux yeux.

Je… Je suis tombé amoureux de lui.

Il avait la tête qui tournait. C'était une découverte monumentale, il n'était pas prêt pour faire face à l'intensité de ses sentiments. Quand ? Comment était-ce arrivé ? Gabe était un homme. Ils ne se connaissaient que depuis quarante-huit heures. Comment avait-il pu tomber amoureux de lui ?

Embrasse-le.

Todd secoua la tête. Il pouvait voir bouger les lèvres de Gabe, mais il ne parvenait pas à l'entendre.

Embrasse-le.

— Non ! cria-t-il.

Et l'instant vola en éclats.

— Todd, est-ce que tout va bien ? demanda Gabe inquiet.

Je ne sais pas, songea Todd. *Comment pourrais-je le savoir ?*

Malgré toutes les horreurs que lui avait dites son beau-père, malgré les préjugés dans lesquels il avait été élevé, son cœur refusait de ployer.

Son cœur lui hurlait que, pour la première fois de sa vie, il avait raison.

— Todd, s'il te plaît, j'insiste. Ce n'est rien du tout, ce n'est pas comme si je t'achetais quelque chose qui coûte des millions.

Todd secoua obstinément la tête. Gabe ne comprenait pas, c'était pour le principe. Ses parents lui avaient toujours enseigné que seuls les faibles acceptaient la charité.

Mais ses parents lui avaient également enseigné bon nombre de bêtises...

Le sujet de la discussion tournait autour d'une paire de Converses neuves. Todd ne savait même pas qu'il existait autant de modèles, autant de coloris, autant de motifs différents. Tout naturellement, il se serait dirigé vers la paire basique, la plus simple possible. Mais pourquoi Gabe tenait-il tant à l'aider encore ?

Et dans un magasin pareil ? Au Plazza ?

Todd adorait le Plazza. C'était un centre commercial de style classique, élégant, dans une architecture espagnole. Il adorait ses allées pavées, ses splendides fontaines (il avait été surpris d'apprendre que Kansas City était la deuxième ville la plus riche en fontaines du monde), et les larges vitrines des boutiques avec une hauteur sous plafond vertigineuse. Il rêvait secrètement de pouvoir un jour s'offrir un manteau, une lampe, ou ne serait-ce même qu'une boisson, dans l'une de ces boutiques. À l'époque où il venait juste d'arriver, il s'asseyait sur la magnifique fontaine J.C. Nichols, et prétendait appartenir à ce monde, en essayant d'oublier qu'il n'avait pas même assez d'argent dans sa poche pour un simple hamburger.

Et voilà qu'aujourd'hui, il était entré dans l'une de ces boutiques, et que Gabe lui proposait de lui acheter une paire de chaussures. À soixante-dix dollars. Soixante-dix dollars ! C'était ridicule, ses propres baskets n'avaient pas coûté plus de trente dollars, et son beau-père en avait fait une crise. Gabe se comportait comme si c'était parfaitement normal. Todd n'avait même pas couché avec lui. Gabe n'arrêtait pas de le repousser, et voilà qu'à présent, il voulait lui offrir des baskets hors de prix. Todd n'y comprenait plus rien.

Qu'est-ce que c'était ? De la culpabilité peut-être ?

— Je ne peux pas accepter, Gabe, répéta-t-il pour la énième fois.

L'expression sur le visage de Gabe était blessée. Todd ne s'était pas attendu à cette réaction. Ses grands yeux bleus, couleur d'un ciel d'été, étaient emplis de tristesse.

— Gabe ?

— Le prix n'a aucune importance, Todd, essaya-t-il d'expliquer. Si quelqu'un que tu connaissais était dans le besoin, et que tu avais les moyens de l'aider, je sais que tu le ferais sans hésiter une seule seconde.

Todd y réfléchit un instant. Il n'avait jamais eu beaucoup d'argent, mais il était vrai qu'il n'avait jamais hésité à tondre le gazon de ses voisins, ou à porter les courses de la petite dame âgée qui vivait dans l'immeuble à côté du sien au quartier de La Colombe. Il donnait toujours sa monnaie aux sans-abri, mais est-ce que c'était vraiment comparable ?

— C'est juste que… personne n'a jamais fait ça pour moi avant. Depuis que je suis en âge de travailler, ma mère ne m'achète même plus de paires de chaussettes.

— Est-ce que tes parents sont pauvres, Todd ?

Pauvres ? Non, pas à sa connaissance. Encore moins en comparaison du reste de Buckman. Ils n'avaient jamais manqué de rien. Todd haussa les épaules.

— Laisse-moi faire ça pour toi, s'il te plaît, Todd. Ça me rend heureux. Il y a tellement longtemps que je n'ai pas offert quelque chose à quelqu'un qui en avait vraiment besoin.

Il avait l'air tellement sincère, et tellement chagriné à l'idée que Todd puisse refuser. C'était intéressant comme attitude. Todd aurait mis sa main à couper que Gabe agissait ainsi à cause d'une chose qui était arrivée dans son passé. Il parlait très peu de son passé, pourtant Todd devinait des souvenirs malheureux.

— D'accord, capitula-t-il en souriant tendrement. Merci beaucoup, Gabe, j'apprécie ce que tu fais pour moi.

Comment était-il supposé résister à ses grands yeux implorants ?

Le visage de Gabe s'illumina. C'était extraordinaire pour Todd que Gabe soit si heureux de *le* rendre heureux. Personne ne s'était jamais comporté de la sorte avec lui. Les gens dans sa vie avaient toujours voulu ou attendu quelque chose de lui, personne ne lui avait jamais donné sans rien attendre en retour. C'était un sentiment libérateur.

Gabe s'approcha de la vendeuse (qui s'était discrètement éclipsée lorsque Todd avait haussé la voix pour refuser la paire de chaussures), et lui demanda de lui préparer une paire de Converses classique. Et une paire en cuir. Et une paire en couleurs, édition limitée.

— Gabe ! protesta Todd paniqué, avant de fermer aussitôt la bouche lorsque Gabe lui lança un regard par-dessus son épaule.

Trois paires de baskets ? Il n'avait jamais possédé plus de deux paires de chaussures dans toute sa vie. C'était complètement ridicule. Son regard s'attarda sur la paire édition limitée, en toile noire avec des croisillons de toutes les couleurs. Jamais il n'aurait cru qu'un jour il aurait une paire de chaussures, juste pour le fun, parce qu'elles étaient originales et qu'elles lui plaisaient. Les chaussures étaient censées être utiles et fonctionnelles, rien de plus. Et la paire en cuir marron était tellement belle…

Le sentiment de gratitude menaçait de submerger Todd. Il s'éclaircit la gorge et prit une grande inspiration.

— Merci Gabe, merci pour tout.

— Mais de rien, répondit aussitôt Gabe avec son éternel sourire étincelant. Ce n'est que le début ! ajouta-t-il avec un clin d'œil.

DES ANNÉES plus tard, Todd serait incapable de se souvenir en détail de leur soirée chez C.L. Miles, le restaurant le plus prestigieux du Plazza. Ses souvenirs seraient désordonnés, comme dans du coton. Comme s'il avait trop bu (et il profiterait en effet bien plus qu'assez du délicieux vin servi ce soir-là), ou comme s'il avait traversé un autre de ces moments-clés où le temps s'arrête. Tout se mélangerait dans sa tête, dans une valse étrange et merveilleuse des plus beaux moments de sa vie.

Initialement, Gabe avait prévu de l'emmener dîner chez Izar's Jatetxea, mais la seule idée emplissait Todd d'une terreur sans nom.

— Non Gabe ! Non, je ne peux pas !

— Pourquoi pas ? Je pensais que ça te ferait plaisir. C'est toi qui m'as raconté combien tu adorais la regarder cuisiner dans son émission, mais qu'on ne pouvait pas apprendre à travers un écran et qu'il fallait sentir et goûter les aliments.

— Et si elle est là ?

— Izar ?

— Oui, répondit Todd d'une voix tremblante. J'en mourrais sur place ! Après la façon dont elle m'a mis dehors…

— Est-ce que c'est vraiment ce qui s'est passé ?

Todd ferma les yeux, et frissonna en se rappelant ce terrible fiasco.

— C'est tout comme. Elle m'a demandé de quel droit j'osais entrer dans son *jatetxea* pour lui demander de m'apprendre à cuisiner.

— *Jatetxea* ? Ça veut dire quelque chose ? Je croyais que c'était son nom de famille.

— Ça veut dire restaurant en basque, expliqua Todd en levant les yeux au ciel.

— Oh excusez-moi Chef, se moqua Gabe en levant lui aussi les yeux au ciel.

— Des dizaines de cuisiniers extrêmement talentueux viennent la supplier de leur donner des cours chaque année, et moi je croyais que je pouvais m'arrêter en passant, juste comme ça ? Goya m'a dit qu'ils étaient fermés, et que je ferais mieux de partir et de ne jamais revenir, sauf si c'était pour manger en tant que client.

— Aïe...

— C'était tellement humiliant, je ne pourrais plus jamais la regarder en face, Gabe. Ne me force pas à aller manger dans son restaurant.

C'est ainsi qu'ils se retrouvèrent à une table de C.L. Miles.

Le restaurant était plongé dans une ambiance tamisée, éclairée par de petites bougies disposées sur les tables, et deux énormes cheminées de part et d'autre de la salle. Les banquettes en cuir étaient larges et confortables, dissimulées dans des alcôves de bois sombre pour plus d'intimité.

Todd et Gabe s'installèrent à une table. Si Todd avait trouvé Gabe étrangement beau lors de ce moment magique à l'appartement le matin même, ce soir-là il était tout simplement à couper le souffle. Le cœur de Todd s'emballa dans sa poitrine.

Gabe riait, mais perdu dans ses pensées, Todd n'avait pas suivi ce qui avait déclenché son rire.

— Je suis désolé, j'avais la tête ailleurs...

— Ce n'est rien, je repensais simplement à la tête qu'a faite le concierge de ton immeuble quand je lui ai dit qu'il risquait des poursuites judiciaires. Je crois qu'il s'est fait dessus.

— Ce n'est plus mon immeuble, corrigea Todd en grimaçant. Plus maintenant.

Il plongea son regard dans celui de Gabe. Ses grands yeux bleus rieurs brillaient comme des pierres précieuses à la lueur des bougies.

Mon Dieu, je suis amoureux d'un autre homme...

Ils avaient décidé d'aller fêter cette petite victoire au restaurant. En réalité, Gabe avait même décidé de fêter ça tout l'après-midi, et de l'emmener faire du shopping. Après les chaussures, il y avait eu plusieurs jeans, un pantalon de costume, de nombreuses chemises et un manteau d'hiver. Todd avait entraperçu l'étiquette de ce manteau, et il avait failli s'évanouir. Deux cents dollars. Pour un manteau ! C'était un manteau de très grande qualité, bien entendu. Todd l'avait immédiatement porté, et il avait eu tellement plus chaud en bravant la neige qui tombait, toujours emmitouflé dans ce morceau de paradis. Il commençait à se dire que peut-être les riches n'achetaient pas des choses onéreuses *que* pour leurs marques.

— Il te va merveilleusement bien, l'avait complimenté Gabe, et Todd avait rougi comme un gamin.

Il ne se rappelait pas avoir reçu tant de compliments dans toute sa vie. Son beau-père avait passé tant de temps à l'insulter, à le rabaisser, à lui dire qu'il s'habillait comme une tapette.

(« Tu ne pourrais pas mettre une simple chemise en flanelle une fois dans ta vie ? »)

— Je n'arrive toujours pas à réaliser que tu m'as acheté un manteau. Tu es complètement fou.

— C'était pour marquer le coup.

— Mais je n'ai rien fait du tout, Gabe, c'est toi qui as sauvé mes affaires, c'est toi qui devrais être récompensé ! Je devrais t'offrir le restaurant.

Et demain, dès que j'aurai récupéré mes affaires, je compte bien t'y inviter.

— Je… Je ne sais pas quoi te dire, Todd. J'en avais envie, c'est tout. Laisse-moi ce plaisir, il y a tellement longtemps que je n'ai pas…

Il s'interrompit, et poussa un grand soupir fatigué.

— Que tu n'as pas quoi ? l'encouragea gentiment Todd.

Dis-moi. Dis-moi ce qui te torture comme ça.

Gabe détourna le regard. Il sembla à Todd qu'il rougissait, mais c'était difficile à dire à la lueur des bougies.

— Dis-moi, s'il te plaît.

Gabe soupira de nouveau, et tourna la tête vers lui. Est-ce que… pleurait-il ?

— Qu'est-ce qui t'arrive ?

— Ce n'est rien, ne t'inquiète pas, le rassura Gabe en souriant vaillamment et en s'essuyant les yeux.

Todd était sur le point d'insister, mais leur serveur arriva avec les menus. Les prix n'étaient pas indiqués dessus, et Todd commença à angoisser.

— Je... Gabe, je ne sais pas combien coûtent toutes ces choses.

— Bien sûr que non, confirma Gabe. C'est normal, ce serait de mauvais goût d'afficher les prix. Je veux que tu choisisses tout ce qui te fait envie sans te soucier d'une trivialité comme le prix.

J'ai l'impression d'être à un rendez-vous galant, songea Todd avec un petit frisson d'excitation. *Est-ce que c'en est un ?*

Comment est-ce que ça pourrait en être un ? Tu n'as pas arrêté de lui marteler que tu n'étais pas pédé.

L'estomac de Todd se serra. Comment avait-il pu se montrer si grossier avec Gabe ? Gabe qui, dès la première minute de leur rencontre, n'avait jamais rien fait d'autre qu'essayer de l'aider. Le sauver du froid. Lui offrir à manger. Un abri. Gabe n'avait commis qu'une toute petite erreur.

Il a cru que j'étais un prostitué. Et comment pourrais-je lui en vouloir ? C'est exactement ce à quoi je devais ressembler ce soir-là.

Il repensa à Chaz et à Doug, les deux garçons du parc, en face de son ancien appartement. Débraillés, mal rasés. Jeunes.

Exactement comme moi. Un paumé sans abri.

— Todd ? Est-ce que tout va bien ?

Il s'était à nouveau perdu dans ses pensées sans s'en rendre compte.

— Excuse-moi, je ne sais pas ce que j'ai ce soir...

Je crois que je suis tombé amoureux de toi.

— Est-ce que j'ai fait ou dit quelque chose de mal ?

Todd écarquilla les yeux.

— Quoi ?! Non, voyons ! Gabe, non !

Il posa une main sur celle de Gabe qui tripotait nerveusement le pied de son verre.

Gabe baissa les yeux vers leurs mains, et Todd suivit son regard. Leurs mains se touchaient. En public. Et alors ? Todd força sa main à se détendre, et caressa le pouce de Gabe avec le sien. C'était beau. Leurs deux mains étaient belles ensemble. Il frissonna en effleurant les poils sur le dos de la main de Gabe. Une main d'homme. Tellement plus grande, tellement plus forte que celle de Joan. Les veines proéminentes qui se dessinaient dessus étaient si sexy.

Todd sentit son sexe réagir. *Oh mon Dieu, et c'est seulement en lui touchant la main.*

141

(« Tu es pédé, ou quoi ? »)

Pédé. Quel horrible mot. Il regarda Gabe à nouveau. Comment pouvait-il employer un mot si horrible pour décrire un homme si beau ? Gabe était aussi beau à l'extérieur qu'à l'intérieur. Il était une belle personne.

(« Peut-être que tu es bi ? »)

Bisexuel ? Est-ce que c'était la réponse à sa question ? Plus il observait l'homme en face de lui, son visage, ses yeux, la main sous la sienne, et moins ce mot lui convenait. Il serra brièvement la main de Gabe, et sentit son sexe durcir.

Pédé alors ? Son beau-père avait eu raison depuis le début ?

Non. Non, pas pédé. « Pédé » était un mot de haine, employé par son beau-père pour parler de quelque chose qui n'existait que dans son petit esprit étriqué. Un croquemitaine qui kidnappe les petits garçons et les viole, un monstre tout droit sorti de son esprit mauvais. Un monstre qui n'existait pas.

S'il faut vraiment choisir un mot alors...

Mon Dieu, je suis gay.

Todd prit une petite inspiration paniquée.

Ça y est, je l'ai dit. Je suis gay.

Il releva les yeux, et découvrit une expression alarmée sur le visage de Gabe.

— Todd, tu me fais peur, qu'est-ce qui ne va pas ?

— Rien du tout, répondit Todd, encore incapable de dire les mots à voix haute. Tout va bien, ajouta-t-il. Tout va très bien.

Le dîner fut merveilleux.

Le serveur, les prenant pour un couple, apporta la bouteille de vin, et versa d'abord un fond dans le verre de Gabe. Gabe prit son temps pour le goûter, pendant que le serveur attendait immobile, comme un soldat de la garde royale britannique. Lorsque Gabe hocha enfin la tête en signe d'approbation, le serveur fit goûter le vin à Todd.

Il croit que nous sommes en rendez-vous amoureux ! Todd jeta un coup d'œil à leur serveur, et réalisa que le jeune homme, qui portait une barbe élégamment taillée et qui devait avoir à peine un ou deux ans de plus que lui, était gay. Tout simplement gay. Pas de cornes diaboliques, pas de paillettes à outrance, pas de sang sacrificiel. Il était juste gay. Pour une raison étrange, Todd se sentit rassuré, à l'aise. Pour la première fois depuis très longtemps, il ne se sentait pas seul ni incompris. C'était une sensation incroyable.

Il goûta son vin, le fit rouler contre sa langue, comme Gabe le lui avait appris. Puis il poussa un soupir satisfait, et sourit au jeune serveur, qui remplit son verre.

— Aux transformations, proposa Gabe en levant son verre.

— Transformations ?

Pris par l'inspiration, Gabe décida de faire son Peter et cita :

— La vie est une aventure audacieuse ou elle n'est rien.

— On dirait Peter, fit très justement remarquer Todd.

— C'est l'une de ses citations préférées, confirma Gabe, le regard rieur. C'est d'Helen Keller.

Une citation d'Helen Keller ? Cette vieille femme sourde et aveugle ? C'était difficile à croire. Comment avait-elle pu vivre sa vie comme une aventure alors qu'il lui manquait deux de ses sens ?

Si elle avait réussi, quelle était son excuse à lui ?

En entrée, ils dégustèrent des huîtres. Todd les dévisagea avec un air suspicieux. Elles étaient crues ? Il était prêt à vivre des aventures, mais des fruits de mer crus ? Et puis il avait essayé malgré tout. Gabe en avait pris une et l'avait levée dans sa direction en signe de toast, quel autre choix avait-il ?

À sa grande surprise, il trouva ça délicieux. L'huître glissa de sa coquille, jusque sur sa langue, et fondit presque dans sa bouche. Ses yeux roulèrent dans leurs orbites, et il se laissa aller contre le dossier de la banquette. Il avait déjà goûté des huîtres en boîte de conserve chez les grands-parents d'Austin, mais elles étaient fades et caoutchouteuses, l'expérience n'avait rien à voir.

Ce qu'il venait de goûter avait le goût du paradis.

— Tu aimes ?

— Je suis au paradis, avoua Todd, et le sourire de Gabe s'élargit davantage.

Après ça, le serveur leur apporta une soupe tomate-basilic, et Todd crut que les portes de l'Olympe venaient de s'ouvrir à lui. Il se mit à rire.

— Quoi ? demanda Gabe amusé.

— D'abord le paradis, et maintenant l'Olympe.

Un nouveau sourire malicieux étira le visage de Gabe.

Il insista ensuite pour leur commander deux chateaubriands accompagnés de pommes de terre à la lyonnaise, finement coupées et revenues à la poêle avec des oignons, du beurre, du persil et des champignons. La viande était si tendre que Todd aurait pu la couper avec le dos de sa lame de couteau. Todd n'avait jamais mangé de nourriture de cette qualité.

Tout le long du repas, leur serveur se montra tout particulièrement attentionné, si bien que Todd se demanda s'il ne s'occupait que de leur table. Une serviette en tissu tomba de leur table, et fut aussitôt remplacée par une nouvelle serviette propre. À peine leurs verres se vidaient-ils, que le jeune homme apparaissait pour les remplir à nouveau. D'un simple mouvement de tête de Gabe, il amena une seconde bouteille de vin.

— Je crois que je suis pompette, gloussa Todd.

— Tant mieux, répondit Gabe en accrochant son regard.

Mon Dieu, est-ce que c'est ça être amoureux ? Est-ce que c'est ce que j'ai manqué pendant toutes ces années ?

— Tu as l'intention de profiter de moi ? demanda-t-il, enhardi par le vin.

L'espace d'un instant, pris par le doute, le sourire de Gabe faiblit.

— Tu ne le penses pas vraiment, j'espère.

Todd écarquilla les yeux. Il avait trop bu. Il racontait n'importe quoi.

— Bien sûr que non.

Le sourire de Gabe se ranima.

Et si j'avais envie que tu profites de moi ? se demanda Todd. Il ne voulait pas que Gabe profite de lui à proprement parler, bien entendu, mais il aurait aimé qu'il prenne les choses en main. Si Gabe prenait les devants, Todd le laisserait sans doute faire ce qu'il voulait.

Il y a deux jours, je le traitais de pédé, et maintenant je veux qu'il prenne les choses en main. J'ai fait du chemin.

Il ne dit rien de tout cela à voix haute, il ne pouvait pas encore, mais il voulait dire quelque chose à Gabe pour lui faire comprendre le changement qui s'opérait en lui. Il en savait si peu à son sujet. Tout ce qu'il savait avec certitude, c'était qu'il avait traversé des épreuves difficiles, qu'il gagnait aujourd'hui beaucoup d'argent, et que son premier petit ami l'avait trompé.

Trompé.

Est-ce que je dois lui parler de ça ? Est-ce que je dois lui raconter que… ? Non. Pas maintenant. Ça ruinerait l'ambiance.

Il décida donc de changer de sujet…

XV

EN REGARDANT Todd assis en face de lui, Gabe se demanda s'il avait déjà vu quelqu'un d'aussi beau. Au début, il n'avait perçu que le désespoir et la tristesse. Il avait eu l'air si vulnérable ce soir-là dans le hall de son immeuble. Et puis Todd était monté, il était entré dans son appartement, entré dans sa vie, et Gabe avait réalisé que sous cet extérieur ébouriffé, se dissimulait un jeune homme passionné et séduisant.

Après la douche et le rasoir, Gabe avait découvert avec surprise que Todd était incroyablement sexy. Compact, sans être gros. Rien à voir avec la silhouette gracile et efféminée de Brett. Et puis il y avait eu ce moment de grâce et de violence durant lequel il l'avait surpris sur le tapis de course, vêtu de l'un de ses tee-shirts et d'un boxer qui dissimulait à peine son érection. Il se souvenait de l'hésitation mêlée de fascination qui l'avait envahi, comme s'il venait de surprendre un animal sauvage. Lorsqu'il était petit, Gabe allait souvent camper avec sa famille, et un jour, il avait croisé une biche avec son petit. La biche l'avait longuement fixé, ils étaient tous les trois restés immobiles pendant ce qui lui avait semblé être une éternité suspendue. Puis elle avait disparu entre les arbres en un clin d'œil, avec le faon.

À chaque heure qui passait, Gabe se sentait de plus en plus envoûté par la personnalité unique de Todd. Il était en train de tomber amoureux, il en était sûr à présent. Il risquait de souffrir. De beaucoup souffrir. Et si Todd n'était rien de plus qu'un autre Brett ? C'était malheureusement possible. Il était presque certain que Todd était gay, et qu'il était en train de s'en rendre compte. Et lorsque la réalisation serait complète, il se tournerait peut-être même vers Gabe pour l'expérience de ses premiers émois. C'était là que résidait le danger.

— Gabe, pourquoi est-ce que tu as choisi de louer dans cet immeuble ?
— Pardon ? demanda Gabe en sortant de ses pensées.
— Chacun son tour, sourit gentiment Todd.
— Son tour de quoi ?
— C'est toi qui étais égaré dans tes pensées cette fois.
Gabe rougit.
— Excuse-moi. Qu'est-ce que tu disais ?

— Je te demandais pourquoi tu avais choisi d'habiter là où tu es. Ce n'est pas vraiment le quartier le plus chic. Et l'immeuble est un peu vieillot. Pas ton appartement bien sûr, tu en as fait une véritable merveille, mais le reste ?

— Tu parles de l'Oscar Wilde ? demanda Gabe en haussant les épaules.

Tout le monde lui posait tout le temps cette question.

— Je me dis seulement que tu peux sans doute t'offrir beaucoup mieux. Est-ce que c'est parce que la plupart des locataires sont gays ?

— C'est l'une des raisons, acquiesça Gabe.

— Tu n'as pas envie d'acheter ta propre maison ?

— C'est amusant, Tracy me pose sans arrêt la même question. Mais c'est parce qu'elle ne comprend pas.

— Explique-moi, demanda Todd.

— Disons que…

Il prit une grande inspiration.

— Je ne veux pas acheter de maison, tant que je ne l'aurai pas trouvé *lui*.

— Lui ?

— Lui, le bon. Le seul, l'unique. L'homme de ma vie.

— Oh ! s'exclama Todd en comprenant enfin. *Lui*.

— J'ai vu tellement de couples se mettre ensemble et se déchirer sur le choix de l'endroit où ils vivraient. Faut-il vendre la maison de l'un ? Celle de l'autre ? Et si l'un des deux est trop attaché à sa maison, mais que l'autre la déteste ? Je ne veux pas traverser tout ça. Quand j'aurai trouvé le bon, je veux que nous achetions une maison ensemble. Ça ne sera pas seulement une bâtisse de ciment et de brique, ce sera notre chez-nous, termina Gabe, les yeux brillants d'émotion. Mon Dieu, tu dois me prendre pour une midinette romantique.

Mais à sa grande surprise, il vit que Todd avait presque l'air aussi ému que lui.

— Pas du tout, je trouve ça très beau.

— Vraiment ?

— J'ai toujours entendu dire qu'acheter une maison pouvait être l'une des étapes les plus stressantes d'une vie de couple. Plus stressante encore que d'avoir un enfant. Mais je pense aussi que c'est l'une des plus belles. Trouver ensemble cet endroit spécial dans lequel vous rentrez tous les deux, et vous savez immédiatement que ça y est, c'est là. C'est la maison de vos rêves.

— Oui ! C'est exactement ça ! répondit Gabe en hochant vivement la tête. Quitte à stresser, autant que ça en vaille vraiment la peine. Et puis, ce n'est pas comme si j'avais à m'inquiéter du stress d'un enfant.

— Pourquoi ? Tu n'en veux pas ? demanda Todd en souriant.

— Pour être parfaitement honnête, je ne pense pas. Je connais beaucoup de couples gays qui rêvent d'avoir un enfant. Tu me diras, j'en connais au moins autant qui préféreraient sauter de l'Empire State Building. J'aime beaucoup les enfants des autres, mais je n'ai jamais ressenti ce besoin viscéral d'avoir le mien. Et toi ? demanda-t-il en posant les coudes sur la table, et son menton dans ses mains.

Il était presque sûr que Todd allait lui répondre qu'il comptait bien en avoir un jour. Il était encore jeune, beaucoup de gays de son âge étaient encore influencés par la pression sociale, et ce besoin biologique de faire perdurer sa lignée.

— Moi non plus, dit-il, prenant Gabe par surprise. J'y ai beaucoup réfléchi. J'ai grandi en jouant au papa et à la maman avec Joan, et puis nous sommes sortis ensemble. Mais je ne crois pas que je voudrai d'enfant. C'est peut-être à cause de mon beau-père, il m'a toujours traité comme si je n'étais qu'un moins que rien. Après le bac, j'ai vu les jeunes autour de moi commencer à se marier et à faire des enfants. Joan me lançait des regards lourds de sens, et j'ai peu à peu compris que j'étais coincé, qu'il allait falloir que je l'épouse, et que je lui fasse des enfants moi aussi. Ma meilleure amie. L'idée me rendait malade. Je ne savais pas pourquoi à l'époque. Je l'aimais, pourtant. Nous avons grandi ensemble, elle était drôle, intelligente, et je l'aimais sincèrement. Mais quelque chose a changé lorsque nous avons commencé à coucher ensemble. Je ne sais pas ce qui s'est passé, mais une distance s'est installée entre nous. Subitement, nous n'étions plus vraiment amis, et je me sentais comme… obligé. On venait de s'engager dans une toute nouvelle direction, et je crois que j'ai paniqué. J'avais peur de me retrouver prisonnier d'une petite vie de campagne bien tranquille, peur de ne plus pouvoir réaliser mes rêves. Et puis…

— Que s'est-il passé ? demanda Gabe.

Todd accrocha son regard, et Gabe se sentit sombrer dans ses grands yeux sombres, immenses et sauvages, comme ceux de cette biche dans la forêt. Il pouvait voir que Todd luttait, il hésitait à lui raconter la suite de son histoire.

— Todd, dit-il doucement. Tu ne me dois rien, tu n'es pas obligé de me raconter si tu ne t'en sens pas le courage. Mais si en revanche tu as besoin de parler, sache que je serai toujours prêt à t'écouter.

Il posa une main sur celle de Todd, et fut soulagé qu'il ne la retire pas. Il ne sursauta même pas. Todd laissa échapper un long soupir tremblant.

— Elle m'a trompé. Avec mon meilleur ami.

Gabe se figea, et déglutit. Mon Dieu, encore un cœur brisé par l'infidélité.

— Avec mon meilleur ami ! répéta Todd en levant vers lui son regard tourmenté. J'avais une clé pour entrer chez lui. C'était la maison de ses grands-parents, mais il vivait indépendamment dans leur cave, et il m'avait donné une clé. Quelques jours plus tôt, il s'était passé quelque chose et j'étais parti de chez lui en courant sans rien dire. Mais après avoir réfléchi, j'avais pris la décision de revenir m'expliquer avec lui. Je suis entré, et c'est là que je l'ai trouvé au lit avec Joan.

Gabe ferma les yeux, et les rouvrit aussitôt lorsque son esprit tenta de conjurer un visuel au récit de Todd. Todd détourna le regard en serrant la mâchoire.

— Je… Austin et moi… C'était mon meilleur ami. On… On a fait des trucs ensemble une nuit.

Todd regarda ses chaussures, visiblement embarrassé. Des trucs ? Todd avait expérimenté avec son meilleur ami ? Il s'apprêtait à le rassurer, à lui dire que c'était normal et que tous les jeunes ados gays tombaient amoureux de leur meilleur ami à un moment ou à un autre. Mais s'il faisait ça, il sous-entendrait sans détour que Todd était finalement gay. Peut-être qu'il ferait mieux de simplement le laisser parler et de l'écouter.

— Gabe… Ça m'a tellement excité.

Il se força à relever la tête et à regarder Gabe dans les yeux.

— Ce n'était pas grand-chose. On s'est masturbés, dit-il en rougissant. Et puis…

Il prit une grande gorgée de son verre de vin et le reposa.

Tu grandis, tu te transformes chaque jour, chaque minute qui passe, songea Gabe.

Puis, d'une voix si basse que Gabe dut se pencher pour l'entendre, Todd ajouta :

— Austin m'a sucé.

148

C'était intéressant, d'habitude le scénario était plutôt inversé. Peut-être que le jeune Austin n'était pas aussi hétéro qu'il voulait bien le faire croire.

— J'ai joui en moins de cinq secondes, murmura Todd. Je n'avais jamais rien ressenti de pareil… C'était tellement extraordinaire…

Il s'interrompit à nouveau, se passa une main sur le visage, et reprit :

— Et puis il m'a demandé de lui faire pareil. J'ai complètement paniqué, et je me suis enfui.

Gabe s'apprêtait à nouveau à lui dire que c'était normal, et qu'il ne devait pas avoir honte, mais ce n'était pas ce que recherchait Todd. Le jeune homme était en train de lui confier quelque chose de difficile, et d'important. Gabe était là pour l'écouter, pas pour commenter.

— Je n'ai pas réussi à dormir cette nuit-là. Je n'arrêtais pas de penser à ce que j'avais ressenti. Je ne comprenais pas pourquoi c'était cent fois meilleur qu'avec Joan. Austin avait avalé sans me pleurnicher dans les oreilles, et c'était la meilleure pipe de toute ma vie. J'étais tellement perdu. Après cette nuit, je n'arrêtais pas de rêver que je le suçais à mon tour, et chaque fois j'entendais la voix de mon beau-père qui me hurlait que je n'étais qu'un sale pédé. Je ne savais plus quoi faire…

Tant d'émotions différentes luttaient dans le regard du jeune homme que Gabe ne parvenait plus à les déchiffrer. Il mourait d'envie de le consoler, et de lui promettre que tout irait bien.

— C'était mon meilleur ami. Je l'aimais, tu comprends ? Il était bête, et il avait tout le temps des mauvaises idées, mais c'était mon meilleur ami.

Un sourire d'une tendresse infinie se posa sur les lèvres de Todd.

— On avait tellement de rêves loufoques lui et moi. Il aimait le théâtre, il jouait toujours dans toutes les pièces à l'école. En terminale, c'était la star de notre comédie musicale inspirée de *La Petite Boutique des horreurs*. Et après ça, il a joué dans la comédie musicale sur Huckleberry Finn.

— *Big River* ? demanda Gabe.

— Il était tellement drôle, répondit Todd en hochant la tête. On riait sans arrêt avec lui. Je ne pouvais pas laisser les choses en rester là entre lui et moi. J'étais hanté par l'une des dernières choses qu'il m'avait dites avant que je m'enfuie. Il m'a demandé de le sucer, et il m'a dit qu'il savait que j'en avais envie. C'est ce qu'il a dit, mot pour mot. Comment est-ce qu'il pouvait savoir ? Même moi je ne le savais pas encore ! Qu'est-ce que j'avais fait pour qu'il me perce à jour et sache avant moi ? Je me suis posé cette question des milliers de fois.

Il laissa échapper un petit rire triste.

— Mais au final, Gabe, quelles que soient les excuses que j'inventais et derrière lesquelles je voulais me cacher, je savais qu'il avait raison. J'avais envie de lui, admit Todd au bord des larmes. J'avais envie de lui, mais je n'avais pas pu passer à l'acte. Alors je suis retourné le voir pour qu'on en parle. Je me disais que cette fois-ci je ne me dégonflerais pas, et j'étais persuadé que ce soir-là, je ferais une fellation à mon meilleur ami.

Gabe resta silencieux. Il ne pouvait rien dire pour améliorer la situation, c'était du passé. Todd avait besoin d'un confident. Il voulait le rassurer, lui dire que ce n'était qu'une étape douloureuse vers le chemin de la vie adulte, mais que tout s'arrangerait. Au lieu de cela, il le laissa parler. Il attendit la fin de son histoire.

Les yeux de Todd étaient emplis de larmes. Gabe pria silencieusement afin que leur serveur ait l'intuition de ne pas débarquer maintenant.

— Mais ça n'est pas ce qui s'est passé, dit-il d'une voix tremblante. Je suis entré, et je suis tombé sur le cul nu d'Austin qui était en train de baiser ma petite amie. Ils étaient tellement occupés qu'ils ne m'ont même pas entendu entrer. Je suis resté là comme un imbécile à les regarder et à les écouter crier comme des bêtes sauvages. Et puis, ils ont fini par remarquer ma présence. Tu aurais dû voir leurs têtes. Je suis parti en courant. Jamais je n'avais couru comme ça. Pas même après ce que j'avais fait avec Austin.

Todd enfonça ses paumes de mains dans ses orbites, et poursuivit.

— Joan a essayé de me téléphoner pendant des jours, et des jours après ça, mais je ne voulais pas lui adresser la parole. Mon beau-père était hors de lui. Il m'a mis une claque pour tenter de me faire entendre raison, mais je refusais de la voir. Elle envoyait des petits mots que je jetais à la poubelle sans même les lire. Je ne sais pas si elle voulait me demander pardon ou me dire qu'elle était beaucoup plus heureuse avec Austin, je n'en avais rien à faire. Je ne voulais pas savoir. Je me sentais enfin libre. Je n'étais plus obligé de l'épouser, j'avais trouvé l'excuse parfaite.

Les yeux humides, la main tremblante, il attrapa de nouveau son verre et le finit. Il le reposa, et le fixa. Leur serveur surgit de nulle part, remplit de nouveau son verre, bien plus que ne l'autorisait l'étiquette, et disparut comme par enchantement.

Je vais laisser à ce type le plus gros pourboire de sa vie, songea Todd en buvant une gorgée, elle aussi bien plus grosse que ne l'autorisait l'étiquette.

— Désolé, dit-il à Gabe avec un sourire gêné.

150

Gabe lui sourit en retour. Comment pouvait-il résister ?

— Ne sois pas désolé.

— Austin, lui, n'a jamais appelé. Pas une seule fois. Et c'est ainsi que notre amitié a pris fin. J'ai attendu une semaine, et je suis parti. J'ai tout quitté. J'ai vidé mon compte en banque, chargé ma camionnette, et malgré les menaces de mon beau-père, je suis parti. J'ai même supprimé mon adresse e-mail. Je voulais définitivement couper les ponts avec mon ancienne vie. Et puis je suis arrivé à Kansas City avec mes rêves, et en quelques mois à peine ils se sont tous brisés.

Todd secoua tristement la tête.

— J'ai complètement gâché la fin de notre merveilleux dîner avec mes histoires.

— Tu n'as rien gâché du tout, répondit aussitôt Gabe, le cœur débordant de compassion et de toutes ces autres émotions complexes et intenses que le jeune homme faisait naître en lui.

Ce que Todd venait de partager avec lui était monumental, et Gabe se sentait plus proche de lui que jamais.

— Et si on commandait le dessert ? proposa-t-il en faisant signe à leur serveur. Quelque chose me dit qu'un peu de sucre ne nous ferait pas de mal, tu n'es pas d'accord ?

LORSQUE TODD rétorqua qu'il avait trop mangé et qu'il n'avait plus de place pour un dessert, Gabe lui proposa le compromis d'un dessert pour deux. *Comme deux adolescents à un rendez-vous amoureux*, songea Gabe.

Le dessert était une énorme boule de glace au chocolat blanc, roulée dans des éclats de chocolat blanc, et nappée d'une sauce au caramel qui avait dû être préparée par des créatures magiques. Todd s'exclama que c'était tellement bon qu'il était au bord de l'orgasme, et ils partagèrent un fou rire maladroit.

— Je suis sincèrement désolé d'avoir plombé l'ambiance avec mon histoire, Gabe, s'excusa Todd en s'essuyant délicatement la bouche avec sa serviette.

— Tu n'as pas plombé l'ambiance. Et moi je ne suis pas désolé, au contraire. Après ce que tu viens de me raconter, je me sens…

Il prit une grande inspiration.

— Je me sens plus proche de toi. Ça a dû te demander beaucoup de partager cette histoire avec moi.

— Moi aussi, ajouta Todd avec un sourire soulagé. Je me sens plus proche de toi. Je me sens… Je ressens tout un tas de choses pour être honnête, dit-il en rougissant. Je me sens comme si un poids énorme était ôté de mes épaules. Garder tout ça pour moi, c'était comme un cancer qui grandissait jour après jour.

Gabe détourna le regard.

— Que se passe-t-il ? demanda Todd en fronçant les sourcils.

Gabe trouva de nouveau les immenses yeux bruns du jeune homme, et sentit son cœur se serrer dans sa poitrine.

— Gabe ?

Gabe sentit la main de Todd venir se poser sur la sienne, et il usa de ses propres mots contre lui :

— Tu n'es pas obligé de me raconter si tu ne t'en sens pas le courage. Mais si en revanche tu as besoin de parler, sache que je suis prêt à t'écouter.

Est-ce qu'il pouvait vraiment ? Tout raconter à Todd ?

— Allons faire un tour, dit-il.

Todd hocha la tête, et Gabe demanda l'addition. Il laissa un pourboire extrêmement généreux. Leur serveur s'était comporté comme un véritable ange gardien. Peut-être qu'il avait un petit ami, qu'il pourrait à son tour emmener au restaurant avec ce pourboire.

Ils quittèrent le restaurant et, sans que Gabe comprenne comment c'était arrivé, ils se tenaient la main. Cela faisait tellement longtemps qu'il n'avait pas tenu la main de quelqu'un. Il sourit discrètement, et jeta un coup d'œil à Todd qui avait l'air un peu nerveux. Gabe lui donna un gentil petit coup d'épaule.

Ils marchèrent en silence pendant un long moment, puis ils arrivèrent à la Fontaine Commémorative. Gabe n'était pas étonné d'avoir inconsciemment atterri ici. Il aimait les fontaines de Kansas City, et celle-ci était tout simplement majestueuse. Elle était gigantesque, et des sculptures de chevaux censés représenter les plus grands fleuves du monde se dressaient au centre. C'était sans doute la fontaine la plus célèbre de la ville, ce qui n'était pas peu dire pour Kansas City surnommée « La ville aux mille et une fontaine ».

Gabe n'en savait pas beaucoup plus sur l'histoire de cette fontaine. C'était le syndrome du résident. Les touristes en savaient toujours beaucoup plus que les gens qui vivaient sur place.

Il se souvenait avoir visité San Francisco en voyage organisé, et avoir pris un bus pour visiter le Pioneer Monument. Il y avait toute une rangée de statues sur le chemin entre la bibliothèque et le Musée d'Art Oriental, et il n'était pas sûr de savoir quelle statue était la bonne. Il avait demandé à un agent de police qui passait par là, et il avait été incapable de lui répondre !

Tout ce que Gabe savait, c'était qu'il adorait cette fontaine de J.C. Nichols, avec ses magnifiques chevaux, ses gigantesques cavaliers, et ses dauphins qui batifolaient au beau milieu de tous les jets d'eau. Il faisait encore trop froid pour que la fontaine soit en marche, mais elle était toujours aussi impressionnante. Combien de fois dans sa vie s'était-il retrouvé à errer jusqu'à cette fontaine ? Il passait devant chaque année lors de la Marche contre le SIDA. Parfois, il faisait un détour en voiture, juste pour apercevoir sa silhouette grandiose.

Mais il n'avait encore jamais tenu la main d'un autre homme devant cette fontaine. Il avait essayé, avec Daniel, mais son petit ami avait brusquement retiré sa main. Son flamboyant Daniel avait eu peur que les gens les voient et les prennent pour un couple d'homosexuels. Avec le recul, il avait envie d'en rire.

— Qu'est-ce qu'il y a ? demanda Todd.

Gabe serra brièvement sa main dans la sienne.

— Ça ne te dérange pas ? demanda-t-il.

Todd se racla la gorge et se mordit les lèvres.

— Pas vraiment. Ce n'est pas comme si je risquais de croiser quelqu'un que je connais, répondit-il en regardant Gabe dans les yeux.

Il est pile à la bonne hauteur, songea distraitement Gabe. Il aimait être légèrement plus grand que ses partenaires (non pas que Todd soit son partenaire). Il aimait endosser ce rôle. Il n'avait jamais ressenti l'envie ou le besoin d'être avec une femme, mais il s'était toujours retrouvé avec des hommes efféminés. Les imbéciles aimaient demander si c'était lui qui jouait le rôle de l'homme, et son petit ami le rôle de la femme. Gabe devait toujours se retenir de leur demander si aimer se faire prendre faisait toujours de lui un homme.

Todd n'a rien d'efféminé.

Et ce n'est pas non plus mon petit ami.

Mais tu aimerais bien.

Mon Dieu, oui, songea-t-il en regardant le jeune homme à côté de lui. *Oui, oui, oui. Je le connais à peine, comment ai-je pu tomber amoureux si vite ?*

Todd regardait autour de lui. Il essayait d'être discret, mais Gabe voyait bien qu'il était nerveux. Il cherchait régulièrement le regard de Gabe,

153

comme pour lui dire « *Tu vois, ça ne me dérange pas !* », mais Gabe lisait en lui comme dans un livre ouvert. C'était là son don. Et sa malédiction.

C'est alors que le visage de Todd s'illumina. Gabe suivit son regard, et aperçut un autre couple d'hommes, de l'autre côté de la fontaine, qui se tenaient aussi par la main. Todd leva de nouveau les yeux vers Gabe, et cette fois-ci son regard sembla dire « *On a le droit, regarde. Eux aussi !* »

Il était en train d'accepter qui, il était, lentement, mais sûrement, sous le regard bienveillant de Gabe qui mourait d'envie de l'embrasser.

Et si tu te retrouves exactement dans la même situation qu'avec Brett ? Est-ce que ce n'est pas ça aussi qui t'a séduit chez Brett ? De le voir s'accepter et devenir, qui il était vraiment ?

C'était hors de question. Il ne laisserait pas Todd devenir un autre Brett. Il ne pouvait pas.

La première chose à faire était de tout raconter à Todd, alors seulement le fantôme de Brett disparaîtrait.

— Je crois que je suis prêt à te raconter mon histoire.

— Je t'écoute, répondit Todd, le regard attentif.

Gabe soupira, et s'assit sur le bord de la fontaine.

— Très bien, commença-t-il. J'avais un petit ami nommé Daniel…

XVI

— Nous nous sommes rencontrés à la fête du Nouvel An de Peter, il y a quatre ans. J'ai tout de suite repéré Daniel. Il était appuyé contre le comptoir, dans cette immense cuisine. Il était magnifique, avec ses courtes boucles brunes et ses grands yeux noirs. Il buvait un verre de vin, en discutant avec un autre homme. Ils étaient si proches l'un de l'autre que leurs fronts se touchaient presque. Je me suis aussitôt senti jaloux. Je sais que c'est complètement ridicule, mais j'étais jaloux.

Todd ne savait pas si c'était vraiment ridicule, il n'avait pas de point de comparaison. Il n'avait jamais vraiment eu l'occasion d'être jaloux dans sa vie. Il haussa les épaules.

— Ils parlaient à voix basse, comme s'ils se connaissaient très bien. Je ne sais pas comment c'est arrivé, mais malgré la distance qui nous séparait, je l'ai entendu dire qu'il était diplômé, et sans réfléchir, j'ai crié à travers la pièce « Diplômé d'où ? ». Il a sursauté, lui et son ami se sont interrompus et ils m'ont dévisagé. J'étais mortifié. J'ai bien failli m'enfuir en courant.

Gabe sourit en repensant à ce souvenir, et croisa les jambes.

— Et puis il s'est avancé jusqu'à moi, et en me regardant dans les yeux, il m'a dit qu'il venait de terminer sa licence design graphique à l'Institut des Arts de Kansas City. J'ai trouvé ça impressionnant, mais tout le monde sait très bien qu'aujourd'hui, la majorité des jeunes ont ce genre de diplôme. Il ne risquait pas de trouver du travail avec ça. C'est un peu comme une licence d'anglais à mon époque, c'était ce que tout le monde choisissait, faute de mieux. Mais ça m'était égal. J'étais complètement sous son charme. Je fixais sa bouche en pensant à l'embrasser.

Correction : Todd savait très bien ce que c'était d'être jaloux. Il était actuellement jaloux. Gabe voulait embrasser ce type qu'il venait juste de rencontrer ? Il fixait sa bouche pendant qu'il parlait ? Todd s'imagina la scène. Ridicule ou non, il comprenait à présent. Il était jaloux !

Oui, eh bien, du calme et laisse-le raconter son histoire.

— Alors je lui ai demandé un rendez-vous. J'aurais voulu rentrer avec lui sur l'instant, mais je voulais être romantique.

155

Romantique ? Est-ce que c'était possible entre deux hommes ? Todd sentit son pouls s'accélérer. Ce n'était pas qu'une question de sexe ?

— Bien sûr, que non, répondit Gabe, et Todd réalisa qu'une fois encore, il avait parlé à voix haute.

— Oh, Todd, tu ne comprends donc pas ? demanda Gabe en souriant. Je suis né homosexuel, il n'y a rien que je puisse faire contre ça. Je peux essayer de l'ignorer, de le nier, mais je serai toujours homosexuel.

— Tu penses vraiment ce que tu dis ? demanda Todd, la gorge serrée. Tu penses que les gens naissent comme ça ?

— Comme dans la chanson, plaisanta gentiment Gabe. *Born This Way*, comme dirait la jeune chanteuse que tu sembles particulièrement apprécier. Là où j'avais le choix, c'était dans mon attitude. Je pouvais choisir d'accepter, qui j'étais, ou le combattre. La question ne s'est jamais vraiment posée pour moi. Je n'ai jamais été attiré par les femmes. Je n'avais jamais pensé à elles comme objet de désir avant que l'un de mes amis ne ramène l'un des magazines *Playboy* de son père à l'école. J'ai jeté un coup d'œil, et j'étais horrifié. J'ai tout de suite su que je ne pourrais jamais être avec une femme. Et quand j'ai commencé à être attiré par d'autres personnes, c'était bien entendu toujours des garçons. Et comme toi, je suis tombé amoureux de mon meilleur ami.

— Pour être franc, l'interrompit Todd. Je ne crois pas être tombé amoureux d'Austin. Il était comme un frère pour moi. Ça aurait presque été incestueux dans ma tête d'avoir de tels sentiments à son égard.

— Je vois ce que tu veux dire, répondit Gabe en hochant la tête.

C'est alors que Todd réalisa qu'il venait implicitement de… de quoi déjà ? De sortir du placard.

— Tout ça pour te dire que l'homosexualité est génétique, mais être gay, en revanche, c'est un choix que j'ai fait. Être gay c'est faire le choix d'accepter cette homosexualité et d'en être fier. D'en être heureux, reconnaissant, même !

— Reconnaissant ? répéta Todd incrédule. Reconnaissant d'être né et d'être un objet de haine et de discrimination ?

— Je ne souhaiterais être hétéro pour rien au monde, confirma Gabe avec assurance.

— Mais ce serait tellement plus facile, protesta Todd. Tu n'as pas envie d'être comme tout le monde ? De ne pas te sentir comme la bizarrerie chaque fois qu'il y a une fête à ton bureau et que tu es le seul sans femme et sans enfant ?

— Les seules fois de ma vie où j'ai eu l'impression d'être une bizarrerie, c'est quand j'étais seul. Mais avec Daniel, je n'étais pas seul. J'étais le plus heureux des hommes. Il a emménagé avec moi au bout d'une semaine. Officiellement, il avait encore son appartement à Terra's Gate, à une heure d'ici, mais il dormait chez moi tous les soirs. Nous avons annoncé notre relation au bout d'un mois. On faisait tout ensemble. Les gens nous reprochaient d'être toujours collés l'un à l'autre. J'étais sur un petit nuage.

— Tu étais amoureux ? demanda Todd en essayant d'imaginer Gabe avec ce Daniel et ses boucles noires, sa jolie bouche et ses yeux mystérieux.

— C'est ce que j'ai cru au début, répondit Gabe en perdant son sourire. Avec le recul, je réalise que j'étais surtout amoureux de *l'idée* d'être amoureux. L'idée de trouver mon âme sœur, d'avoir un homme à mon bras partout où j'allais. Je sais que j'étais un véritable obsédé du contrôle. Il fallait toujours que je décide tout. Je t'ai dit que j'attendais de trouver l'homme parfait pour avoir une maison, mais après avoir trouvé Daniel, je n'ai même pas songé une seconde à acheter une maison avec lui. Et puis Daniel a commencé à poser la question. Je repoussais sans cesse ma réponse. Il a vendu son appartement, et j'ai mis toutes ses affaires en garde-meubles. Je ne l'ai pas laissé installer un seul meuble chez moi, je me suis comporté comme un véritable salaud.

Gabe ? Un salaud ? Todd avait du mal à l'imaginer.

— Tu n'es pas un salaud, dit-il avec ferveur.

— Je ne sais pas, répondit Gabe en haussant les épaules. Je crois qu'au fond de moi, je savais que je n'étais pas vraiment amoureux de Daniel. Sinon, pourquoi serais-je tombé amoureux de Brett ?

Brett ? Qui était Brett ?

— Je commence à avoir froid, dit Gabe en se frottant énergiquement les bras. Ça te dit qu'on aille se prendre un café ?

— D'accord, répondit docilement Todd.

Il n'arriverait jamais à dormir s'il buvait du café à une heure pareille, mais si Gabe en avait envie, alors la réponse était oui, sans hésitation. Ils retrouvèrent la voiture de Gabe, ce magnifique petit bijou argenté qui faisait rêver Todd. Il ne préférait même pas savoir combien coûtait un véhicule pareil. Il était encore émerveillé qu'ils aient réussi à faire rentrer tous leurs sacs de courses dans ce minuscule coffre. Il n'y avait même pas de banquette arrière.

Gabe les conduisit jusqu'à un petit café qui s'appelait Au Grain du Berger.

— C'est mon café préféré dans toute la ville. Avant j'allais à La Tasse Magique, mais je préfère donner mon argent à un commerce gay.

Un commerce gay ? se demanda Todd, intrigué. Qu'est-ce que ça voulait dire ?

Ils traversèrent un petit patio en briques rouges dissimulé sous des arbres. Ils slalomèrent entre les tables et les chaises, et arrivèrent à la porte d'entrée. Gabe pointa du doigt l'autocollant en forme d'arc-en-ciel, juste en dessous de celui qui disait qu'ils acceptaient les règlements par carte bancaire, et Todd comprit. Ah, *gay.*

— Les propriétaires sont gays, expliqua Gabe. Quand je peux, j'essaye de faire marcher le commerce de la communauté gay.

— Est-ce que ça fait partie du choix dont tu parlais ? Celui d'être gay et fier de l'être ?

— Exactement, acquiesça Gabe. Accepter qui je suis, être fier de qui je suis et de ma communauté. Partager mon argent avec d'autres gens de cette communauté.

— Fier ? Vraiment ?

Gabe se figea, et le regarda.

— Fier, répéta-t-il. C'est pour ça que je n'aime pas le terme de pédé.

Et moi qui le lui ai lancé au visage à maintes reprises.

— Assieds-toi, dit Gabe en soupirant. Je vais te rapporter une tasse de café qui va t'envoyer au septième ciel.

Todd s'apprêtait à choisir une table loin de la fenêtre, puis se ravisa. *Je viens de passer plus d'une heure dans les rues de Kansas City en tenant la main d'un autre homme, de quoi j'ai peur au juste ? Qu'on pense que je suis gay ? Mais est-ce que ce n'est pas le cas ?* Son regard se porta machinalement vers Gabe qui était en train de discuter avec un charmant jeune homme derrière le comptoir. Mais Todd ne lui prêta aucune attention, il était trop occupé à admirer Gabe. Il était si grand, et ses épaules si larges. Il ne pouvait pas voir grand-chose avec le manteau qu'il portait, mais il savait très bien ce qui se cachait en dessous. Sa taille étroite, ses fesses musclées. Qui aurait cru que les hommes et les femmes puissent avoir des physiques si différents ? Gabe avait l'air si solide, là où Joan avait été toute en courbes et en douceur.

Et voilà, j'ai encore une érection en pensant à lui, réalisa-t-il en fermant les yeux. Je suis définitivement homosexuel. J'ai passé ma vie à me battre contre cette idée, et il s'avère que mon horrible beau-père avait raison sur toute la ligne. Je suis un pédé.

— Todd ?

Il redressa la tête en ouvrant les yeux, et trouva le magnifique regard bleu ciel de Gabe. Son beau et son courageux Gabe qui était si fier de ce qu'il était. Il s'assit en face de lui, prit une petite gorgée de son gobelet, et le leva dans la direction de Todd comme un toast silencieux. Todd souffla sur sa boisson, ferma les yeux, et la goûta. Gabe ne lui avait pas menti, ce café était tout simplement divin. Des arômes d'herbe et de fleurs se disputaient ses papilles. Une semaine plus tôt, il n'aurait jamais pensé au café, ou même au vin, dans ces termes. Gabe lui apprenait à reconnaître et à savourer les parfums subtils. Non, il ne lui apprenait pas, il avait libéré ce que Todd avait toujours su, mais qu'il n'avait jamais eu l'occasion d'exprimer. Le café avait du corps, il était épais, avec un arrière-goût de cerise. Son beau-père l'aurait sans doute traité de snob en rétorquant qu'un café était un café. Gabe était en train d'éduquer son palais. C'était excitant.

— Ce café est incroyable, dit-il en reposant son gobelet.

— Torréfié de la veille, répondit Gabe avec un sourire satisfait. Moulu juste avant d'être versé. Il est cultivé par une petite coopérative dans le district de Mukurweini, au Kenya.

Il essaye de gagner du temps pour ne pas me raconter la suite de son histoire, réalisa Todd en buvant une autre gorgée.

Gabe sirota son café en lui parlant du propriétaire de la boutique, un homme qui travaillait autrefois pour une énorme société de café, qui avait beaucoup voyagé et qui avait rencontré des gens sur des plantations de café partout à travers le monde. Il avait fini par décider qu'il ne voulait plus travailler pour les « gros bonnets », alors il avait déménagé à Kansas City, et il avait ouvert Le Grain du Berger.

Todd le laissa discuter de tout et de rien, sans intervenir. Peut-être que Gabe avait changé d'avis et qu'il ne voulait plus lui raconter son histoire. Peut-être qu'elle était trop horrible pour être racontée.

GABE SE surprit à nouveau à analyser l'expression sur le visage de Todd. *Il commence à s'inquiéter. Il croit que mon histoire est trop horrible, pour que je la lui raconte.*

Est-ce qu'il a raison ? Ce n'est certainement pas une belle histoire. Mais ce n'est sans doute pas aussi terrible que ce qu'il craint.

— J'ai rencontré Brett au Mémorial de la Liberté. J'étais avec un groupe d'amis, c'était le jour de la Gay Pride de Kansas City.

— Tu défilais pour la Gay Pride ? demanda Todd étonné.

— Il y a encore une dizaine d'années, c'était un événement important, répondit Gabe en hochant la tête. Il y avait des milliers de personnes, des stands par centaines et des animations organisées spécialement pour l'occasion. Il y avait des gens allongés partout dans l'herbe, et des artistes incroyables qui venaient se produire gratuitement : Chaka Khan, RuPaul, Crystal Waters, Martha Wash. Cette année-là, un crétin a décidé de tout réorganiser et de déplacer la Gay Pride en centre-ville. Les artistes invités n'intéressaient personne, et il fallait payer un billet d'entrée à un prix exorbitant. C'était une catastrophe pour la communauté. Alors avec quelques amis, nous avons décidé d'organiser notre contre-Gay Pride. Nous nous sommes réunis à l'endroit de l'ancienne Gay Pride, et nous avons vite été rejoints par des centaines d'autres personnes. C'est ce jour-là que j'ai rencontré Brett.

Il s'en souvenait comme si c'était hier. Daniel et lui passaient une superbe journée. Ils étaient allongés dans l'herbe avec tous leurs amis, ils discutaient en riant et en buvant des cocktails. Tommy était là, il savait préparer les cosmos comme personne. Harry et Cody étaient là également, mais Gabe ne se rappelait pas s'ils étaient déjà en couple à l'époque. Ils avaient organisé un match de volley-ball, et c'est durant ce match qu'il avait remarqué Brett pour la première fois. Il portait un débardeur rose avec un petit short noir. Il aurait dû avoir l'air ridicule, mais sur lui, c'était incroyablement sexy.

— Il était tellement mignon. Et tellement jeune. Plus jeune que toi. Il était métis, il avait une peau douce, couleur café au lait, et de grands yeux avec des cils interminables. Il jouait au volley-ball, et il se débrouillait bien. À la fin de la journée, lorsque tout le monde a commencé à rentrer, il avait l'air d'errer sans but. J'ai tout de suite su qu'il était à la rue. Je l'ai appelé, et je l'ai invité à venir partager un pique-nique de fin de journée avec Daniel et moi.

Un peu comme avec toi, songea Gabe en regardant le jeune homme en face de lui. Il ne savait pas s'il avait appelé Brett par générosité, ou s'il voulait simplement voir le bel adolescent de plus près.

— Il s'était enfui de chez lui. Son père... Son père abusait de lui depuis des années, et un matin, il a craqué. Il est parti. Il a croisé une affiche

160

de notre contre-Gay Pride, et il est venu s'y réfugier. Son histoire était tellement affreuse, ce gamin me brisait le cœur.

— TU L'AIMES bien, pas vrai ? avait demandé Daniel après leur pique-nique.

— Oui, il est gentil. Pourquoi, tu ne l'aimes pas, toi ?

— Chéri, tu sais très bien ce que je veux dire, insista Daniel avec un sourire en coin. Tu *l'aimes* bien. Tu crois que je ne t'ai pas vu le mater ? Tu as été obligé de te mettre sur le ventre pendant que tu le regardais jouer au volley.

Gabe avait été tellement choqué par les mots de Daniel. Même si ce qu'il disait était vrai…

— Il n'a que dix-sept ans, Daniel !

— Et alors ? rétorqua son petit ami en s'allongeant dans l'herbe à côté de lui et en glissant une main entre ses jambes. Il a l'air de très bien savoir ce qu'il veut.

Gabe avait dû afficher une expression traumatisée, car il se souvenait encore parfaitement de la réaction exaspérée de Daniel.

— Pour l'amour du ciel, décoince-toi un peu ! Il est majeur dans quelques mois. Dans certains États, il est *déjà* majeur. Dans certains pays, il serait même déjà considéré comme un homme ! Tiens, si on était au Danemark, il serait majeur à quinze ans, est-ce que ça te fait déculpabiliser ?

— Bien sûr que non ! s'était-il exclamé en secouant violemment la tête. Ce n'est pas comparable, Daniel ! Il est encore au lycée, on est beaucoup plus vieux que lui !

— Parle pour toi, mon chou.

Daniel avait raison, il n'avait que cinq ans de plus que Brett, alors que Gabe était son aîné d'une bonne dizaine d'années.

— Tout ce que j'en dis, c'est que je crois que tu es enfin prêt pour une relation ouverte…

Gabe avait détourné le regard. Daniel avait raison. Depuis un petit moment, il s'était surpris à regarder les autres hommes autour de lui. Il ne savait pas pourquoi. Il aurait dû être comblé avec Daniel. Ils étaient ensemble depuis deux ans. Pourquoi aurait-il besoin de regarder ailleurs ? Mais au moment même où cette question traversa son esprit, il remarqua que Daniel, lui, ne se privait pas. Il admirait les hommes encore présents autour d'eux avec dans le regard un désir non dissimulé. Et le pire dans tout ça, c'était que Gabe ne se sentait même pas fâché.

La seule chose qui le contraria ce soir-là, c'était qu'il n'était pas contrarié du tout.

— DANIEL ET moi avons décidé de l'héberger pendant quelques jours. Sur le canapé, bien entendu !

Comme toi. Sur le canapé, alors que je rêvais secrètement de le faire dormir dans mon lit.

— Il n'était pas majeur, rappela Gabe. Nous devions être prudents pour ne pas être accusés de profiter de lui. Nous avons simplement essayé de l'aider, de lui montrer qu'être gay n'était pas une tare. Il couchait sans se protéger, alors nous l'avons accompagné à un test de dépistage. Dieu merci, il n'avait rien. Il croyait que le SIDA était un virus anodin, aussi facile à gérer au quotidien que le diabète. Il avait lu ça sur Internet, sans doute un forum de crétins qui répandent ce genre d'insanités pour ne pas avoir à porter de préservatifs.

Gabe se frotta les yeux. Se replonger dans ses souvenirs lui demandait plus de courage et d'énergie qu'il ne l'avait cru. Il avait refoulé cette période de sa vie pendant tellement longtemps, à présent tout remontait à la surface et menaçait de le noyer.

— On s'est très vite rapprochés tous les trois. Au début, j'ai trouvé ça mignon. Il nous appelait Daddy Un Daddy Deux, et on a pris le réflexe de l'appeler Fiston. On était un peu comme une petite famille.

CE JOUR-LÀ, Gabe était dans la cuisine lorsqu'il entendit s'ouvrir la porte d'entrée.

— Je suis rentré à la maison ! cria Brett.

Ce n'était pas vrai, bien sûr. Daniel et Gabe lui avaient trouvé une place dans un foyer pour jeunes à quelques minutes de chez eux. Mais Brett passait tant de temps chez eux, que c'était presque comme s'il habitait là.

— Dans la cuisine ! appela Gabe.

Brett entra dans la pièce en frottant son crâne récemment rasé. Il était couvert de sueur, il rentrait de son jogging. Il se pencha vers Gabe, qui l'embrassa chastement sur la joue.

162

— Daddy ! protesta Brett en faisant la moue. Je veux un bisou sur la bouche. Ma maman m'embrassait toujours sur la bouche.

Ton papa aussi, songea amèrement Gabe. Mais il ne dit rien. C'était du passé, et il ne pouvait rien faire à ce qui était arrivé. Le mieux était de se concentrer sur le présent, en aidant Brett du mieux qu'il pouvait.

— Est-ce que Daddy Deux est rentré ?

— Il est sous la douche, il arrive.

— Tu crois qu'il faut que j'aille lui frotter le dos ?

— Il se frotte le dos tout seul depuis très longtemps, je crois qu'il devrait réussir à se débrouiller sans toi.

Au même instant, Daniel entra dans la cuisine en se séchant les cheveux avec une serviette. Il portait un jean, et rien d'autre.

— Salut Fiston, dit-il avec un sourire en coin.

— Hey, Daddy, répondit malicieusement Brett en l'embrassant sans hésiter sur les lèvres.

Ce n'était qu'un petit bécot, mais Gabe songea qu'il faudrait qu'il en parle avec Daniel. Légalement, ils ne pouvaient pas se permettre ce genre d'incartades. Bien sûr qu'il avait envie d'embrasser Brett, lui aussi, mais ils étaient censés prendre soin de lui et lui montrer l'exemple. La situation ne devait pas prendre un caractère sexuel. Ils devaient montrer à Brett ce qu'était l'amitié, lui montrer qu'être gay ne voulait pas dire coucher avec tous les hommes qui entraient dans sa vie. Lui montrer qu'il était possible de rencontrer une personne spéciale, de tomber amoureux, et de faire sa vie avec cette personne.

De... tomber amoureux ?

— Brett a commencé à insister pour qu'on couche ensemble. Je savais que c'était absolument hors de question, mais mon Dieu, Todd... J'en avais tellement envie, avoua-t-il dans un murmure. J'étais en train de tomber amoureux de lui.

Il leva les yeux vers le jeune homme, terrifié de ce qu'il allait découvrir dans son regard. Mais il n'y trouva aucun jugement, aucune désapprobation.

— Il fallait que je l'éloigne de nous avant que je ne fasse une terrible erreur. Je savais qu'il fallait au moins que je patiente durant les quelques mois jusqu'à sa majorité.

Il scruta le visage de Todd, mais ne perçut aucune réaction négative. Mais il savait que le pire était à venir.

— J'étais en couple avec Daniel, et je pensais sans cesse à Brett. Je vivais avec mon petit ami tout en fantasmant sur quelqu'un d'autre. J'étais en train de tomber amoureux d'un gamin, et je n'aimais plus mon petit ami. C'était une véritable catastrophe. Je m'en voulais tellement !

À sa grande surprise, il vit le regard de Todd s'embuer de larmes.

— Oh Gabe, ce n'est pas ta faute si tu n'étais plus amoureux de Daniel.

— Mais je lui ai laissé croire que je l'étais ! protesta Gabe en sentant les larmes monter. C'était comme si je le trompais !

Todd le surprit à nouveau en tendant une main pour la poser tendrement contre sa joue. Il passa gentiment son pouce contre sa mâchoire, avant de retirer sa main. L'expression dans ses yeux était si claire, si sincère. Il ne portait aucun jugement, il semblait seulement triste pour Gabe. Triste et… il y avait autre chose, mais Gabe ne parvenait pas à le déchiffrer. *Je croyais que j'étais doué à ces choses-là, pourquoi je n'arrive pas à lire son regard ?*

Il allait tourner la tête, lorsque Todd l'attrapa doucement par le menton pour le forcer à lui faire face.

— Continue, dit-il doucement. Termine ton histoire, je sais qu'elle ne s'arrête pas là.

Très vite, le jour des dix-huit ans de Brett arriva. Pour l'occasion, Gabe lui avait préparé de nombreuses surprises, mais il ne pensait qu'à une seule chose. C'était le grand jour. Il avait décidé de ne plus résister. Ce soir-là, lorsque Brett insisterait pour rester dormir avec Daniel et lui, il dirait oui.

Daniel avait toujours été très clair sur le sujet, il voulait essayer un plan à trois depuis le début. Gabe avait longtemps protesté, mais à présent il n'était plus sûr de rien. Il se sentait perdu, désorienté par la tempête de sentiments qui faisait rage dans son cœur. Lui qui avait toujours rêvé de fidélité et d'une relation monogame, voilà qu'il était malheureux avec Daniel. Est-ce qu'il s'était trompé ? Est-ce que la monogamie était un rêve impossible ?

Non. Ce n'était pas ça. Le problème venait d'ailleurs. Le problème, c'était qu'il n'était pas amoureux de Daniel. De Brett en revanche ? Il ne pouvait plus le nier. Il était fou de lui, et le jeune homme était maintenant majeur. Lorsqu'il réclamerait un baiser à Gabe, il pourrait maintenant lui offrir sans se torturer l'âme.

Il jongla avec les dizaines de sacs, le bouquet de ballons et le gâteau qu'il avait dans les bras pour ouvrir la porte de l'immeuble. Il appuya sur le bouton de l'ascenseur avec le coude. Arrivé devant l'appartement, il posa ses sacs sur le sol pour sortir ses clés, et entra. Il avait quitté le travail plus tôt, spécialement pour l'occasion. Il voulait du temps pour tout préparer avant l'arrivée de Brett.

En retirant son manteau, il regarda dans le salon et se demanda où vaudrait-il mieux poser le gâteau et les cadeaux. Sur la grande table ? Sur la table basse ? Il verrait ça plus tard avec Daniel. Il accrocha des ballons un peu partout dans la pièce. Idéalement, il en aurait voulu beaucoup plus, mais le voyage s'était déjà avéré suffisamment compliqué avec six ballons dans sa petite voiture de sport. Il regrettait déjà de ne pas avoir tout simplement acheté une bouteille d'hélium et un énorme paquet de ballons pour les gonfler lui-même.

Il se dirigea vers la chambre en souriant. Il voulait accrocher le dernier ballon au lit.

C'est ainsi qu'il tomba sur Daniel et Brett, enlacés entre les draps défaits, endormis. Gabe se figea. Il ne pouvait plus bouger. Le temps que son esprit comprenne le spectacle sous ses yeux, les larmes s'étaient mises à couler d'elles-mêmes.

Ils sont dans mon lit. Ensemble. Ils ont couché ensemble.

La pièce sentait le sexe à plein nez. Il aperçut un préservatif usagé sur l'une des tables de nuit, comme pour lui confirmer ses soupçons. Au moins, ils avaient été prudents. Il laissa échapper un petit rire hystérique, et Brett bougea dans son sommeil. Il se blottit plus près contre Daniel, enfouit son visage sous son bras en émettant un petit bruit de contentement.

Les larmes coulaient en torrent sur ses joues. Il avait l'impression que son cœur s'était arrêté et que plus jamais il ne battrait. Il n'avait pas vraiment mal, il se sentait anesthésié, détaché de tout. Il devait être en train de faire un mauvais rêve, voilà tout. Ce qu'il voyait était impossible. Jamais Daniel et Brett ne lui auraient fait une chose pareille.

Et pourquoi pas ? Tu en avais envie toi aussi.

Oui, mais jamais je n'aurais trompé Daniel dans son dos.

Tu le trompes depuis des mois.

Non. Non, ce n'est pas vrai.

Tu le trompes avec ton cœur.

C'est différent !

C'est pire.

Le réveil sonna, et Gabe sursauta en poussant un cri de surprise.

Daniel ouvrit lentement les yeux, et son regard se posa sur Gabe. Gabe qui se tenait là bêtement, avec ses larmes et son bouquet de ballons. L'alarme du réveil continuait de sonner obstinément dans le silence.

— Eh merde, grommela Daniel en soupirant et en refermant les yeux.

— Éteins le réveil, gémit Brett. Il nous reste encore un peu de temps avant le retour de Gabe.

— Gabe est déjà là, bébé, répondit Daniel en se penchant par-dessus le corps nu de Brett pour éteindre le réveil.

Bébé ?

— Quoi ? demanda Brett en roulant sur le dos et en ouvrant les yeux. Oh.

Oh. Oh ? C'était tout ce qu'il trouvait à dire.

— Tu peux nous laisser une minute ? demanda calmement Daniel.

Il fallut quelques secondes à Gabe pour comprendre le sens de ces mots, mais lorsqu'ils arrivèrent enfin à son cerveau, il tourna les talons, et quitta la chambre.

Quitta l'appartement.

— Mon Dieu, Gabe, je suis tellement désolé, murmura Todd.

— C'est toujours la même histoire, dit Gabe d'une voix triste. Mon premier petit ami m'a trompé. Daniel et Brett ont couché ensemble dans mon dos. Joan t'a trompé. C'est comme ça que fonctionne le monde. Même David a été infidèle dans la Bible. Catherine II, Marc Antoine, Benjamin Franklin, Henri VIII, Einstein, et la liste continue ! Tous infidèles ! Einstein, tu t'en rends compte ? J'espère qu'il était plus beau quand il était jeune.

Todd se mordit la lèvre, et Gabe se demanda s'il se moquait de lui.

— Ashton Kutcher a trompé Demi, Brad Pitt a trompé Jennifer. Jennifer Aniston ! Quel hétéro sain d'esprit tromperait la plus jolie et la plus douce des filles de la planète ?

— Jennifer Aniston, vraiment ? demanda Todd en essayant de ne pas rire.

La conversation avait été si sérieuse jusqu'ici, cette étrange liste d'infidèles à travers l'histoire permit au moins à tous les deux de partager un sourire.

— Au moins maintenant, tu sais que tu n'as pas ruiné la soirée tout seul. J'y ai largement contribué.

Todd lui glissa un sourire complice en plissant les yeux.

XVII

— Qu'est-ce qu'il s'est passé ensuite ? demanda Todd alors que Gabe se garait sur le parking de l'Oscar Wild.

— Je croyais que nous en avions fini.

— Tu sais très bien que c'est faux, répondit gentiment Todd. Je veux connaître la fin de l'histoire avant de rentrer.

— Pourquoi ? demanda Gabe.

— Parce que je ne veux pas la ramener à la maison avec nous. Je veux qu'elle reste derrière toi.

— À la maison ? répéta Gabe avec un petit sourire timide.

— Tu m'as bien proposé d'emménager ? demanda Todd en lui rendant son sourire. Au moins jusqu'à ce que je trouve une autre solution.

— Tu peux rester aussi longtemps que tu le voudras. Je vais t'installer une chambre. Tu pourras même rester pour toujours si tu veux.

— Alors termine ton histoire. Tu connais la mienne de bout en bout. J'ai surpris Joan et Austin couchant ensemble, et je me suis enfui à Kansas City. Tu as surpris Daniel au lit avec Brett, et ensuite quoi ?

— Tu vas me détester quand tu connaîtras toute l'histoire.

— Je ne pourrais jamais te détester, Gabe.

Dis-moi. Dis-moi tout, libère-toi et raconte-moi ton histoire, Gabe.

Gabe se cramponna au volant, le regard perdu dans l'obscurité de la nuit. Le ciel était dégagé, un parfait croissant de lune brillait entre les étoiles, et la neige s'était remise à tomber.

— Ils ont déménagé, dit-il finalement. Le soir même, ils sont partis. Brett ne m'a même pas adressé la parole. Daniel m'a dit quelque chose, mais je ne m'en souviens plus, des excuses qui sonnaient creux sans doute. Il est revenu chercher ses affaires quelques jours plus tard, mais il n'y avait presque rien à lui dans l'appartement de toute façon. Il avait déjà commencé à vider le peu d'affaires qu'il avait ici. Ça faisait visiblement plusieurs semaines déjà qu'ils couchaient ensemble. Je n'arrive toujours pas à croire que Daniel a couché avec lui alors qu'il était encore mineur ! Enfin… Deux semaines après ça, Daniel m'a supplié de le laisser revenir. Il avait surpris

Brett au lit avec un autre. Quelle ironie, ajouta-t-il avec un reniflement sans humour.

— Tu l'as laissé revenir ? demanda Todd.

— Jamais de la vie, dit-il en regardant par la fenêtre de la voiture. Daniel et moi c'était fini pour de bon. Je n'étais même pas fâché contre lui. Je ne l'avais pas aimé correctement, alors il est allé chercher de l'amour dans les bras d'un autre. Mais *Brett* ! Il disait toujours que je serais son Daddy numéro Un.

Je peux t'appeler Daddy si c'est ça que tu veux, songea Todd en rougissant.

— Et tu veux savoir le pire dans tout ça ?

Todd se tut et le laissa continuer. Il avait du mal à imaginer comment la situation pouvait être pire.

— Il se prostitue maintenant. Il traîne dans le parc en face de ton ancien immeuble.

Todd sursauta légèrement dans son fauteuil. Un prostitué dans le parc en face de son appartement ?

— Je faisais du jogging dans le quartier un jour, et je l'ai vu, dit Gabe en serrant le volant jusqu'à ce que ses phalanges blanchissent. Il m'a proposé ses services. Il m'a dit qu'il avait beaucoup d'expérience maintenant, et qu'il était tellement doué que je n'en reviendrais pas, continua Gabe, et une larme coula le long de sa joue. Il claquait incessamment des doigts et s'exprimait avec une gestuelle maniérée à l'excès. Il se comportait comme un cliché péjoratif de l'homosexuel. Il avait toujours été un peu efféminé, mais ce jour-là, j'avais l'impression qu'il jouait un rôle. Un rôle que je n'aimais pas du tout. Je me suis éloigné, dévasté, et il a proposé de baisser son prix pour me retenir. C'est là que j'ai craqué et que je lui ai demandé. Je lui ai demandé s'il ne m'avait jamais aimé. Et tu sais ce qu'il m'a répondu ?

Todd avait peur de connaître la réponse.

— Il m'a dit qu'il m'avait aimé, mais pas comme moi je l'aimais. Il m'a dit que toute cette histoire de Daddy Un et Daddy Deux le dégoûtait. *Le dégoûtait !* cria Gabe en pleurant de plus belle. Il m'a dit que j'aurais dû le savoir, qu'après ce que son père lui avait fait subir, il était évident qu'il n'aurait pas envie d'appeler qui que ce soit « Daddy ». C'est comme s'il m'avait planté un couteau dans le cœur, murmura Gabe en posant son front contre le volant et en fermant les yeux. Encore maintenant, chaque fois que j'y pense, ça me fait tellement mal...

— Ça va aller, Gabe, le cajola Todd en posant une main sur son épaule.

Il aurait voulu le prendre dans ses bras, mais Gabe était une montagne de muscles, il ne pouvait pas le manipuler dans la direction qu'il voulait avec la même facilité que pour Joan.

— Je n'ai jamais voulu le blesser, Todd ! Je te le jure. C'est lui qui a commencé à nous appeler Daddy.

— Gabe, je t'en prie, viens par là, le supplia Todd en tirant sur son bras.

— Et je le lui ai dit, je lui ai dit « c'est toi qui as insisté pour nous appeler comme ça », et il a répondu que c'était parce qu'il croyait qu'il était obligé pour qu'on ne le mette pas à la porte. Mon Dieu, Todd…

Todd parvint finalement à le faire se tourner vers lui. Son visage était baigné de larmes. Todd tira de nouveau sur son bras.

— Allez, viens.

— Il m'a dit des choses horribles. Il a dit que je passais mes journées à lorgner sur lui comme un pervers, que je ne valais pas mieux que son père. Todd, je te jure que je n'ai jamais profité de la situation !

Todd le prit tant bien que mal dans ses bras par-dessus l'accoudoir qui les séparait.

— Je sais, je te crois.

— Mais c'est exactement ce que je t'ai fait subir ! Chaque fois que je t'aperçois, j'ai une érection, je suis pire qu'un animal !

— Arrête de dire n'importe quoi. Tu as toujours gardé le contrôle sur la situation, tu ne m'as jamais touché sans mon accord. Je sais que je peux te faire confiance. Même quand je t'ai fait des avances, c'est toi qui m'as stoppé.

— Évidemment, je t'ai stoppé ! Je n'allais pas te laisser coucher avec moi par simple gratitude, dit-il en se reculant légèrement pour le regarder dans les yeux. Ça aurait été pire encore que de te proposer de l'argent contre tes services. Dis-moi que tu sais que je t'ai aidé parce que j'en avais *envie*, et pas parce que j'attendais quelque chose de toi.

— Bien sûr que je le sais, le rassura Todd en le serrant contre lui.

— Je t'ai pris pour un prostitué, murmura Gabe.

Todd hocha la tête. Il commençait seulement à comprendre les tourments que Gabe avait dû traverser pendant toute cette étrange situation.

— J'ai cru que tu étais un prostitué, et à cause de moi Brett est devenu un prostitué, sanglota Gabe entre ses bras.

— Ce n'est pas à cause de toi, rétorqua aussitôt Todd en lui caressant tendrement l'arrière du crâne.

— C'est ce qu'il m'a dit. Et il m'a dit qu'il était séropositif. Qu'il n'avait pas d'autre moyen de gagner sa vie. Il a le SIDA, et c'est ma faute, Todd !

Todd s'immobilisa brusquement en faisant le rapprochement. *Un métis nommé Brett...*

— Comment as-tu dit qu'il s'appelait ? Son nom complet ?

— Brett Charles.

Charles. Chaz. Le gamin du parc qui avait essayé de le convaincre de devenir prostitué lui aussi. C'était lui l'ex de Gabe.

— Je suis un monstre, Todd.

— Ne sois pas ridicule, dit-il avec force. Tu es une personne merveilleuse, dit-il en l'embrassant sur la joue. Tu es un homme bien, dit-il en l'embrassant sur l'autre joue. Tu es l'homme le plus fantastique que j'ai jamais rencontré, et je t'aime.

Gabe se figea entre ses bras, et releva très lentement la tête.

— Pardon ?

Todd le regarda dans les yeux. Ses grands yeux bleus, couleur d'un ciel d'été, et répéta plus fermement :

— Je t'aime.

Puis, il embrassa Gabe sur la bouche.

Gabe tenta d'abord de se dégager, mais Todd refusa de le laisser faire. Gabe était plus fort que lui, mais Todd utilisa toute sa volonté pour le garder dans ses bras. Pour le garder contre ses lèvres encore un peu plus longtemps. Puis Gabe poussa un grognement frustré contre sa bouche, et retourna le baiser.

Il suffit de ce seul baiser afin que Todd comprenne. Et lorsque Gabe ouvrit la bouche, lorsque sa langue frôla timidement celle de Todd, il sut.

Il était gay.

— Todd, gémit Gabe essoufflé entre deux baisers. J'essaye de faire ce qui est bien, mais tu mets ma volonté à très rude épreuve.

— Pour l'amour du ciel, Gabe, je t'embrasse parce que j'en ai envie !

— Vraiment ?

Todd leva les yeux au ciel, attrapa la main de Gabe et la pressa contre son érection, dure et tendue à l'extrême. La mâchoire de Gabe tomba de surprise, et sa respiration s'emballa. Ciel, que sa bouche était sexy. Large, pâle, et si douce. Sans gloss collant, sans rouge à lèvres. Il glissa son autre main entre les jambes de Gabe, et caressa son sexe à travers son pantalon.

— Todd, gémit à nouveau Gabe.

Et Todd n'avait jamais rien entendu d'aussi excitant. C'était comme avec Austin, mais en mille fois mieux malgré la barrière des vêtements qui les séparait. Gabe pressa sa paume contre l'érection de Todd, et le jeune crut qu'il allait jouir instantanément. Il n'avait jamais été aussi excité de toute sa vie, et ils étaient encore habillés !

— Gabe, appela-t-il dans un souffle. Je crois qu'on devrait monter. Je n'ai pas très envie de vivre ma première fois dans ta voiture.

Ils arrivèrent à l'appartement in extremis.

Ils jetèrent leurs manteaux au hasard dans le couloir, et Todd sauta littéralement sur le corps de Gabe. *Il est tellement grand, et tellement musclé*, s'émerveilla-t-il.

Gabe les fit pivoter et plaqua Todd contre la porte d'entrée. Il l'embrassa passionnément, dans un combat effréné de langues et de dents.

Comment ai-je pu croire un jour que le sexe était ennuyeux ? se demanda Todd. S'il n'avait pas eu la langue de Gabe dans sa bouche, il aurait ri. Gabe avait le goût des épices, du vin et du café, c'était le bouquet d'arômes le plus sexy du monde.

Todd ne dit rien, il ne savait pas quoi dire. Tout ce dont il était certain, c'était qu'il était prêt, et qu'il avait l'érection la plus dure de toute sa vie.

Gabe l'embrassa dans le cou, et Todd laissa tomber sa tête en arrière pour lui laisser le champ libre. Gabe tira sur sa chemise pour la libérer de son pantalon, puis il glissa ses mains dessous, le long de son torse. La sensation des mains de Gabe contre sa peau nue était exquise, et Todd donna un coup de hanches pour rapprocher son entrejambe de celui de Gabe. Il sentit la forme de son sexe dur frotter contre le sien. Gabe était aussi excité que lui. Il avait envie de lui.

Lorsqu'il couchait avec Joan, il se demandait sans cesse si elle avait vraiment envie de lui, ou si elle faisait ça presque par obligation, parce qu'elle croyait que c'était ce qu'il fallait faire. Elle n'avait jamais l'air de prendre du plaisir ou de s'amuser (et lui non plus s'il était entièrement honnête). Mais avec Gabe ! Son érection ne laissait aucun doute. Et qui aurait cru que la sensation du sexe d'un homme pressé contre le sien pourrait être aussi érotique ?

Subitement, Gabe s'écarta de lui, les pupilles dilatées, les cheveux en bataille.

— C'est ta dernière chance, dit-il d'une voix rauque et incroyablement sexy.

— Ma dernière chance de quoi ? haleta Todd.

— De changer d'avis, répondit très sérieusement Gabe en le regardant dans les yeux.

— Est-ce que tu es malade ? gronda Todd en essayant presque de lui grimper dessus.

Instinctivement, Gabe passa ses bras sous ses fesses, pour le soulever, et Todd noua ses jambes autour de sa taille. Il sentit la bosse de l'érection de Gabe juste sous ses fesses écartées par la position. Gabe poussa un gémissement, et les conduisit jusqu'à la chambre en le portant.

Il jeta Todd sur l'immense lit dont le jeune homme rêvait secrètement depuis le premier soir, fit passer sa chemise par-dessus sa tête en arrachant au moins trois boutons au passage, et se tint là, debout au pied du lit. Son immense poitrine musclée secouée par sa respiration erratique. Todd le dévora des yeux. Il était tellement beau. Ses petits tétons serrés, à peine plus foncés que le reste de sa peau, faisaient saliver le jeune homme.

Gabe se laissa tomber sur lui, et Todd sentit son sexe se durcir encore. Il était tellement dur que c'en était presque douloureux. Il glissa ses mains entre Gabe et lui pour ouvrir son pantalon, mais Gabe attrapa ses poignets au passage, et les bloqua de part et d'autre de sa tête. Il embrassa Todd tout le long de son cou, de son torse, puis lécha et mordilla ses tétons. Todd se cambra contre sa bouche, ne sachant plus vraiment s'il cherchait à s'échapper ou s'il voulait plus de contact. Sa peau vibrait de plaisir.

Pourquoi s'était-il battu contre cette partie de lui-même pendant si longtemps ?

(« *Tu es pédé ou quoi ?* »)

Oui, enfoiré, je suis un pédé, et alors ?

Ce monologue intérieur ne fit qu'accroître encore l'excitation de Todd. Il s'autorisa un sourire narquois en songeant que son beau-père serait hors de lui s'il les voyait maintenant. Une petite partie de lui aurait presque voulu qu'il soit là.

Gabe l'embrassa tout le long du bras, puis enfouit son visage dans son aisselle. Todd poussa un petit cri de plaisir perçant ; ça chatouillait, mais c'était tellement bon. Gabe continua ainsi à couvrir son torse et ses bras de baisers. Puis il revint à sa bouche, libéra les poignets de Todd, qui passa aussitôt ses bras autour du cou de Gabe. Il laissa glisser ses mains le long de ses flancs et de son dos musclé. Il pouvait sentir les cordes de ses muscles bouger sous ses paumes.

— Todd, j'ai tellement envie de toi.

— Moi aussi, répondit Todd, surpris par la facilité avec laquelle il l'admettait.

Gabe se releva brièvement pour enlever ses chaussures et son pantalon de costume. Il portait l'un des boxers que Todd avait lavés la veille. La silhouette évidente de son érection sous le tissu était tellement sexy.

— Tu es tellement sexy, dit Todd à voix haute.

— Pas autant que toi, rétorqua Gabe en le reprenant dans ses bras pour le repositionner au milieu du lit, comme s'il ne pesait rien.

Gabe s'apprêtait à se remettre au-dessus de lui, mais Todd l'arrêta en posant une main sur l'un de ses pectoraux.

— Non, je veux te toucher, dit-il en poussant pour le forcer à se mettre sur le dos.

Gabe obéit, et Todd s'accouda sur le côté pour admirer toute la splendeur de son corps allongé. Son séduisant visage, ses beaux yeux, sa bouche délicieuse. Les yeux de Todd voyagèrent lentement le long du corps de Gabe. Les plaines de ses muscles, l'océan de sa peau lisse, et l'énorme érection qui distendait son boxer. Todd posa une main au centre de son torse, ravi par la douceur et la chaleur intense de sa chair. Il était tellement solide, tellement réel. Il fit danser ses doigts sur sa peau, pinça légèrement ses tétons (et fit sursauter Gabe), puis il descendit lentement la main jusqu'à sa destination finale, et enfin, il saisit son sexe.

— Oh, mon Dieu, gémit Gabe.

Un petit frisson d'excitation parcourut le corps de Todd. Gabe ne faisait pas semblant, il était complètement emporté par le plaisir. Todd l'embrassa presque violemment, en plongeant sa langue dans la bouche de Gabe comme s'il voulait se fondre en lui. Gabe portait une légère barbe, quelques millimètres à peine, mais elle accrochait contre celle de Todd, créant une sensation unique comme il n'en avait jamais connu. C'était à la fois terrifiant et incroyablement sensuel.

Gabe gémit de nouveau, puis il se redressa brusquement, poussa Todd contre le matelas, et grimpa sur lui, le recouvrant de son immense et rassurante silhouette. Todd sentit le sexe de Gabe appuyer contre sa cuisse. Il sentit une force sauvage et inconnue s'échapper de sa poitrine lorsqu'il releva la tête pour plonger son regard dans celui de Gabe, comme si une bête en lui venait d'être libérée après des années de captivité.

Je suis gay, songea Todd. *Il n'y a plus aucun doute possible. Je ne suis pas hétéro, je ne suis pas bi. Je suis gay.*

Un éclair de satisfaction et de pouvoir le traversa. Gabe se pencha pour l'embrasser, mais Todd l'arrêta.

— Attends !

Gabe s'interrompit aussitôt, et se rassit. Il avait l'air dévasté.

Todd lui sourit, et commença à défaire sa ceinture. Un immense soulagement passa sur les traits de Gabe, puis il l'aida à ôter son pantalon. Todd se sentit rougir. Il était bêtement timide tout à coup. Mais le regard brûlant de Gabe dissipa très vite ses doutes. L'affection et la tendresse qu'il ressentait pour cet homme étaient tellement profondes, Todd oublia sa timidité et concentra toute son attention sur lui. Il se cambra afin que Gabe lui retire son boxer, et laissa retomber ses bras le long de son corps, offrant à Gabe tout le contrôle qu'il voudrait.

— Oh Todd…

— Je sais bien qu'elle n'est pas aussi grosse que la tienne, murmura-t-il incertain.

— Elle est parfaite, Todd, rétorqua Gabe en l'embrassant dans le cou, le long du torse, sur le bas-ventre, et… Gabe prit son sexe en main, embrassa délicatement le bout, et le prit dans sa bouche.

Ils gémirent à l'unisson.

— Ton sexe est parfait, il est beau, il est sexy, dit Gabe en le sortant de sa bouche.

Sexy ? Il trouve que mon sexe est beau ? Est-ce qu'un pénis peut vraiment être beau ?

Il connaissait la réponse à cette question, bien sûr, mais c'était la première fois qu'il l'admettait.

Gabe le reprit dans sa bouche, et une vague de plaisir engouffra Todd tout entier. La bouche de Gabe était fantastique, chaude, humide et étroite. Il fit rouler sa langue contre sa longueur, envoyant des petits courants électriques de plaisir tout le long de son corps entier. Todd baissa les yeux pour regarder son sexe disparaître entre les lèvres de Gabe. Assez étrangement, cette position n'enlevait rien à la masculinité de Gabe, au contraire, il avait l'air plus puissant que jamais. Et le plus fou, c'est qu'il avait l'air de prendre autant de plaisir que Todd dans cet acte. Il guettait et savourait les moindres réactions de Todd. C'était à ça que devrait toujours ressembler une fellation. Pas une corvée, ni un acte illicite caché du monde, mais un moment de partage entre deux amants qui se faisaient du bien l'un à l'autre.

Il voulait savoir ce qu'il ressentirait s'il faisait la même chose à Gabe. La sensation de son sexe contre l'intérieur de sa joue, le goût qu'il aurait. Est-ce qu'il aimerait ça ? L'idée ne le repoussait pas du tout, au contraire, elle l'excitait tellement qu'il se sentait sur le point d'éjaculer.

— Gabe, souffla-t-il.

Gabe s'arrêta et releva la tête pour le regarder.

— Embrasse-moi.

Sans poser de question, Gabe remonta le long de son corps et l'embrassa. Ils s'embrassèrent ainsi pendant un long moment, puis Todd se détacha légèrement de lui. Il sourit à Gabe, le fit rouler pour inverser leurs positions et, comme lui un peu plus tôt, il parsema son torse de baisers. Il descendit lentement en se décalant plus bas sur le matelas. Il en avait assez de regarder avec les yeux, il voulait toucher, goûter Gabe. Il sentit son sexe qui frottait contre son corps à mesure qu'il descendait, et enfin, il se trouva en face. En face du sexe de Gabe, tendu dans sa prison de tissu. Todd tira sur l'élastique pour le libérer, et l'érection de Gabe surgit hors du vêtement, à quelques centimètres à peine de son visage. La peau sur son sexe était tellement tendue qu'elle brillait. Le bout de son pénis, épais et circoncis (comme dans son rêve), était humide. Du liquide pré-séminal perlait à la fente, et coulait le long de son sexe droit et dur. Ses testicules étaient plus larges que ceux de Todd, plus bas, et presque imberbes. *Les miens sont tellement poilus en comparaison*, songea Todd. Il les prit dans l'une de ses mains, et les malaxa légèrement. Gabe laissa échapper un autre gémissement. L'odeur de Gabe était tellement intense, tellement riche, une délicieuse odeur de transpiration, de savon et de l'essence unique de Gabe. C'était l'odeur d'un homme, et Todd était plus excité que jamais.

Il se mit à saliver et comprit que le moment était venu de franchir le pas. Il ne s'enfuirait pas cette fois. Il n'avait aucune raison d'avoir peur.

Il embrassa le gland de Gabe, humidifia ses lèvres avec le liquide pré-séminal, et Gabe poussa un cri de plaisir.

— Todd, appela-t-il. Est-ce que tu es sûr ?

— Je suis sûr, répondit Todd en riant. Elle est tellement chaude, s'extasia-t-il en la frottant contre son visage.

Il l'embrassa de nouveau, et glissa le bout de sa langue juste sous le gland. C'était tellement différent de tout ce qu'il avait pu imaginer. C'était à la fois sucré, et un peu amer. Il ferma les yeux. *Fais-le*, s'encouragea-t-il, le cœur battant. *Tu en as envie.*

Il lécha alors le sexe de Gabe tout entier, et cette fois-ci, il recueillit le liquide qui coulait au bout avec sa langue. C'était tiède et épais. Il caressa lentement le gland du plat de sa langue pour le couvrir de salive. La sensation était presque soyeuse. Le goût de Gabe lui assaillit les sens, et il poussa un grognement de plaisir. L'espace d'une brûlante seconde, il crut qu'il allait jouir, mais par miracle, il réussit à se retenir. Il ouvrit grand la bouche, et prit le gland tout entier entre ses lèvres. Ils gémirent tous les deux, et Todd commença à imprimer un mouvement de va-et-vient avec sa tête. En même temps, il frottait son propre sexe contre la jambe de Gabe, il ne pouvait pas s'en empêcher, le besoin était trop fort. Il sentit le plaisir monter, monter en lui, et soudai...

— Todd ! Stop ! Je vais...

Leur orgasme explosa en même temps, et Gabe jouit dans la bouche de Todd à l'instant exact où il éjacula, à moitié sur les draps, à moitié contre le mollet musclé de son amant.

Todd crut un instant qu'il s'était évanoui de plaisir. Entre son propre orgasme et la sensation érotique du sexe de Gabe dans sa bouche, il avait l'impression qu'il venait de court-circuiter. Il avait senti le jet de sperme remonter le sexe de Gabe, puis couler sur sa langue, et dans sa gorge. Il avait avalé sans même se poser de question. Il n'avait pas eu le temps de réfléchir, pas eu le temps d'avoir peur ou de douter.

Et il n'avait jamais rien vécu d'aussi bon, d'aussi sensuel et d'aussi... juste.

Pour la première fois de sa vie, il avait la sensation d'être exactement là où il devait être, et de ressentir exactement ce qu'il était censé ressentir.

En se laissant mollement retomber contre Gabe, il sut, il sut que c'était exactement comme ça que le sexe devait être. C'était tout ce que ses anciens camarades de classe avaient décrit et qu'il ne comprenait pas à l'époque : la terre qui tremble, les feux d'artifice, la sensation de flotter sur un petit nuage.

C'était pour ça qu'il se sentait tellement mal à l'aise avec Joan. Elle n'avait rien fait de travers, c'était simplement que les filles n'étaient pas faites pour lui. Il avait été si occupé à tenter de devenir ce que son beau-père attendait de lui qu'il avait perdu sa propre identité. L'amour, le sexe, c'était possible, et c'était merveilleux.

Mais avec un homme.

Et ce n'était pas un choix, c'était beaucoup plus fondamental que ça. C'était cette situation qui l'avait choisi, lui.

Todd sentit un sourire naître sur son visage.

Il réussit miraculeusement à rassembler assez de forces pour rouler sur le côté et monter se blottir entre les bras de Gabe. Il se sentait tellement bien. Subitement, la neige et son absence d'appartement ne lui semblaient plus si catastrophiques. Il ne savait pas de quoi demain serait fait, mais il était au moins sûr d'une chose.

Sa vie pouvait enfin commencer.

TODD FUT réveillé par la fournaise de la bouche de Gabe autour de son sexe. Il gémit de plaisir et ouvrit les yeux pour découvrir le spectacle irrésistible de Gabe en train de le sucer. Existait-il une image plus sexy que celle-là ?

Gabe leva le regard vers lui, les yeux mi-clos de désir.

Et maintenant quoi ? songea Todd. Puis il lança à Gabe un regard de défi.

Il n'en fallut pas davantage à Gabe pour se redresser brusquement et s'installer à califourchon sur lui. Il cracha dans sa main, et la fit disparaître dans son dos. *Mais qu'est-ce qu'il fait ?* se demanda Todd en regardant curieusement les muscles de son torse et de son épaule travailler. Gabe luttait pour garder les yeux ouverts et des petits sons de plaisir s'échappaient de ses lèvres.

C'est alors que Todd comprit ce qui était en train de se passer. Au même moment, Gabe ramena sa main devant lui pour ouvrir un préservatif et le dérouler sur le sexe de Todd. *Un préservatif. Il est en train de me mettre un préservatif.* À peine, son esprit avait-il enregistré cette information qu'il sentit son sexe se blottir entre les fesses de Gabe, et le pénétrer lentement. Gabe ferma les yeux, prit une brusque inspiration, et s'immobilisa au-dessus de lui. Il poussa un grognement, et s'empala tout entier sur l'érection de Todd.

C'était étroit. Tellement étroit.

Les fesses de Gabe étaient arrivées à la base du sexe de Todd. Il se réajusta doucement, posa ses deux mains à plat sur le torse de Todd, et caressa entre les poils qui se trouvaient là du bout de son pouce.

— Si tu savais comme j'aime ton torse, et les poils sur ton torse, dit-il.

— Et j'adore le tien, répondit Todd en riant, le souffle court. J'aime qu'il soit si lisse et si doux.

Comme les sportifs dans ses magazines. Il rit de nouveau. Comment avait-il fait pour fermer les yeux sur sa sexualité pendant tant d'années ? Il y avait tellement d'indices, c'était absurde.

(« Tu trouves ça normal pour un garçon de ton âge de collectionner autant de ces machins ? Tu es gay ou quoi ? »)

Il avait répondu à son beau-père qu'il achetait les magazines pour les exercices de musculation. Il rit de plus belle. Il était tellement dans le déni.

— Qu'est-ce qui te fait autant rire ? demanda Gabe en le regardant avec ses grands yeux bleus.

— Rien, répondit Todd. Je suis heureux, c'est tout.

— Voyons un peu si ça, ça te rend heureux, dit Gabe avec un sourire diabolique en serrant les fesses autour de son sexe, et en montant et descendant sur lui.

Todd se demanda s'il était possible de mourir de plaisir. Il venait à peine de jouir... quoi ? Une minute ? Dix ? Une heure ? Il avait perdu toute notion du temps. Mais il savait qu'il n'allait pas tarder à jouir à nouveau.

Gabe gémit et Todd crut qu'il allait se consumer de désir. Gabe avait l'air au septième ciel, il avait l'air de tellement aimer s'enfoncer lentement sur le sexe de Todd, c'était d'une sensualité indescriptible. Todd avait lu quelque chose sur la prostate lors de ses recherches interdites sur le net. Il lui semblait se souvenir que cette glande extrêmement sensible était une source de plaisir très prisée.

Gabe commença à marmonner des paroles incohérentes en accélérant son rythme. Todd admira les kilomètres de peau qui s'étendaient sous ses yeux, le ballet hypnotique de ses muscles qui se mouvaient au rythme de ses va-et-vient. Il posa ses mains contre les pectoraux de Gabe et les serra brièvement, pour le simple et pur plaisir charnel de les sentir.

Les gestes de Gabe se firent de plus en plus violents, de plus en plus pressants, jusqu'à ce que Todd sente l'orgasme monter.

— Gabe ! cria-t-il.

Gabe rouvrit les yeux, les plongea dans ceux de Todd, et prit son sexe dans sa main. Todd jouit presque au moment où leurs regards se croisèrent. Gabe le suivit de près, et après seulement quelques caresses sur son sexe tendu, il éjacula à grands traits sur le torse de Todd.

La vision de Todd se brouilla, et lentement, les vagues de son orgasme dévastateur s'évanouirent. Il rouvrit les yeux, et des taches dansaient devant sa vision, mais pas assez pour l'empêcher de voir le visage de l'homme qu'il aimait. L'homme qui le regardait en souriant, l'air exténué, mais heureux. Ses lèvres bougeaient... Qu'était-il en train de dire ?

— Je t'aime, Todd.

La joie submergea le jeune homme.

— Je t'aime aussi.

Ils se blottirent l'un contre l'autre, et Todd s'assoupit, bercé par le rythme de la respiration de Gabe qui lui chatouillait doucement le cou.

XVIII

LORSQU'ILS ARRIVÈRENT au garde-meubles, Todd était dans une humeur merveilleuse. C'était un véritable plaisir pour Gabe de le voir aussi heureux.

Le jeune homme pointa du doigt son vieux lit bancal et demanda malicieusement :

— Est-ce qu'on va vraiment avoir besoin de ça ?

Gabe savait qu'il aurait dû lui répondre oui. S'il en croyait le livre que Peter lui avait donné sur la limerence, laisser Todd dormir déjà avec lui était une mauvaise chose. Une seule nuit d'amour (aussi fantastique soit-elle) était peut-être un délai un peu court pour décider de faire chambre commune.

Mais lorsqu'il rencontra les grands yeux de biche de Todd, Gabe sut qu'il serait incapable de lui refuser quoi que ce soit. Au pire, ils pourraient toujours revenir chercher le lit de Todd, si besoin. Il n'allait pas s'envoler.

Gabe décida de suivre son instinct. C'était après tout son arme la plus redoutable, et son instinct lui disait que ses sentiments pour Todd n'avaient rien à voir avec la limerence. C'était plus que les hormones, plus qu'une simple frénésie romantique. Il n'était pas amoureux d'un idéal, il était amoureux d'une autre personne. De Todd.

— Laissons-le ici pour l'instant, dit-il finalement. On s'occupera de cette histoire de chambre d'amis plus tard.

— Comme tu veux. Du moment que tu me promets de ne pas tomber amoureux d'un autre jeune paumé, plaisanta Todd avec un petit sourire anxieux.

— Je crois que je suis déjà trop amoureux du premier, répondit Gabe. Mais il te faudra quand même une chambre à la longue. Tu vas avoir besoin de ton espace.

— Non, tout ce dont j'ai besoin, c'est toi.

Gabe combla la distance qui les séparait, et l'embrassa sans se soucier des deux livreurs qui vidaient le camion.

— Crois-moi, tu vas avoir besoin de ta pièce. Même si c'est seulement pour écrire tranquillement tes recettes. Une pièce que tu pourras entièrement décorer à ton goût. Je n'ai pas besoin d'une bibliothèque et d'une salle de sport dans deux pièces différentes, je ne suis pas la reine d'Angleterre, je peux très bien les réunir à un seul et même endroit.

Todd haussa un sourcil dubitatif, mais n'ajouta rien.

— Et puis comme ça, si on reçoit de la famille, on aura une chambre où les loger.

— Pas de mon côté en tout cas, dit Todd en perdant son sourire.

— Pour les amis alors, corrigea Gabe en lui prenant la main.

— Comme tu voudras, céda Todd en le regardant avec amour.

Gabe le tira contre lui, l'encercla de ses bras, et l'embrassa longuement.

— Comme *on* voudra, corrigea-t-il dans un murmure. À partir de maintenant, c'est toi et moi.

Todd poussa un petit soupir satisfait, avant de se dégager des bras de Gabe pour aller donner ses instructions aux livreurs. Il éclata de rire en retrouvant la figurine d'un énorme vaisseau spatial, lorsque le téléphone de Gabe sonna. C'était Peter. Il décrocha en se demandant ce qu'il pouvait bien vouloir.

— Bonjour, Peter, le salua-t-il en faisant signe à Todd qu'il s'éloignait pour téléphoner.

— Bonjour, Gabriel. Comment te portes-tu ?

Gabe sourit, lança un regard à Todd qui discutait avec les livreurs. Gabe les avait déjà prévenus qu'ils feraient un premier tri au garde-meubles, et qu'il y aurait ensuite un deuxième voyage jusque chez lui. Le charmant William Racine n'avait pas dû être généreux, car les livreurs s'étaient montrés extrêmement récalcitrants, jusqu'à ce que Gabe sorte un billet de cent dollars de son portefeuille.

Todd avait l'air tellement heureux de retrouver ses affaires.

Si faute d'un clou le fer fut perdu, Dieu seul savait ce que Todd aurait perdu, faute de ses maigres possessions.

— Pour être honnête, Peter, je vais mieux que je ne l'ai jamais été.

— Ah, vous avez enfin décidé de consommer votre amour ?

Gabe faillit laisser échapper une exclamation de surprise, mais se retint de justesse. Comment faisait Peter ? Comment pouvait-il déjà savoir ? Voilà qu'il lisait dans ses pensées à travers le téléphone à présent !

— N'en dis pas plus, mon garçon, je suis heureux pour vous. Je suis certain que de merveilleuses aventures vous attendent tous les deux. Il n'est rien de plus précieux que l'amour naissant.

Gabe se tourna de nouveau dans la direction de Todd qui secouait négativement la tête devant un petit poste de télévision.

— Tout me paraît si réel, Peter, chuchota-t-il dans le combiné. Est-ce que c'est vraiment possible ? Est-ce que j'ai enfin trouvé le bon ?

— Et, quel que soit cet amour, peut-être l'illusion d'un amour naissant, je le veux, je ne puis lui résister, mon être tout entier se fond dans un baiser, ma raison et mes peurs me fuient, mon sang chante dans mes veines, et mes jambes s'ouvrent.

— Mon Dieu, Peter, c'est de qui cette fois ?

— Anaïs Nin, qui d'autre ? Et pour répondre à ta question, oui. Bien sûr que c'est réel. Mais je crois que tu le sais déjà.

— Je me suis trompé avec Daniel, et ensuite avec Brett.

— Tu les as tous les deux aimés à ta façon, et tu as fait ce qu'il fallait, quand il le fallait. Tu les as laissés partir. Aujourd'hui, c'est différent. Le jeune Toddy est différent...

— Tu sais très bien qu'il n'aime pas ce surnom.

— J'ai un bon pressentiment à son sujet, pas toi ?

— Si. Si, moi aussi.

Il se rapprocha du camion, et vit que Todd avait une expression étrange sur le visage. Il s'inquiéta aussitôt.

— Il nous faut célébrer l'occasion, dit Peter.

— Bonne idée, répondit distraitement Gabe en cherchant le regard de Todd.

Et c'était une très bonne idée. Il faisait confiance à Peter pour trouver de quoi les surprendre et fêter cela. Todd avait besoin de bonnes surprises dans sa vie pour changer un peu. Des tonnes de bonnes surprises.

— Qu'est-ce que vous faites ce soir ?

— Je crois que Todd a prévu de nous faire à dîner, une recette spéciale pour l'occasion.

— Excellent ! Je dirais même, parfait ! Vous devez absolument m'inviter.

Todd cherchait frénétiquement dans les tiroirs d'une vieille commode. Il avait l'air contrarié.

— Peter, je vais être obligé de raccrocher...

— À quelle heure veux-tu que je vienne ?

— Peter, je crois que Todd avait plutôt prévu une soirée romantique.

Todd était en train de balancer tout le contenu des tiroirs par-dessus son épaule, sur le trottoir. Des chaussettes. Des slips.

— Gabriel, fais-moi confiance, je dois être là ce soir.

— D'accord, d'accord. Disons dix-neuf heures alors. Il faut que j'y aille, je te laisse.

Il raccrocha, et se précipita aux côtés de Todd.

— Tout va bien, bébé ?

— Non ! Non, rien ne va bien ! répondit Todd en criant, les mains tremblantes.

— Qu'est-ce qui t'arrive ? Dis-moi.

— Mon argent !

— Quel argent ? Je croyais que tu n'avais plus un sou.

— C'était mes économies spéciales, c'était comme ma réserve magique, dit-il d'une voix paniquée en parcourant de nouveau le meuble vide. Je gardais cet argent pour les choses vraiment importantes. Ce n'était que trois cents dollars, même pas de quoi couvrir le loyer, mais c'était tout ce que j'avais ! Je l'avais caché dans une paire de chaussettes noires au fond de ce tiroir ! cria-t-il en sortant le tiroir de ses rails pour le secouer dans les airs.

— Est-ce que tu es sûr ?

— Certain !

Gabe se tourna vers les livreurs qui les observaient, la bouche ouverte, les mains devant eux en position de défense.

— On a rien touché, nous !

— Gabe, je voulais t'acheter quelque chose avec cet argent ! Te faire plaisir à toi pour changer ! sanglota Todd.

— Todd, ça va aller, tenta de le calmer Gabe en s'avançant vers lui pour poser une main sur son bras.

— Non, non, ça ne va pas aller.

— Todd ! répéta-t-il plus fermement pour tenter de lui faire entendre raison.

Le jeune homme interrompit ses recherches frénétiques, et se tourna enfin vers lui.

— Tout va bien se passer, crois-moi. Ce n'est que de l'argent, ça n'a aucune réelle valeur. On s'est trouvés, c'est tout ce qui compte, tu m'entends ? Je préférerais perdre tout mon argent et être avec toi, qu'être l'homme le plus riche du monde et ne pas t'avoir dans ma vie.

— Tu le penses vraiment ? demanda Todd ébahi.

— Du fond de mon cœur.

184

Todd posa sa tête sur l'épaule de Gabe. Il tremblait légèrement, mais il ne pleura pas. C'est alors que Gabe eut une idée. Il se tourna de nouveau vers les livreurs.

— Une petite question, lorsque vous avez déménagé cette commode, est-ce que vous avez retiré les tiroirs ?

Les deux livreurs se regardèrent, puis l'un d'entre eux hocha la tête.

— On a été obligés, elle était trop lourde.

Gabe sourit.

— Et est-ce que vous savez si vous les avez remis exactement à leur place d'origine ?

— On les a remis comme on pouvait, répondit le livreur en haussant les épaules.

Todd redressa la tête, regarda Gabe avec dans les yeux une lueur d'espoir, puis dans la direction de sa commode. Il avança lentement jusqu'au meuble, il reconnut le bon tiroir, mais rangé sur d'autres rails, sur la deuxième rangée à gauche. Il l'ouvrit, farfouilla dedans quelques secondes, puis poussa un cri de victoire en ressortant une paire de chaussettes noires. Il la déroula avec des gestes fébriles, et se figea brusquement, une expression de joie immense sur le visage.

Il se tourna vers Gabe en souriant, et brandit une petite liasse de billets.

GABE ÉTAIT dans la cuisine, en train d'aider Todd à préparer le repas, lorsque son téléphone sonna de nouveau. C'était Tracy. Il s'excusa auprès de Todd, et sortit de la cuisine au moment où le jeune homme sortait un rôti du frigo. La viande était dans un plat profond, et marinait dans une préparation.

— Salut, Tracy.

— Salut, Gabriel. Je…

Elle hésitait. Tracy qui hésitait. C'était une nouveauté et ça ne lui disait rien qui vaille. Tracy n'hésitait pas. Dans le cadre professionnel, elle estimait même que l'hésitation traduisait une faiblesse.

— Qu'y a-t-il, Tracy ? Je suis un peu occupé, dit-il en se tournant vers Todd qui ouvrit un placard duquel il sortit un sachet d'épices, et des cacahuètes. Non. Des pistaches peut-être ?

— Eh bien… C'est…

— Crache le morceau.

185

— Promets-moi de ne pas me détester.

Gabe compta lentement jusqu'à dix dans sa tête.

— Tu sais ce que je pense des promesses, dit-il les dents serrées.

Il n'aimait pas la tournure que prenait cette conversation. Il était presque sûr qu'elle allait lui parler de Todd.

— Promets-le.

— Très bien, soupira Gabe. Je te le promets.

Il y eut une longue pause.

— C'est au sujet de Todd.

Gabe appuya sur ses paupières closes avec son pouce et son index. Il le savait.

— Quoi, à propos de Todd ? demanda-t-il en essayant de contenir l'agressivité dans sa voix.

— Son nom complet, c'est Todd Burton, c'est bien ça ?

— Oui, et ? demanda-t-il sèchement.

— Gabriel, tu as promis.

— Et tu sais que je n'aime pas les promesses, dit-il en regardant de nouveau Todd qui était en train de placer le rôti sur une grille de cuisson.

— Il y a tout ce qu'il faut dans ta cuisine ! s'écria le jeune homme. Je l'adore !

Gabe se déplaça jusque dans le couloir de l'entrée, et poursuivit à voix basse.

— Qu'y a-t-il, Tracy ?

— Eh bien… commença-t-elle en s'éclaircissant la gorge. Je déteste ça, ce serait tellement plus facile si nous étions face à face. Où es-tu ?

— Non, ce ne serait pas plus facile. Maintenant, dis-moi pourquoi tu as appelé.

— Très bien ! J'ai fait quelques recherches sur lui et…

— Tu as quoi ? demanda Gabe en se retenant tout juste de crier.

— Oui, je sais. Mais j'ai trouvé des choses intéressantes.

Je ne veux pas savoir. Je te maudis, Tracy ! songea-t-il en commençant à faire les cent pas.

— Surtout, ne commence pas à paniquer, il n'y a rien de grave. Je n'appelle pas pour te narguer en chantonnant « je te l'avais bien dit ».

Gabe cessa de bouger, et retint son souffle.

— De ce que j'ai pu trouver sur lui, ça a l'air d'être un gamin très bien. Il n'a pas de casier judiciaire, il a toujours eu d'excellents résultats à l'école, et il était volontaire pour tout. Distribuer des repas aux démunis,

186

organiser des kermesses, ce genre de choses. Il est littéralement blanc comme neige. La seule ombre au tableau, c'est sa situation financière. Tout allait bien jusqu'à il y a quelques mois, et depuis, son découvert n'a pas arrêté de se creuser.

Gabe laissa échapper un immense soupir de soulagement. L'espace d'un instant, il avait craint que Tracy lui annonce une nouvelle qui changerait tout. Il avait envie de croire en Todd, mais pour l'instant, il ne le connaissait pas si bien que ça. Et avec ses expériences passées, Gabe avait tendance à être sur la défensive. Mais son instinct ne l'avait pas trompé cette fois.

— Ce n'est pas tout, Gabriel. Si je t'ai appelé, c'est parce que j'ai trouvé quelque chose de très bizarre sur ses comptes.

Bizarre ? Qu'entendait-elle par là ? L'inquiétude le gagna de nouveau.

— Il se passe quelque chose de louche avec ses parents. Tu ne m'as pas dit qu'il venait d'une famille modeste ? Et qu'il était complètement sans le sou ?

— Si, répondit Gabe en fronçant les sourcils.

— Eh bien il ne devrait pas l'être. Écoute un peu ça...

Ce qu'elle lui raconta ensuite le laissa complètement choqué. C'était de bonnes nouvelles. De très bonnes nouvelles. Incroyablement bonnes, même.

— Merci, Tracy, dit-il lorsqu'elle eut fini son récit. Tu pourras quand même vérifier la dernière chose que nous avons évoquée ?

— C'est déjà en cours.

Évidemment. C'était de Tracy-Efficacité-Garantie dont ils étaient en train de parler.

— Merci encore.

— Tu n'es pas fâché contre moi alors ?

— Tu as de la chance d'être tombée sur cette histoire, dit-il en secouant la tête. Si tu avais appelé pour m'annoncer une mauvaise nouvelle, tu serais dans de sales draps à l'heure actuelle. Mais ce que tu viens de me dire pourrait bien résoudre tous les problèmes de Todd. Je ne peux pas t'en vouloir.

— Je l'ai fait parce que je t'aime, Gabe.

— Je sais, je t'aime aussi.

Ils raccrochèrent, et Gabe retourna dans la cuisine.

— À qui tu viens de dire, je t'aime ? demanda Todd en haussant un sourcil.

— C'était juste Tracy, répondit Gabe en riant.

187

Il aimait beaucoup le caractère possessif de Todd. Dave n'avait jamais été jaloux de rien. C'était agréable de se sentir aussi désiré.

— J'espère que cette Tracy est une femme, dit Todd.

— C'est une femme, confirma Gabe amusé. Ne t'inquiète pas, bébé.

— Tant mieux.

MAIS QU'EST-CE que je vais faire de toute cette viande ? songea Todd en se tournant vers Gabe pour lui demander conseil.

— Qu'est-ce qu'on va faire de tout ça ? On a assez de viande pour nourrir toute une armée. Je voulais faire des côtes d'agneau, et j'ai laissé le vendeur me convaincre de prendre un rôti entier ! On va avoir des restes pendant plus d'une semaine.

Gabe écarquilla les yeux en se mordant les lèvres. Todd se mit aussitôt à paniquer. *Quelque chose ne va pas. Il est en colère à cause du prix de la viande ?*

— Merde…

— Quoi ? J'ai fait quelque chose de mal ?

— Non, bébé, ce n'est pas ça…

Bébé. Voilà un surnom auquel il s'habituerait vite.

Gabe sortit une chaise de sous la table, s'assit, et tapota sur son genou.

— Viens là.

— Je suis beaucoup trop lourd.

— Ne sois pas ridicule, viens là, je te dis.

Ce regard… songea Todd en sentant son sexe réagir. *Si tu savais l'effet que tu me fais.* Il eut alors une idée. Avec un petit sourire impie, il monta à califourchon sur les genoux de Gabe.

— Oh oh.

— Il n'y a pas de « oh oh » qui tienne, dit Todd avant de l'embrasser.

Gabe rit en lui rendant son baiser.

— Je ne veux plus t'entendre me demander si tu as fait quelque chose de mal, d'accord ? C'est le début, nous allons forcément faire des erreurs, c'est normal. Nous construisons nos bases. Le plus important, c'est de communiquer quoiqu'il arrive.

— D'accord, dit-il en pressant son érection contre l'estomac de Gabe.

— Todd, j'ai déjà oublié de te dire quelque chose d'important plus tôt dans la journée, tu ne m'aides pas, là, dit-il en attrapant les fesses du jeune homme dans ses mains.

Todd frissonna. Tôt ou tard, il allait apprendre à se servir de sa prostate, et il était impatient de découvrir si c'était aussi agréable que ça en avait l'air lorsqu'il était à l'intérieur de Gabe. Le sexe de Gabe était tellement plus gros que le sien. Est-ce qu'un autre humain normalement constitué pouvait laisser entrer un sexe de cette taille ? Todd commença langoureusement à se frotter contre les abdominaux en béton de Gabe.

— Todd ! Je dois te dire quelque chose.

— Quoi ? demanda Todd en faisant la moue.

— Tu dois me promettre de ne pas être trop déçu.

Todd plissa les yeux. *Déçu ?*

— Quoi ? répéta-t-il plus sérieusement cette fois.

— Peter s'est invité à dîner ce soir.

— Gabe ! protesta le jeune homme en se laissant mollement tomber contre lui. Je voulais qu'on passe la soirée en amoureux !

— Je sais. Mais il a insisté, il a dit que c'était important. Il y a bien longtemps que je n'essaye même plus de contredire Peter. Tu me pardonnes ? Je me rattraperai, c'est promis.

— Je te pardonne, dit Todd en se perdant dans ses grands yeux bleus implorants. Il nous reste la vie entière pour faire des soirées rien que tous les deux, pas vrai ?

— La vie entière, confirma Gabe en frottant le bout de son nez contre le sien. Il est encore tôt, on peut organiser un après-midi en amoureux à la place si tu veux, proposa-t-il avec un sourire coquin.

Todd sentit son sexe tressauter dans les confins de son pantalon.

— Aide-moi à mettre le rôti au four, et je vote oui. Après tout, si le grand Peter Wagner se joint à nous pour dîner, il faut que tout soit parfait.

GABE ÉTAIT un amant extraordinaire. Il lui faisait vivre et ressentir des choses que Todd n'aurait même jamais pu imaginer. Des choses sexy. Des choses osées. Comme sucer ses doigts de pieds, ou lécher son anus. Gabe lui avait fait un anulingus. Todd ne savait même pas qu'une telle chose existait. Heureusement qu'il s'était douché avant !

Mais c'était tellement bon. Tellement, tellement bon.

Gabe était aussi un magicien avec ses doigts. Un excellent magicien.

Au début, c'était un peu inconfortable. Todd avait simplement l'impression qu'il avait envie d'aller aux toilettes. Mais Gabe lui avait dit que c'était normal.

— Détends-toi, dit-il à Todd. Respire.

De deux doigts, il était passé à trois. Et puis à quatre. C'était complètement nouveau, et différent, et fou ! Une sensation étrange et délicieuse envoyait des petites ondes de plaisir le long de sa colonne vertébrale.

Puis, Gabe le tira dans ses bras, il le blottit contre lui et l'embrassa. La position changea l'angle de ses doigts qui s'enfoncèrent plus profondément en lui.

— Oh, mon Dieu, haleta Todd. Mais qu'est-ce que tu es en train de me faire ?

— Je te fais du bien, lui murmura Gabe à l'oreille.

Todd avait l'impression de sortir de lui-même. Son cœur battait comme un tambour de guerre et son sexe était dur comme du fer.

— Gabe, je vais jouir, gémit-il. Je vais jouir…

— Est-ce que tu te sens prêt ? Est-ce que tu veux le faire ?

— Est-ce qu… Est-ce que ça f… fera pareil quand tu… quand tu entreras en… en moi ?

— Je ne pourrai pas faire ça, dit Gabe en remuant ses doigts à l'intérieur de Todd.

— Oh, mon Dieu, gémit Todd.

— Mais ça fait du bien différemment. Et puis, je ne pourrais jamais être aussi proche de toi qu'en te pénétrant. C'est l'acte d'amour le plus intime. Mais tu dois être sûr d'en avoir envie, Todd.

Ils se regardèrent dans les yeux pendant un long moment. Todd aurait voulu se noyer dans le bleu sans fin des yeux de Gabe.

— Fais-le, dit-il finalement, plus sûr de lui qu'il ne l'avait jamais été.

Gabe l'embrassa à nouveau. Un baiser long et profond. Puis il fit gentiment rouler Todd sur le ventre, écarta lentement ses jambes, et fit courir ses doigts le long de sa raie des fesses. Il effleura ses testicules et son entrée, glissa un doigt à l'intérieur pour masser sa prostate. Todd vit des étoiles.

Ensuite, Gabe attrapa un préservatif dans sa table de nuit.

— Tu veux vraiment utiliser ça ? demanda Todd.

— Oui, répondit Gabe.

— Mais je veux te sentir en moi tout entier, sans barrière. Je veux te sentir jouir en moi.

— Moi aussi, bébé, répondit Gabe. Mais pas cette fois. Je ne veux pas prendre de risque tant que nous n'avons pas fait de test de dépistage.

— Je te fais confiance.

— Mais je ne sais pas si je peux faire confiance à mon corps. Brett couchait sans préservatif et Daniel a couché avec lui. Je sais qu'ils ont utilisé un préservatif le jour où je les ai surpris, mais je n'ai aucun moyen de savoir s'ils en ont mis un les autres fois. Et puis Joan t'a trompé aussi. On ne sait pas si c'était la première fois. On ne sait pas si elle utilisait toujours un préservatif. Tu vois où je veux en venir ?

Todd poussa un petit soupir.

— Ne sois pas triste, mon amour.

Son amour. Je suis son amour.

— On fera l'amour sans préservatif un jour. Dès que nous serons certains que nous ne risquons pas de nous faire du mal l'un à l'autre. Quand nous serons sûrs qu'il n'y a personne d'autre.

— Comment peux-tu imaginer une seconde qu'il y ait quelqu'un d'autre que toi ? demanda Todd en roulant sur le côté pour l'apercevoir.

— Je ne peux pas imaginer être avec quelqu'un d'autre que toi. Je t'aime, mais je préfère attendre. C'est *justement* parce que je t'aime que je préfère attendre.

— Est-ce que tu veux bien qu'on attende ce jour-là pour ma première fois alors ? demanda Todd d'une petite voix.

— Si tu préfères, acquiesça Gabe aussitôt.

Alors ils s'embrassèrent, et Gabe enfonça de nouveau ses doigts profondément en Todd, lui offrant l'orgasme le plus puissant qu'il n'avait jamais vécu. Todd le masturbait en même temps, et à peine quelques secondes plus tard, Gabe jouit à son tour en criant le nom de Todd.

Je suis amoureux, fut la dernière pensée de Todd avant qu'il ne sombre dans le sommeil, bras et jambes entremêlés avec ceux de Gabe.

191

XIX

LA SONNERIE de l'interphone retentit, et Gabe alla ouvrir. C'était Peter. Il le fit monter et regarda Todd s'affairer à toute vitesse entre le salon et la cuisine pour mettre les dernières touches à son repas. Le vin était sorti, pour être à température ambiante. C'était un malbec que Gabe avait acheté. Todd n'avait jamais entendu parler de ce vin. Mais d'après le vendeur, il devait complimenter le menu de Todd à merveille.

Lorsque les coups retentirent à la porte, Gabe ouvrit, et même de là où il était, il le vit se figer immédiatement. *Que se passe-t-il encore ?*

— Peter ? demanda Gabe, surpris et… méfiant ?

— Bonsoir, mon garçon. Comme tu peux le voir, j'ai ramené une invitée.

Une invitée ? Oh pour l'amour du ciel ! songea Todd. *Est-ce que Peter va nous faire le coup de la surprise à chaque fois ? Dieu merci le rôti est énorme, mais je n'aurai jamais assez de dessert pour tout le monde. Je peux peut-être les couper en deux. Ça risque de faire de très petites portions…*

— J'espère que ça ne dérange pas, dit Peter. Je me suis dit que puisque la dernière fois Todd avait assez de poulet pour trois, il aurait sans doute assez de nourriture pour quatre ce soir.

Todd sortit de la cuisine en s'essuyant les mains avec son torchon, puis son visage se figea dans une expression d'horreur absolue. Debout à la droite de Peter, légèrement en retrait, se tenait Izar Goya.

Non. Oh que non. Il n'a pas fait ça. Pas elle. Peter !

Elle avait dans les mains une petite boîte qu'elle tendit à Todd avec un hochement de tête entendu.

— Je ne sais pas ce que vous avez prévu pour ce soir, mais j'espère que ce dessert s'accordera avec votre menu. Si tel n'est pas le cas, vous pouvez choisir de le garder pour plus tard. Ça vient du Jatetxea. Je l'ai préparé ce matin.

Un dessert préparé par la grande Izar Goya en personne ? Todd n'en revenait pas. Il avança vers elle en pilotage automatique, et prit le dessert en la remerciant.

— Je crois savoir que vous vous êtes déjà rencontrés, dit Peter en soulevant un sourcil amusé. Pas dans les meilleures conditions, si je ne m'abuse. J'ai bon espoir que cette soirée vous permettra de repartir sur de bonnes bases. Faisons comme si c'était votre première rencontre.

Izar hocha la tête. Elle n'était pas d'une beauté classique, et sans doute que si elle n'était pas si célèbre, elle serait passée parfaitement inaperçue. Elle avait de longs cheveux noirs et épais, et de grands yeux bruns. Son menton était un peu trop étroit, et sa dentition n'était pas régulière, mais debout là dans l'entrée, aux yeux de Todd elle avait l'aura d'une force de la nature. Elle le terrorisait. Elle pinça les lèvres en soutenant le regard amusé de Peter, puis se tourna vers Todd et Gabe.

— Merci de m'accueillir chez vous ce soir, dit-elle d'une voix étrangement grave et musicale.

— Izar Goya, dit Peter. Je vous présente Todd Burton, le jeune homme qui m'a tant impressionné, et Gabriel Richards, l'hôte de ces lieux. Toddy, Gabriel, je vous présente Izar Goya.

Todd dut se retenir pour ne pas lui faire une révérence.

— Nous sommes ravis de vous compter parmi nous ce soir, la salua Gabe, avant de glisser discrètement un regard désolé à Todd.

Todd secoua gentiment la tête, l'air de dire *ce n'est pas ta faute.*

Todd récupéra les manteaux de leurs invités, et Gabe les accompagna jusqu'au salon pour les inviter à s'asseoir sur le canapé.

— Est-ce que je peux vous proposer un cocktail ? demanda-t-il. Si cela vous convient, nous avions prévu des Manhattan pour aller avec le reste du menu de Todd.

Todd aurait dû savoir que le Manhattan allait bien avec l'agneau, mais il buvait si peu que sa connaissance des alcools restait extrêmement limitée. Une fois de plus, il était reconnaissant envers Gabe. Avec la présence d'Izar ce soir, il n'avait pas le droit à l'erreur.

Il alla jeter un coup d'œil au rôti dans le four. La cuisson serait à point d'ici quelques minutes à peine. Est-ce qu'il devait le couper en tranches avant de l'amener sur la table ? Non, non. Bien sûr que non. La viande devait rester au repos après la chaleur du four, afin de lui laisser le temps de redistribuer son jus. Qui plus est, c'était beaucoup plus esthétique de la présenter entière. Mais, et s'il avait une mauvaise surprise en la découpant plus tard devant ses invités ? Si elle était trop sèche ? Ou trop cuite ?

Il est un peu tard pour t'inquiéter de ça.

Plonge dans le grand bain. Suis ton instinct. Fais comme Gabe.

Il termina les préparations pour l'apéritif en étalant du pesto de canneberges et du fromage de chèvre frais sur des biscuits salés. Il les disposa élégamment sur un plat, et ajouta quelques canneberges séchées pour la décoration. Il était presque satisfait du résultat.

(« *Tu peux pas préparer un burger normal, comme tout le monde ? Qu'est-ce que c'est que tout ce bazar ? »*)

Un repas distingué, espèce de rustre, songea Todd. *Tu ne pourras jamais comprendre.*

Il était un peu juste au niveau de la quantité (il n'avait initialement prévu que pour deux personnes), mais lorsqu'il déposa le plat sur la table basse, les exclamations émerveillées de ses invités chassèrent très vite la voix désapprobatrice de son beau-père. Pour son plus grand plaisir, les exclamations de satisfaction se poursuivirent après que chacun eut goûté aux petits toasts. Il espérait que c'était bon signe. Il avait trouvé cette recette quelques mois plus tôt, et y avait apporté ses petites modifications.

Il retourna en cuisine pour sortir l'agneau du four. Il avait l'air délicieux, et Todd espérait vraiment que la croûte de pistache serait aussi bonne qu'il l'avait imaginée. L'odeur qui s'échappait du plat le faisait en tout cas saliver. Il posa le couvercle de verre sur le plat, et l'emmena à table en invitant tout le monde à venir s'installer. Son plateau de petites tartines apéritives était entièrement vide.

En entrée, il avait prévu un velouté de tomates. Là encore, il n'avait prévu que pour deux, mais il parvint à partager équitablement le liquide onctueux entre les quatre assiettes. Ce n'était pas aussi bon qu'il l'avait espéré, mais il était bien trop tard dans la saison pour avoir de bonnes tomates.

Peter s'extasia sur sa soupe et faillit commencer une ode pour en chanter les louanges. Todd était flatté malgré lui.

— Ah Gabriel, sais-tu seulement la chance que tu as d'avoir gagné le cœur de ce prince qui te nourrira jour après jour ? demanda-t-il en penchant la tête en direction de son ami. J'en déduis que ton canapé a retrouvé son usage initial, et que le jeune Todd ici présent bénira ta cuisine de sa présence pour bien des années à venir ? Serait-ce l'amour qui flotte dans l'air ? *Love* ? *Liebe* ? *Alofa* ?

Todd rougit, mais lorsqu'il glissa un regard discret à Gabe, il vit que ce dernier souriait, le regard brillant d'amour et de fierté. Todd sentit les larmes monter. Il n'était pas étonnant que Peter ait compris si vite, l'amour se lisait sur leur visage comme un livre ouvert. Il regarda Izar, mais elle était poliment occupée à mettre sa serviette sur ses genoux pour ne pas dévisager et embarrasser ses hôtes.

Todd souleva le couvercle de la viande, l'arrosa de son jus et fut soulagé de constater qu'elle avait l'air extrêmement tendre. Elle était posée sur un lit de couscous avec des pignons poêlés.

Comme pour le reste du repas, Peter ne tarit pas de compliments et d'exclamations enthousiastes.

— Si un plus grand nombre d'entre nous préférait la nourriture, la gaieté et les chansons aux entassements d'or, le monde serait plus rempli de joie, dit-il.

Gabe irradiait de fierté. Il donnait l'impression à Todd que tout ce qu'il faisait était parfait. C'était un sentiment extraordinaire.

Goya, en revanche, resta très silencieuse, ce qui rendait Todd nerveux. C'était pire que de passer un entretien.

Il réussit malgré tout à apprécier son repas de la première à la dernière miette (même la soupe), et il dut se contenir pour ne pas gratter à la fourchette les délicieux restes de sa croûte à la pistache dans le plat.

Le vin tint ses promesses. Il était sucré, avec des notes subtiles de vanille, et complimenta l'agneau et le couscous à merveille.

Todd observa nerveusement leur invitée-surprise pendant tout le repas. Elle avait tout mangé, mais était-ce seulement par politesse ? Pour ne pas les vexer sous leur propre toit ?

Leur toit. Todd sourit à cette pensée. Il était lentement en train de réaliser tout ce qui s'était passé lors de cette dernière semaine. Il était tombé amoureux, amoureux d'un autre homme, et aujourd'hui ils vivaient ensemble, cuisinaient et recevaient du monde ensemble.

Leurs invités les traitaient d'ailleurs comme un couple, et à plusieurs reprises pendant le repas, Gabe avait posé sa main sur celle de Todd. Personne n'avait remarqué ni fait de remarque, même si Peter les regardait avec des yeux brillants de malice. Le cœur de Todd était prêt à exploser. Est-ce qu'il serait toujours aussi heureux ? Est-ce que ça pouvait durer ?

Izar partagea avec eux un souvenir de son enfance. Dans la tradition basque, la cuisine était plutôt une affaire d'hommes. Ils cuisinaient pour leur famille, pour leur femme, leurs amis, ou simplement pour eux-mêmes. Quelques rares fois, les femmes étaient autorisées à cuisiner elles aussi, et un jour, lorsqu'elle n'était encore qu'une petite fille, son père l'avait laissée cuisiner avec lui.

— J'étais tellement heureuse, se souvint-elle. J'étais heureuse d'être en cuisine avec lui, et qui plus est d'avoir le droit de manipuler les ingrédients. Je rêvais déjà de devenir Chef à l'époque, mais je savais que ce n'était pas pour les filles.

— Et dire que mon beau-père me rabâchait sans cesse que ce n'était pas pour les garçons, soupira Todd. Il se moquait sans arrêt de moi. Il se plaignait que j'étais un pédé qui cuisinait, mais que je ne savais même pas préparer un burger.

Gabe grimaça à l'usage du mot « pédé », et Todd lui lança un regard désolé.

— Ton père est un imbécile, dit Izar, et Todd retint son souffle ; est-ce que c'était un compliment à son égard ?

— *Beau-père*, corrigea-t-il.

— Quoi qu'il en soit, poursuivit-elle, quelque chose de magique est arrivé ce jour-là. Les gestes et les réflexes me venaient naturellement, et mon père s'en est très vite rendu compte. Très vite nous avons commencé le repas, et nos gestes étaient parfaitement synchronisés. Je nous revois danser autour du plan de travail, mélanger les épices, couper les légumes, en nous faisant mutuellement goûter des morceaux ici et là. Je m'en souviens comme si c'était hier. Ce jour-là, ma vie a changé pour toujours.

Todd sourit. Il savait ce qu'elle voulait dire, et lorsque leurs regards se croisèrent, une compréhension tacite passa entre eux, comme un courant invisible qui les reliait. Comme un fil magique.

Todd décida finalement de servir le dessert d'Izar. C'était la chose polie à faire, et de toute façon, il n'avait pas assez de dessert pour quatre.

Le dessert d'Izar était tout simplement miraculeux, bien entendu. C'était une sorte de shortbread très riche en beurre, qui une fois en bouche délivrait des notes d'amande. Izar leur expliqua alors qu'il s'agissait du traditionnel gâteau basque. Todd tomba instantanément sous le charme.

Ma nourriture passe pour du carton à côté de cette merveille, songea-t-il.

Mais à la toute fin du repas, après la bouteille de vin et lorsqu'ils passèrent au café, Izar se tamponna délicatement la bouche, se laissa aller contre le dossier de sa chaise, croisa les jambes et dit :

— Quel délicieux repas !

Todd était tellement occupé à savourer le café, qui venait du Grain du Berger, qu'il faillit manquer ces quelques mots.

Il sentit sa mâchoire tomber.

— Quel dommage que tu ne m'aies pas tenu tête, dit-elle en haussant les sourcils si haut qu'ils disparurent sous sa frange d'ébène.

— Vous tenir tête ?

— Oui, dit-elle en acquiesçant. Tu as baissé les bras bien trop vite, alors que tu t'étais montré si audacieux en entrant dans mon restaurant pour me demander de t'apprendre à cuisiner. Tu t'es sauvé comme un enfant apeuré au premier refus. C'est dommage. Autant pour toi, que pour moi. Qui sait tous les progrès que tu aurais faits depuis si je t'avais pris sous mon aile.

La mâchoire de Todd s'ouvrit plus grand encore. Qu'était-elle en train de dire au juste ?

— Tu as besoin d'apprendre, c'est vrai. Mais après le repas de ce soir, je dois avouer que si je ne l'avais pas su, je n'aurais jamais deviné que tu ne possédais aucune formation culinaire. Ton agneau était si tendre que j'ai à peine eu besoin d'utiliser mon couteau. La croûte de pistache était une idée originale qui allait à merveille avec ton entrée. Ta soupe de tomates était très bonne elle aussi, peut-être un peu trop salée. J'aurais également ajouté un peu de coriandre. Mais tu y étais presque. Les pignons dans le couscous étaient une excellente petite touche supplémentaire. Un client lambda aurait qualifié ton repas de parfait. Mais je ne peux m'empêcher de me demander ce que nous pourrions créer ensemble, jeune homme ? Est-ce que tu serais intéressé pour apprendre avec moi ?

Todd referma brusquement sa mâchoire, pour l'empêcher de tomber sur le sol.

— Vous… Vous parlez sérieusement ?

— On ne peut plus sérieusement, dit-elle. Si tu acceptes, je crois que de grandes aventures culinaires nous attendent.

— Oui ! cria Todd. Bien sûr que oui !

— Excellent, dit-elle en souriant. Mais tu dois me promettre quelque chose.

— Tout ce que vous voudrez.

— Tu dois apprendre à me tenir tête, le prévint-elle avec un regard intense. Apprends à défendre ton point de vue lorsque tu estimes qu'il en vaut la peine. Il n'y a rien de plus important en cuisine, que de croire en ce que tu fais.

Tenir tête à Izar Goya ? Comment vais-je faire ça ? Mais l'expression sur son visage était intransigeante. Il faudrait qu'il apprenne.

— Alors un nouveau chapitre de nos vies vient de s'ouvrir, *nire lagun berria*, mon jeune ami.

ILS S'INSTALLÈRENT ensuite sur le canapé, et Gabe alluma un feu. Dehors, la neige s'était remise à tomber, et de gros flocons comme des fleurs de coton valsaient sur le balcon. Ils ne pouvaient pas voir la lune, mais Todd savait déjà à quoi elle ressemblait, il l'avait vue la veille, en embrassant son amour dans sa petite voiture argentée.

Peter leur raconta d'autres de ses incroyables aventures à travers le monde, et Izar leur parla de son adolescence au Pays basque, de l'homme qu'elle avait rencontré et épousé aux États-Unis, et que la maladie avait emporté trop tôt. Elle avait ouvert le Jatetxea avec l'argent de son assurance décès.

Todd leur raconta l'histoire du petit-déjeuner de fête des Mères, en leur épargnant les détails désagréables. Izar lui dit que c'était une belle histoire, et que cela prouvait que, déjà enfant, il avait un palais développé, qu'il avait un don.

— C'est un jeune homme extraordinaire, confirma Peter. Il s'est métamorphosé en quelques jours. Il a traversé de terribles épreuves et pourtant il en est sorti vainqueur. Ça me fait penser à quelque chose…

— Oh ? demanda Todd en souriant.

Une citation ? De la poésie ? Comment savoir avec Peter ? Mais Todd avait hâte de le découvrir.

— Oui, il existe un papillon qui vit dans l'un des endroits les plus froids de la planète. Le *Gynaephora groenlandica*, je crois. Ils vivent et se développent dans des conditions climatiques extrêmement difficiles, avec des températures allant parfois jusqu'à moins soixante degrés Celsius, vous imaginez ? C'est l'un des lépidoptères les plus vieux de l'histoire. On appelle sa chenille l'Ours Laineux, j'ai une tendresse particulière pour ce nom, et il lui faut entre sept et quatorze ans pour devenir un papillon. C'est absolument fascinant. Sa chrysalide reste prisonnière des glaces pendant près de dix mois, et Mère Nature ne leur permet d'éclore qu'au point le plus chaud de l'été, afin que le soleil les dégèle. Et puis, enfin, après tout ce temps, ils émergent !

Peter but une gorgée de café.

— Pense à toutes ces années d'hibernation dans un froid glacial, Toddy. Comme ce papillon, tu as attendu le moment rare, court et parfait, et tu es devenu l'homme que tu es aujourd'hui. Transformé par la chance, l'espoir et l'amour, en une merveilleuse et talentueuse personne. Il va sans dire que tu es beaucoup plus séduisant que ce papillon de nuit arctique. Il est, je dois l'admettre, un peu fade. Tout ce que tu n'es pas. Et quelque chose me dit que tu es prêt à changer le monde. Il ne nous reste plus qu'à attendre de voir si le monde est prêt pour toi, jeune Todd Burton. Je l'espère de tout mon cœur.

Todd était sans mots. Le discours de Peter l'avait tellement ému qu'il sentit les larmes monter. Mais il se refusait à pleurer devant Izar Goya.

Puis, Peter changea de sujet comme si de rien n'était. Il passait d'une histoire à l'autre en riant. Des récits de sa jeunesse tumultueuse et d'autres dont il avait été témoin en vieillissant.

C'était une charmante soirée, en excellente compagnie. Qui pouvait se vanter d'avoir l'occasion de dîner avec Izar Goya, après tout ? Qui partageait une table avec le grand Peter Wagner, l'une des plus grosses fortunes de ce pays ? Le plus impressionnant aux yeux de Todd était que Peter s'était construit tout seul. Il était certes né dans une famille privilégiée, mais c'était sa persévérance, ses idées et son sens du commerce sans pareil qui avaient propulsé la fortune familiale au sommet de sa gloire. Et il avait découvert que Peter investissait le plus souvent dans l'humain. Des musiciens, des peintres, des écrivains, des gens avec des idées, mais pas de moyens pour les réaliser. C'était là que Peter intervenait. Il leur offrait un capital de départ. Peter croyait et portait chacun de ses projets avec une ferveur incroyable. Et lorsque ces artistes devenaient célèbres, ils servaient de connexions à Peter pour rencontrer et aider encore d'autres gens. C'était lui qui avait aidé Izar à ouvrir son restaurant. Et à présent, Izar s'apprêtait à aider Todd.

La boucle était bouclée.

C'était extraordinaire. *Magique.*

Ce n'était peut-être pas la calme soirée en amoureux que Todd avait imaginé, mais comme le lui avait promis Gabe, ils avaient à présent toute la vie devant eux pour rattraper ça.

XX

LORSQUE GABE se réveilla, ses bras étaient noués autour de Todd, et le dos du jeune homme blotti tout contre son torse. Il sourit et le serra plus fort. Todd avait la taille parfaite, comme s'il était fait juste pour lui.

Gabe se sentait tellement heureux. Jamais il n'aurait imaginé pouvoir ressentir un tel bonheur.

Que se serait-il passé si je n'avais pas sorti Todd du froid ce soir-là ?

Que se serait-il passé si je n'étais pas descendu chercher le courrier ?

Et si le concierge ne l'avait pas traîné jusqu'à son appartement pour vérifier son identité ?

Si Todd n'avait pas osé faire semblant d'être son petit ami ?

Tout ça à cause d'une tempête de neige. Et ce soir-là, Gabe n'avait pas seulement laissé entrer Todd chez lui, il l'avait laissé entrer dans sa vie, dans son cœur. Tout son monde s'était retrouvé bouleversé en l'espace d'une seule semaine.

Todd gigota, et se blottit plus près de lui encore. Son adorable petit derrière, rond et velu, tout contre l'entrejambe de Gabe. *Oh, fais attention, bébé, tu vas réveiller la bête...*

Il avait tout le temps envie de Todd. À chaque minute de la journée. Comme un automatisme, son sexe commença à durcir. Il recula légèrement pour se décoller un peu du jeune homme et de l'irrésistible tentation de ses délicieuses fesses.

Que quelqu'un me rappelle pourquoi j'ai refusé que l'on fasse l'amour sans préservatif.

Todd bougea de nouveau, chercha à tâtons la main de Gabe, et lorsqu'il la trouva, il la prit dans la sienne. *Ne le réveille pas, laisse-le dormir un peu.*

Le bruit de sa respiration était pour Gabe la plus belle des symphonies.

Je t'aime tellement, Todd, si tu savais...

Leur rencontre était un véritable miracle. Leur histoire tout entière était un miracle. Deux âmes blessées, esseulées, qui s'étaient trouvées par une nuit d'hiver.

Si c'est un rêve, faites que je ne me réveille jamais.

Mais il savait que ce n'en était pas un. La plus grande épreuve, à présent, serait d'attendre et de voir si leur histoire était vraiment sérieuse pour Todd. Les premières fois étaient souvent étourdissantes, elles vous donnaient l'illusion de l'amour sous couvert d'une incroyable alchimie sexuelle. Gabe sentit son sexe réagir. Et Todd et lui étaient loin de manquer de cette alchimie.

Il fallait qu'il pense à autre chose. Il laissa son esprit vagabonder, et repensa au coup de fil de Tracy. Il aurait sans doute dû en parler à Todd, mais il se passait déjà tellement de choses en même temps. Entre le dîner et la proposition d'Izar, Todd avait eu plus que son lot d'émotions pour la journée. Gabe était tellement fier de lui. Il ne voulait pas ruiner la soirée avec des informations encore trop incertaines. Tracy devait encore vérifier quelques détails, Gabe ne voulait pas en discuter avec Todd tant qu'il ne connaîtrait pas tous les détails de cette histoire. Son instinct lui disait d'attendre. Il en saurait très vite davantage, Tracy n'était pas du genre à perdre du temps.

Je devrais me lever. Aller au bureau. Faire mon travail. Avancer sur le dossier AbledRides.

Est-ce que je devrais parler à Todd de la découverte de Tracy ?

Non, j'ai déjà décidé d'attendre. Le débat est clos.

Je dois attendre d'avoir toutes les cartes en main pour abattre mon jeu.

TODD SE réveilla blotti contre Gabe. Il avait l'impression d'être un fruit dans sa coque, jamais il ne s'était senti aussi en sécurité.

Il glissa sa main dans celle de Gabe, sa grande main d'homme, et la serra.

Protégé. Il se sentait protégé. Comme si rien ni personne ne pourrait plus jamais l'atteindre. Pas tant que Gabe était dans sa vie.

Est-ce que ça veut dire que je suis « la fille » de notre relation ?

Le souvenir de Gabe, Gabe, parangon ultime de masculinité, à cheval sur son sexe, apparut en flash dans son esprit.

Il a aimé ça. Il aimait sentir mon sexe en lui. Et moi aussi.

Je ne suis pas une fille. Et ce n'est pas ce que Gabe attend de moi. Nous sommes deux hommes. Deux hommes qui ont envie l'un de l'autre. Mon beau, mon brillant Gabe est un homme normal, qui aime les hommes.

Il n'est pas malade, il n'est pas pervers ou détraqué. Il ne kidnappe pas les petits garçons. Il est simplement amoureux de moi. De moi.

— Bébé ?

Il est réveillé.

Todd se tourna entre ses bras pour lui faire face, et le regarda dans les yeux.

— Il faut que j'aille travailler. J'ai déjà manqué la journée d'hier.

— Je ne veux pas que tu partes, gémit Todd avec une petite moue boudeuse.

Il le pensait vraiment. Il ne voulait pas que Gabe quitte la chaleur de leur lit. Mais son attitude lui donna envie de glousser.

— Reste avec moi. Fais-moi l'amour, dit-il en faisant glisser la main de Gabe contre son sexe qui durcissait déjà.

— Eh bien, eh bien, qu'est-ce qu'on a là ? J'imagine qu'il va falloir trouver le temps pour un petit coup rapide avant de partir.

— Non, je veux que tu me fasses l'amour lentement, ou pas du tout.

Mais Gabe engouffra son sexe dans sa bouche, et Todd oublia ce qu'il voulait.

TODD SORTIT de la douche et entra dans la cuisine complètement nu. C'était étrange, le seul endroit dans lequel il s'était jamais senti à l'aise nu avant était sa cachette dans les bois. Une semaine plus tôt, il n'aurait jamais pu traverser l'appartement de Gabe dans son plus simple appareil. Il ne savait pas exactement ce qui avait changé en lui. Il était moins inquiet. Personne ne pouvait le voir.

Il se sentait métamorphosé. Qu'avait dit Peter ? Qu'il était comme un papillon ? Todd était bien incapable de se souvenir du nom scientifique en latin de l'animal, mais il se rappelait qu'il s'agissait d'un papillon de nuit arctique, capable de survivre dans la glace pendant des années avant d'ouvrir ses ailes. Exactement comme lui. Prisonnier pendant toutes ces années, incapable de s'envoler.

Et puis, le moment était arrivé.

C'était complètement fou de se dire qu'une semaine plus tôt, il crachait le mot « pédé » avec dégoût, et aujourd'hui il suppliait Gabe de lui faire l'amour.

Complètement fou. Il avait pourtant lutté comme un beau diable contre tous ces changements. Il n'en voulait pas, il avait trop peur. Et il avait vécu avec ses œillères pendant si longtemps qu'aujourd'hui il s'en étonnait lui-même.

Comment ai-je pu être aussi aveugle ?

Ses magazines de musculation, les photos des mannequins hommes en sous-vêtement sur Internet, toutes les excuses qu'il s'inventait pour les justifier. Il se disait que ça ne voulait rien dire, que ce n'était que d'inoffensives photos. Mais si ça ne voulait vraiment rien dire, pourquoi ne s'était-il pas contenté de photos de femmes en petite tenue ? Pourquoi toujours sauvegarder celle des hommes les plus musclés, dans les sous-vêtements les plus moulants ?

Et son aversion pour le corps de Joan. Pour le corps des femmes en général ? Comment avait-il pu passer à côté de ça ?

Comment avait-il pu passer à côté de sa propre homosexualité ? C'était presque impensable.

Après son expérience avec Austin, il aurait dû comprendre. Il n'avait jamais été aussi excité avec aucune fille, il aurait dû ouvrir les yeux à ce moment-là.

Tu les as ouverts, mais tu avais bien trop peur de la réaction de ton beau-père.

Et aujourd'hui, c'était le cadet de ses soucis. Son beau-père était le cadet de ses soucis.

Je suis gay.

Je suis avec un homme, un homme qui m'aime.

Je vais travailler avec Izar Goya.

J'ai tout ce dont j'avais toujours rêvé.

Et il le devait à Gabe. Son doux et tendre colosse qui l'avait sauvé du froid.

Si seulement il pouvait faire quelque chose pour le remercier. Mais quoi ?

Aussitôt, le visage de Chaz apparut dans son esprit.

Il venait de trouver sa réponse.

TRACY N'ÉTAIT pas encore arrivée lorsque Gabe entra dans l'immeuble. C'était étrange, elle était souvent la première au bureau. Elle plaisantait parfois à ce sujet en faisant croire à tout le monde qu'elle avait un lit dépliant caché sous son bureau, et qu'elle ne rentrait jamais chez elle. C'était bien entendu une plaisanterie. Elle frissonnait d'ailleurs souvent de dégoût en la racontant.

« Moi ? Sur un lit dépliant ? Non, mais tu imagines ? », lui avait-elle dit un jour.

La réponse était non. Gabe ne pouvait pas. Alors, lorsqu'une heure plus tard il constata qu'elle n'était toujours pas arrivée, il l'appela sur son portable. Elle répondit à la première sonnerie.

— Hey !

— Où es-tu ? demanda-t-il aussitôt.

— Bonjour à toi aussi, Gabriel. Comment vas-tu par cette belle matinée ?

— Bonjour, Tracy, dit-il en poussant un soupir d'exaspération.

Il était trop préoccupé pour être poli.

— Où es-tu ? demanda-t-il à nouveau.

— À Buckman.

— Buckman ? La ville de Todd ?

— Yep. J'ai amené Wilfred Cooper avec moi.

Wilfred Cooper ? L'avocat de Peter du cabinet Baily, Cranston et Watch. Oh. Gabe commençait à comprendre ce qui devait se passer là-bas.

— On vient tout juste d'arriver, figure-toi, et on a déjà découvert des choses très intéressantes.

SANS GRANDE surprise, Todd trouva le jeune homme dans le parc en face de son ancien appartement.

Son éternel compère, Doug, n'était pas avec lui ce jour-là. Peut-être était-il avec un client. C'était une belle journée ensoleillée. La température avait remonté. Au moins Chaz ne devait pas avoir trop froid.

— Regardez un peu qui voilà ! s'exclama Chaz en le voyant arriver.

Il avança vers lui et tendit un bras pour toucher le tissu de son manteau.

— Joli.

— Merci.

— Ça a dû coûter une petite fortune. Tu as fini par trouver du travail ? C'est pour ça qu'on ne te voyait plus dans le quartier ?

Todd s'apprêtait à lui répondre que non, lorsqu'il se souvint du dîner de la veille.

— En quelque sorte, dit-il en souriant. Je vais devenir cuisinier.

Chaz haussa les épaules avec nonchalance.

Il aurait voulu lui expliquer que c'était l'occasion d'une vie, qu'il avait une chance extraordinaire, mais Chaz n'aurait sans doute pas compris. Il ne devait même pas connaître le nom d'Izar Goya. Comment est-ce que Todd aurait pu lui parler de son bonheur et de sa chance aussi ouvertement, alors que lui vendait son corps dans la rue pour survivre ? Ça aurait été cruel.

— Pas mal, mon mignon, dit-il avec un sourire charmeur.

Et l'espace d'un instant Todd crut entrapercevoir le jeune homme qui avait dû capturer le cœur de Gabe.

— Je suis heureux, dit-il simplement.

— Il doit sacrément bien payer ton nouveau job de cuistot, parce que ce n'est pas un manteau de prolo que tu portes là.

Chaz haussa un sourcil interrogateur, et reprit aussitôt :

— Non attends, ne me dis rien. Ce n'est pas toi qui l'as acheté, pas vrai ? On te l'a offert.

Todd se sentit rougir. Comment Chaz avait-il deviné si vite ?

— Je le savais, dit-il en hochant la tête. Jackpot, bébé, tu t'es trouvé un sugar daddy ? Ou une sugar mommy, peut-être ?

Qu'était-il censé répondre ? Est-ce que Gabe était son sugar daddy ? Cette idée le révulsait, mais est-ce que c'était la nature de leur relation ? Il ne le pensait pas. Leur différence d'âge n'était pas si prononcée, et d'ici très peu de temps, Todd gagnerait sa vie tout seul. Il avait bien l'intention de rembourser Gabe jusqu'au dernier centime. Mais comment pouvait-il expliquer tout cela à Chaz ?

— Si on veut.

— Comment ça, « si on veut » ? C'est oui ou c'est non.

Todd haussa les épaules sans rien ajouter.

— Au moins, tu reconnais enfin que tu es gay.

Todd rejeta la tête en arrière en poussant un petit rire, et rougit.

— Au moins, je le reconnais enfin, acquiesça-t-il.

— Qu'est-ce que tu fais ici, alors ? Tu t'ennuies déjà avec ton beau et tu viens chercher un peu de piment ?

— Non, non ce n'est pas pour ça que je suis là, Chaz. Ou plutôt devrais-je dire Brett.

— Comment tu m'as appelé ? demanda le jeune homme avec une grimace de colère.

— Est-ce que tu nies ?

Chaz ouvrit la bouche pour protester, et leva le bras comme s'il s'apprêtait à gifler Todd. Puis, tous ses muscles se relâchèrent, comme une marionnette dont on venait de couper les fils. L'arrogance perpétuelle de son visage s'évanouit progressivement, pour céder la place à la tristesse. Adieu son sourire insolent, son sourcil arqué et son menton défiant.

— Comment sais-tu mon vrai nom ?

— Nous avons un ami commun.

— Qui ? demanda-t-il.

— Gabriel Richards.

— Gabriel ? répéta Chaz dans un regain de colère.

— Je me doutais bien que c'était toi, dit Todd en hochant la tête. Que ce foutu monde est petit…

Chaz lui tourna le dos, prit une grande inspiration, redressa fièrement les épaules, et se retourna avec cette expression méprisante et sa gestuelle maniérée, comme la mauvaise imitation d'une méchante de Disney.

— C'est un très petit monde, mon chou. Alors comme ça, Gabriel est ton sugar daddy ? Où est-ce qu'il t'a ramassé ? Sur un coin de trottoir ? Est-ce qu'il a eu pitié de toi ? Est-ce qu'il t'a invité chez lui ?

Todd aurait pu se mettre en colère. Les mots de Chaz ne le laissaient pas indifférent. Quelque part, c'était exactement ce qu'il s'était passé, mais Chaz, non, *Brett*, agissait comme si Gabe avait commis un crime. Todd inspira lentement, et se força à rester calme.

— C'est exactement ce qu'il a fait.

— Gabriel Richards, le chevalier servant, le héros, dit Brett avec une expression désabusée. Toi aussi il t'a fait le coup du gars trop bien pour coucher avec toi ?

— Non, répondit Todd.

— Okay. Cool pour toi, dit froidement Brett.

— Mais il m'a parlé de son cœur brisé. Que *tu* as brisé.

— Moi ? demanda-t-il, tremblant de rage.

— Il m'a raconté qu'il était tombé amoureux de toi, mais qu'il ne voulait pas te toucher parce que tu n'étais pas encore majeur. Il m'a raconté avoir attendu patiemment ton dix-huitième anniversaire, tout ça pour te retrouver au lit avec son petit ami Daniel.

Chaz tourna la tête, et ferma les yeux.

— Il t'a dit, *je t'aime*, et tu lui as répondu que ce n'était pas réciproque.

— Je n'ai jamais dit ça, protesta Brett. Je lui ai dit que je ne l'aimais pas comme lui m'aimait.

— Pourquoi ?

— Je savais ce que je voulais. Je voulais coucher avec lui, mais il m'a fait attendre indéfiniment. Et quand l'attente est devenue trop insupportable, je me suis consolé dans les bras de Danny-boy, dit-il en fermant de nouveau les yeux. C'est la pire erreur que j'ai faite de ma vie.

— Alors, pourquoi ? insista Todd.

— Je n'étais qu'un gamin ! cria Brett en rouvrant les yeux.

— Tu es en train de dire que ce n'était pas ta faute ? demanda Todd en fronçant les sourcils.

— Je suis en train de dire qu'il aurait dû me retenir !

Un silence interminable s'étira entre eux.

— Comment va-t-il ? demanda finalement Brett.

— Il va bien.

— Tant mieux.

Un autre long silence.

— J'ai fait le mauvais choix ce jour-là. J'ai tout gâché avant même de pouvoir coucher avec lui.

— Tu as couché avec Daniel, lui rappela Todd.

— Et mon Dieu que j'ai perdu au change, se lamenta Brett.

Todd constata avec curiosité que l'attitude extravagante du jeune homme avait complètement disparu. Comme s'il venait de sortir d'un rôle.

— J'ai gâché mes chances avec lui pour toujours.

— Sans doute, oui, acquiesça Todd sans cruauté. Est-ce que c'est vrai ?

— Quoi ? demanda Brett.

Il avait l'air las et épuisé. Les claquements de doigts et les mouvements de hanches avaient disparu eux aussi.

— Est-ce que tu es séropositif ?

La question le heurta de plein fouet. Il haussa les sourcils, comme s'il s'apprêtait à reprendre son rôle, mais Todd le dissuada avec un regard sévère.

— J'en sais rien. Sans doute. J'ai laissé des tas de clients me baiser sans préservatif. Ils sont prêts à payer très cher pour ça. Mais Doug m'a hurlé dessus quand il l'a appris. Je ne le fais plus maintenant.

Todd serra les poings en tentant de maîtriser sa colère.

— Si tu n'es pas sûr, pourquoi as-tu dit à Gabe que tu étais malade ?

Brett haussa les épaules.

— Pourquoi ne te fais-tu pas dépister ?

— Jamais, répondit vivement Brett en secouant la tête. J'ai trop peur de la réponse.

— Vas-y avec quelqu'un.

— Avec qui ? demanda-t-il sur un ton moqueur. Doug ? C'est ça, ouais...

— J'irai avec toi, si tu veux.

Mais qu'est-ce qu'il lui prenait ?

— On peut y aller ensemble, ajouta-t-il.

— Vraiment ? Tu ferais ça ? demanda Brett, surpris.

— Bien sûr, répondit sincèrement Todd. Tu veux y aller maintenant ?

Brett hocha la tête, et ils se mirent en chemin.

LORSQUE GABE entra dans l'appartement, il s'était attendu à tout sauf à trouver son petit ami et son presque-ex-petit ami assis sur le canapé. Il se figea sur le seuil, la porte encore ouverte.

— Brett ? dit-il dans un murmure.

— Hey, le salua Brett, hésitant.

— Est-ce que tu peux m'expliquer ce qu'il se passe, Todd ? demanda-t-il en regardant enfin le jeune homme.

— Je l'ai fait venir.

— Pourquoi ? demanda Gabe, en sentant son cœur se serrer dans sa poitrine, comme s'il était sur le point de se briser à nouveau.

— Il a quelque chose d'important à te dire.

Gabe regarda de nouveau le jeune homme qui avait piétiné son cœur deux ans auparavant.

Brett ouvrit la bouche pour prendre la parole. La referma. Puis la rouvrit.

— Brett ? l'encouragea Todd.

Il se raidit, se rassit correctement, et se racla la gorge.

— Je n'ai pas le SIDA, dit-il à toute vitesse.

— Quoi ? demanda Gabe ahuri.

— J'ai menti, dit le jeune homme, les yeux bordés de larmes.

Gabe ferma enfin la porte d'entrée pour pouvoir s'y appuyer. Il avait l'impression que ses genoux allaient le lâcher. Il jeta un coup d'œil dans la direction de Todd.

— Tu l'as amené ici ? Dans ma maison ?

— Todd est venu me chercher au parc, expliqua Brett en laissant échapper une grosse larme le long de sa joue. Il m'a emmené dans un centre de dépistage, et m'a convaincu de passer le test.

— Nous l'avons passé tous les deux, ajouta Todd.

— Tous les deux ? Tu t'es fait dépister aussi ?

— C'est tellement rapide, dit Brett. Ils m'ont juste piqué le bout du doigt. Ils nous ont laissés attendre les résultats ensemble. On a dû leur dire qu'on était en couple.

Gabe se tourna vers Todd, et lut le mot « désolé » sur ses lèvres.

— Je ne suis pas malade, Gabriel. Je n'ai rien.

Cette fois-ci, les jambes de Gabe manquèrent presque de le lâcher pour de bon. Il marcha lentement jusqu'au coin salon, et se laissa tomber dans l'un des fauteuils. Il n'aurait pas pu décrire la vague de soulagement qui le submergea alors. Brett n'avait pas le SIDA.

— Ils m'ont dit qu'il faudrait que je revienne au moins une fois pour être vraiment sûr, ajouta Brett en laissant couler une autre larme. Mais si Todd ne m'avait pas convaincu, je n'y serais jamais allé, dit-il en prenant la main de Todd et en le regardant dans les yeux. Je lui dois beaucoup, alors je lui ai dit que je ferais tout ce qu'il voudrait en échange.

Brett se tourna de nouveau vers Gabe.

— Il m'a demandé de venir te dire la vérité.

— La vérité, répéta bêtement Gabe.

— Je t'ai fait croire que j'avais le SIDA parce que j'étais fâché, dit-il en cessant pour de bon de retenir ses larmes.

— Mais pourquoi ? demanda Gabe confus. Je n'avais rien fait !

— Je sais ! cria Brett entre deux sanglots. Mais je n'arrivais pas à m'en vouloir à moi-même !

Brett souleva une main, comme s'il voulait la tendre vers Gabe, puis la laissa retomber.

— J'ai fait une terrible erreur. Sans doute la pire de toute ma vie. Je sais que tu ne me pardonneras jamais, mais Todd avait raison. Je devais venir te dire la vérité. Je suis sincèrement désolé, Gabriel. J'ai fait n'importe quoi. J'ai tout gâché.

Gabe n'en croyait pas ses oreilles. Mais il réalisa qu'il n'était pas en colère. Trop de temps était passé, il n'avait plus la force d'être fâché. Il était seulement soulagé. Et heureux.

— Ce n'est pas entièrement ta faute. J'ai fait beaucoup d'erreurs aussi. Et Daniel s'est comporté comme une ordure.

— À qui le dis-tu, rétorqua Brett avec un bon vieux claquement de doigts maniéré.

Dans d'autres circonstances, Gabe aurait trouvé ça drôle. Mais ici et maintenant, il n'esquissa qu'un sourire mélancolique. C'était tout ce qu'il lui restait. Il posa les yeux sur Todd. Une petite partie de lui en voulait au jeune homme de lui avoir fait traverser ça. Todd aurait au moins pu le prévenir. Mais il savait que c'était stupide.

— Est-ce que tu crois que tu pourras me pardonner un jour ? demanda Brett.

Un milliard de citations et de bons conseils de Peter traversèrent l'esprit de Gabe. Mais c'est sur une citation de Martin Luther King qu'il s'arrêta.

« Le pardon n'est pas un acte occasionnel, c'est une attitude constante. »

Comment pourrait-il ne pas pardonner à Brett ? Il avait son lot de responsabilité dans cette histoire. Brett n'était encore qu'un gamin, et il l'avait mis dans une situation qui n'était pas pour un garçon de son âge. Il l'avait peut-être sorti de la rue, mais Daniel et lui avaient joué avec ses sentiments. Ils avaient pris le contrôle de sa vie, mais de quel droit ? Qui étaient-ils pour décider de ce qui était le mieux pour Brett ?

— Bien sûr que je te pardonne. Mais il faut que tu me pardonnes, toi aussi.

— Te pardonner ? demanda Brett dans un souffle.

Alors, Gabe se leva, avança jusqu'à Brett, et le prit dans ses bras. Ils se serrèrent fort l'un contre l'autre, et Brett pleura dans son épaule.

Après toutes ces émotions, Todd retrouva sa place dans les bras de Gabe, et Brett se rassit à l'autre bout du canapé. Et ensemble, ils parlèrent du futur.

— Je vais rentrer à la maison, dit Brett, avant d'éclater de rire. Mon Dieu, ce matin je pensais au prochain client, et voilà que j'apprends que je suis en bonne santé et que je décide de rentrer chez moi !

— Et ton père ? demanda Gabe, inquiet.

— J'ai grandi. Je peux m'occuper de lui.

— Est-ce que tu as besoin d'argent pour le car ?

— Un ami m'en a déjà prêté, répondit Brett en se tournant vers Todd. Un ami qui s'appelle Todd.

Gabe serra la main de Todd dans la sienne. Ses économies ? Les économies magiques qu'il gardait pour ses plus grands rêves, cachées dans la paire de chaussettes noires ?

— Qui aurait cru que tout arriverait si vite ? dit Brett.

— On commence à avoir l'habitude, répondit malicieusement Gabe en embrassant Todd sur la tempe. Pas vrai ?

— On est passés maîtres en la matière, confirma Todd.

Brett baissa les yeux. Il avait l'air déchiré entre son envie de partir, et toutes les choses qu'il n'avait pas pu dire.

— Todd, est-ce que tu veux bien nous laisser cinq minutes ? demanda Gabe d'une voix douce.

— Bien sûr, répondit Todd en regardant son amant, l'air de dire « sois gentil avec lui, et ne le fais pas pleurer ».

— C'est quelqu'un de bien, dit Brett une fois que Todd eut quitté la pièce.

— De très bien.

— Je suis heureux pour toi, Gabriel, dit-il en tendant la main pour lui caresser la joue. Todd est un homme merveilleux, mais je ne peux pas rester plus longtemps. Je ne peux pas vous regarder, ça fait trop mal.

— Tu vas vraiment rentrer chez toi ?

— Pour un temps, répondit-il en hochant la tête. Je reviendrai peut-être, mais je dois affronter mon passé si je veux un futur serein. Je dois affronter mon père.

— Tu es vraiment incroyable, dit Gabriel en secouant la tête.

— Non, ton petit ami est incroyable. Ce qu'il a fait pour moi aujourd'hui est incroyable. Quand je l'ai vu arriver dans le parc et qu'il a commencé à parler de toi, j'ai cru qu'il venait pour te venger. Mais au lieu de ça, il a proposé de m'aider.

— C'est vrai qu'il est incroyable, sourit Gabe. Mais tu l'es tout autant.

Gabe lui fit un clin d'œil, et claqua des doigts en traçant un Z dans les airs.

— Y a intérêt !

Cette fois-ci, Gabe éclata de rire. Brett se pencha vers lui, et l'embrassa brièvement sur la joue.

— Bye bye mon presque-amour.

— Bye bye, Brett.

Et sans un mot de plus, le jeune homme se leva, et disparut par la porte d'entrée.

Gabe resta debout au milieu du salon en fixant cette porte pendant un long moment, jusqu'à ce que Todd prononce doucement son prénom. Alors, Gabe se tourna vers lui, et le prit dans ses bras.

— Merci, Todd.

— Je t'aime, répondit le jeune homme.

— Tu m'aimes vraiment, alors ?

— Je crois que je t'aime depuis la minute où je t'ai rencontré. Depuis ce baiser complètement fou quand monsieur Martinez m'a traîné jusqu'à ta porte.

— Je n'aurais jamais dû t'embrasser à ce moment. C'était mal de ma part.

— Ne sois pas ridicule. J'ai eu de la chance de tomber sur toi ce soir-là. Tu m'as fait dormir sur le canapé, Gabe. Si tu m'avais forcé à dormir dans ton lit, là, ça aurait été mal de ta part. Mon Dieu, quand tu t'es penché dans la salle de bains et que j'ai aperçu tes magnifiques fesses…

— J'espère que tu réalises que ce n'était pas du tout volontaire, se défendit Gabe en rougissant.

— La vague de désir que j'ai ressentie à cet instant… J'aurais dû savoir à ce moment-là que ce n'était pas seulement sexuel. Je ne sais pas comment c'est arrivé, Gabe, mais je suis tombé amoureux de toi en une semaine. Je t'aime.

— Je t'aime aussi, répondit Gabe en serrant le jeune homme contre lui. Mais la prochaine fois que tu ramèneras un fantôme de mon passé, est-ce que tu veux bien me prévenir avant ? J'ai eu le choc de ma vie.

— Je suis désolé, dit Todd. Ce n'était pas vraiment prévu.

— Promets-moi quand même de ne pas me refaire le coup ?

— Promis, répondit Todd en souriant.

Gabe l'embrassa passionnément, et juste au moment où il s'apprêtait à proposer qu'ils continuent dans la chambre, l'interphone sonna.

— Qui ça peut bien être ? demanda Gabriel en fronçant les sourcils et en se détachant de son jeune amant.

— Oui ? dit-il en appuyant sur l'interphone.

— Excusez-moi, demanda une voix d'homme désagréable. Est-ce qu'il y a un Todd Burton chez vous ?

— Pourquoi ? demanda Gabe, méfiant.

— Parce que nous sommes ses parents et nous sommes à sa recherche.

Gabe se tourna vers Todd qui se tenait juste derrière lui dans l'entrée, les yeux écarquillés, une main contre sa bouche.

XXI

IL FALLUT à Todd toute la volonté du monde pour ne pas instinctivement crier à Gabe de ne surtout pas les laisser monter.

C'était sa *mère*. Il se fichait complètement de la présence de son beau-père, ce sale type pouvait aller pourrir en enfer.

Mais sa mère…

L'espace d'une seconde, il redevint l'enfant qui aurait tout fait pour gagner l'approbation de sa maman. Un simple sourire, un petit mot d'encouragement. Mais jamais ça n'était arrivé.

— Todd ? appela Gabe, et à en juger par l'expression sur son visage, ça n'était pas la première fois qu'il l'appelait.

— Quoi ?

— Qu'est-ce que tu veux que je fasse ?

— Je… Je…

— Je crois qu'on devrait les laisser monter, Todd.

— Mais pourquoi ?

— Fais-moi confiance.

Il avait l'air si sûr de lui. Todd le regarda dans les yeux, et réalisa qu'il devait être au courant de quelque chose. Toutes ses pensées se bousculaient dans sa tête.

Je ne veux pas les voir. Qu'est-ce qu'ils font là ? Tu ne sais pas de quoi ils sont capables.

— Ils n'ont jamais voulu de moi. Pourquoi ferais-je l'effort ?

— Todd… Je crois que c'est important.

Comment le sais-tu ?

— Le fait qu'ils soient là aujourd'hui ne peut pas être une coïncidence, insista-t-il.

— Il y a quelqu'un ? s'impatienta la voix à l'autre bout de l'interphone.

— Je ne veux pas qu'ils montent ici. Descendons les voir.

— Todd, s'il y a bien une chose que j'ai apprise dans mon métier, c'est qu'il vaut toujours mieux laisser tes opposants venir à toi. Tu as l'avantage du territoire. Si on descend les retrouver dans la rue et qu'ils font un scandale…

213

— Quoi qu'il arrive, où que l'on soit, ils feront un scandale. Crois-moi.

— Mais s'ils montent, ils ne sont plus en terrain neutre. Ils sont chez toi. Tu peux les mettre à la porte à tout moment.

— Chez nous, corrigea Todd.

— Chez nous, répéta Gabe en le tirant contre lui et en collant doucement son front contre le sien.

Todd sentit les larmes lui monter aux yeux. *Chez nous.*

— Est-ce qu'il marche au moins leur truc de merde ? s'emporta la voix de son beau-père à travers le micro.

Il ne peut pas me faire de mal. Nous sommes ici chez nous.

— Je suis à tes côtés, Todd. Je ne laisserai rien t'arriver.

Il pressa son corps contre le torse musclé de Gabe, et dans cet instant, il sut que tout irait bien. Il hocha la tête.

— Fais-les monter.

— Monsieur Burton ? appela Gabe en se rapprochant de l'interphone. Vous pouvez monter, c'est l'appartement numéro…

— On connaît le numéro de l'appartement, c'est bon. Et c'est monsieur Sandburg, pas Burton.

Très vite, trop vite, Gabe ouvrit la porte, bloquant l'entrée de sa gigantesque silhouette.

Il me protège, comprit Todd. *Personne ne m'a jamais protégé avant.*

Todd réprima un hoquet de surprise en apercevant enfin sa mère. Elle portait sa tenue du dimanche, pour aller à l'église. Une vieille robe grise, et beaucoup trop grande pour elle. Elle portait un épais manteau d'hiver (beaucoup plus épais que ceux qu'ils lui avaient achetés à lui), et ses cheveux blancs étaient tirés en un chignon sévère qui lui donnait l'air d'une grand-mère. C'était d'ailleurs ce qui choqua le plus Todd. Il n'était parti que depuis six mois, mais sa mère avait l'air d'avoir vieilli de dix ans.

Son beau-père, en revanche, n'avait absolument pas changé. Grand, avec une carrure impressionnante et une implantation capillaire tardive, mais des sourcils épais. Ses yeux, d'un bleu froid et métallique, n'exprimaient aucune émotion. Il s'était rasé pour l'occasion (miracle !), et il portait un costume. Un véritable costume. Et en essayant de se souvenir de la dernière fois qu'il l'avait vu le porter, Todd réalisa que son beau-père avait un peu changé finalement. Il avait maigri. Il paraissait plus faible.

— Bienvenue chez nous, offrit Gabe d'une voix neutre.

Le regard de son beau-père se fixa sur lui. Il était obligé de lever la tête pour regarder Gabe.

L'homme entra dans l'appartement en roulant des mécaniques, et la mère de Todd le suivit en baissant le regard. Ils se stoppèrent dans l'entrée pour observer l'intérieur, exactement comme Todd l'avait fait le soir de son arrivée. Mon Dieu, il n'arrivait pas à croire que c'était seulement une semaine auparavant.

— Asseyez-vous, dit Gabe. Je vais aller faire du café.

— C'est gentil à vous, répondit la mère de Todd en hésitant une seconde avant de s'asseoir sur le canapé.

Elle n'adressa pas un geste, pas un mot de bonjour à son fils. Le beau-père de Todd lui jeta un regard désintéressé, avant de la rejoindre sur le canapé. Todd s'installa sur le fauteuil le plus éloigné, et Gabe revint avec une tasse de café pour chacun. Ils échangèrent des banalités pendant quelques minutes, et la question « mais qu'est-ce qu'ils sont venus faire là ? » tournait en boucle dans la tête de Todd.

— C'est un bel appartement, remarqua la mère de Todd. Tu vis ici ? demanda-t-elle à son fils.

— Oui, répondit-il en hochant sèchement la tête.

— Tu as fait du chemin, dit-elle. Je suis fière de toi.

Todd sentit son cœur se serrer dans sa poitrine. Elle venait de le dire. Pour la première fois de sa vie, elle l'avait dit à voix haute. Elle était fière de lui.

— Jamais je n'aurais cru que tu y arriverais.

Todd inspira brusquement, heurté par la cruauté de ses mots, intentionnelle ou non.

— Sans doute parce que tu n'as jamais cru en moi, rétorqua-t-il sans pouvoir s'en empêcher.

— Parle sur un autre ton à ta mère, grogna son beau-père.

— Le ton que j'emploie pour lui parler ne te regarde pas, répondit aussitôt Todd.

L'homme se redressa et posa ses poings sur ses cuisses.

— Ce n'est pas respectueux.

— Mais c'est comme ça, dit-il en haussant les épaules.

— Todd, murmura Gabe. Respire.

Le jeune homme se tourna vers lui, le cœur battant, mais pas pour les bonnes raisons. Il savait que Gabe essayait de le calmer, et s'il avait pu regarder dans ses yeux sans s'arrêter, peut-être qu'il aurait gardé son calme, mais il ne pouvait pas. Il fallait faire face à ses parents.

— Nous ne nous attendions pas à vous voir, dit Gabe. Comment avez-vous retrouvé Todd ?

— Nous sommes allés lui rendre visite à son ancien appartement, répondit sa mère. Mais il n'était pas là. Le concierge nous a dit qu'il avait déménagé et nous a donné votre adresse en disant que vous sauriez où le trouver.

— C'est un sacré travail d'enquête que vous avez fait là. Vous deviez vraiment avoir envie de trouver Todd.

— Évidemment, répondit-elle sèchement. C'est mon fils.

Gabe hocha la tête avec une grimace dubitative. Todd avait l'impression qu'il en savait plus qu'il ne voulait bien le dire.

— Maman, je t'avoue que je suis un peu étonné de vous…

— J'espère que tu es content de nous voir, dit-elle en souriant maladroitement. Tu m'as manqué.

Todd resta assis immobile, incrédule. Il lui avait *manqué* ? Depuis quand se souciait-elle de savoir où il était et ce qu'il faisait ?

— Ce sont de sacrées chaussures que tu as aux pieds, fit remarquer son beau-père.

Todd baissa les yeux vers sa paire de Converses noire, avec les lignes arc-en-ciel.

— Ça fait un peu pédé, non ? ajouta-t-il.

— Urston ! le reprit sa femme.

— Je peux utiliser vos WC ? demanda-t-il brusquement.

— Bien sûr, répondit Gabe impassible. Tout au fond du couloir.

Il hocha la tête, se leva, et disparut dans le couloir.

— Madame Burton, commença Gabe.

— Madame Sandburg, corrigea-t-elle à son tour.

Todd détestait qu'elle porte le nom de son beau-père. Quinze ans qu'elle le portait maintenant, et il le détestait toujours autant qu'au premier jour. Mais ce qu'il détestait le plus, c'était lorsque les gens se trompaient, et l'appelaient Todd Sandburg. Il serait toujours un Burton.

— Madame Sandburg, reprit-il. Puis-je vous demander la raison de votre présence ? Si j'en crois Todd, il n'a eu aucun contact de vous depuis son arrivée, pas même à Noël et…

— Ça coûte cher de téléphoner à Kansas City, se défendit-elle. On ne roule pas sur l'or, vous savez.

— Vous êtes dans le besoin au point de ne pas pouvoir appeler votre propre fils le soir de Noël ?

216

Todd le regarda avec des yeux ronds. Est-ce que Gabe venait de faire un reproche à sa mère ? Il avait remarqué dès l'entrée de ses parents que Gabe était passé en mode affaires. Il se comportait de manière très distante, et pas du tout comme s'il recevait des invités. Est-ce qu'il était comme ça au bureau ?

— Si monsieur a les moyens de vivre dans un endroit comme celui-ci, alors c'est lui qui aurait dû nous appeler à Noël, intervint son beau-père en revenant dans la pièce.

— Urston, voyons !

— Quoi, Betty ?

— Restons courtois. Nous devons parler de certaines choses avec Todd.

L'homme poussa un grognement et se rassit à côté de sa femme.

Nous y sommes, songea Todd.

Sa mère s'éclaircit la gorge, jeta un coup d'œil à son mari, puis de nouveau à Todd.

— C'est au sujet de ton père, commença-t-elle.

— Urston n'est pas mon père ! protesta Todd.

— Non, non, je veux dire ton vrai père.

— Mon père biologique ? demanda-t-il en se laissant tomber contre le fauteuil.

— Oui, dit-elle en hochant la tête. Avant de mourir, il a fait quelque chose pour toi, mais tu n'étais encore qu'un bébé.

— Quelque chose ?

— Il a mis en place une fiducie à ton nom. C'est nous qui étions responsables de sa gestion. Nous attendions qu'elle arrive à échéance. Elle doit te revenir pour ton vingt-et-unième anniversaire, et comme tu le sais, c'est bientôt.

— Une fiducie, répéta Todd abasourdi. Il m'a laissé de l'argent ?

Sa mère regarda Urston, l'air incertain, puis de nouveau Todd.

— Pourquoi ne pas m'en avoir parlé avant ?

— On ne voulait pas t'inquiéter inutilement. Qu'est-ce que tu aurais pu faire avec cette information avant tes vingt et un an de toute façon ?

— La question de l'allocation se pose quand même, intervint Gabe.

— L'allocation ? demanda Todd en se tournant vers son petit ami.

— Deux cents dollars par mois que tu aurais dû recevoir jusqu'à tes vingt-et-un ans.

— On s'est servis de cet argent pour l'élever, se défendit son beau-père. On a vu tout ça avec un avocat, et il nous a dit qu'on pouvait gérer

217

cet argent comme on le voulait pour élever le gamin. Vous croyez que c'est facile d'élever un gosse avec deux cents dollars ? Vous croyez que la bouffe et les vêtements tombent du ciel ?

— Quels vêtements ? demanda Todd incrédule.

— Vous voulez peut-être parler de cette guenille que vous appelez manteau et que vous lui avez achetée il y a plus de trois ans ? demanda Gabe sur un ton accusateur.

La mère de Todd blanchit, et le visage de son beau-père devint rouge de colère.

— Il fallait payer l'électricité et le reste des factures ! aboya-t-il.

— Et vous gagnez très bien votre vie en vendant de l'équipement agricole chez Newsome Farming Equipment.

Todd porta ses mains à sa bouche pour tenter de masquer sa surprise. Les yeux de son beau-père s'écarquillèrent, ils paraissaient prêts à sortir de leurs orbites.

— Comment vous savez où je travaille ? cria-t-il.

Son épouse tenta de le calmer en posant une main sur son genou. Combien de fois Todd l'avait-il vue faire ce geste ? Parfois même, c'est grâce à ce geste qu'il avait pu éviter un coquard ou un autre bleu qu'il aurait fallu expliquer à l'école. Des mensonges, toujours des mensonges. Il se demandait aujourd'hui si les professeurs étaient dupes, ou s'ils avaient toujours su. À Buckman, personne ne posait de questions, et personne ne voulait savoir.

— Et pour ce qui est des six derniers mois ? demanda Gabe. J'imagine que vous avez mis les mille deux cents dollars correspondants de côté puisque Todd ne vivait plus avec vous ?

— C'est lui qui est parti ! s'emporta son beau-père en bondissant sur ses pieds.

— Et par conséquent, l'argent aurait dû être mis de côté pour lui, répéta Gabe imperturbable.

Todd était complètement sous le choc. Il ne savait pas quoi dire.

— Nous… Nous avons utilisé cet argent pour faire réparer le toit de notre maison, expliqua sa mère.

— Vous voulez dire la maison de Todd, je suppose, la corrigea Gabe.

Elle pâlit encore davantage, et le rouge du visage de son mari s'intensifia.

— La maison de Todd ? hurla-t-il.

Gabe s'appuya contre son dossier et croisa les jambes.

— Ça le sera en tout cas dans quelques mois, d'après le testament de son père. Le document stipule que si la mère de Todd se remariait avant son vingt-et-unième anniversaire, alors la maison lui reviendrait de droit. Vous vivez désormais avec quelqu'un qui peut vous apporter son soutien financier, madame Sandburg, et qui gagne qui plus est très bien sa vie.

Le beau-père de Todd s'avança vers lui, le poing levé. Gabe souleva un sourcil amusé, et se redressa dans le fauteuil, exposant les muscles massifs de son torse.

— Ma maison ? s'écria enfin Todd. *Ma maison ?*

— Oui, Todd, elle est à toi.

Le jeune homme crut un instant qu'il allait s'évanouir. C'était trop à la fois. L'arrivée de sa mère et de son beau-père, la fiducie, la maison…

— Il n'a aucun droit sur cette maison, s'énerva son beau-père. C'est nous qui l'avons entretenue pendant toutes ces années !

— Avec l'argent de l'allocation de Todd, rappela Gabe.

Todd se leva brusquement, avança jusqu'à son beau-père les poings serrés le long du corps, le visage fermé.

— Espèce d'enfoiré ! s'exclama-t-il.

L'homme le repoussa d'une main sur sa poitrine, et Todd le poussa aussitôt à son tour. Son beau-père tituba vers l'arrière et manqua tomber. L'expression sur son visage était stupéfaite.

— Todd, balbutia sa mère.

— Pendant tout ce temps, accusa Todd. Pendant tout ce temps, tu aurais dû veiller sur moi, prendre soin de moi et tout ce que tu as fait, c'est voler mon argent !

L'argent que son père, son vrai père avait mis de côté pour lui. Todd avait envie de pleurer. Cet homme mort l'aimait davantage et avait plus pris soin de lui que son beau-père ne le pourrait jamais.

— Combien ? cria-t-il. À combien s'élève la fiducie ?

Son beau-père serra la mâchoire, et se tourna vers sa mère.

— J'attends !

— Dites-lui, monsieur Sandburg, intervint Gabe.

Tremblant de rage, les traits tordus par la colère, le beau-père de Todd le dévisagea. Mais il y avait autre chose dans son regard. Et il sembla à Todd que c'était de la peur.

— Todd, elle s'élève à vingt mille dollars, annonça enfin Gabe, lorsqu'il devint évident que ni sa mère ni son beau-père ne répondraient.

Todd tituba de surprise. Son beau-père se rassit, et sa mère se racla de nouveau la gorge.

— C'est pour ça que nous sommes venus te voir aujourd'hui, Todd, dit-elle.

— Betty ! aboya son mari.

— Quoi ? Qu'est-ce que tu croyais ? Qu'il ne devinerait rien ? Espèce de…

— Surveille ton langage, femme !

— Surveille le tien ! hurla Todd, et son beau-père eut un mouvement de recul.

C'était bien ça. Il avait peur.

— Nous sommes venus pour deux raisons, Todd, continua-t-elle. Tout d'abord pour te rapporter les documents à signer, dit-elle en tapotant son sac à main sur ses genoux, et ensuite pour… pour te demander de nous laisser la maison. Tu n'en as pas besoin, dit-elle en désignant de la tête le splendide appartement de Gabe tout autour d'eux. Je n'ai jamais connu que cette maison.

Todd se mit à trembler. *Elle veut la maison. La maison dans laquelle j'ai grandi. Ma maison.* Il éclata de rire.

— Qu'est-ce qui te fait marrer ? vociféra son beau-père.

Il n'en voulait pas de cette maison. Il ne voulait plus jamais la revoir. Que ce soit la sienne ou non lui était complètement égal, elle pouvait tout aussi bien brûler, il n'en aurait rien à faire. Todd se tourna vers son beau-père. Il avait l'occasion de se venger. De dire à cet homme ce qu'il pensait de lui, et de le mettre à la rue. Pour la première fois de sa vie, il avait le pouvoir.

Et puis, il se passa quelque chose en lui.

Il pensa à Gabe. Cet homme merveilleux qui avait tant fait pour lui. Il pensa à Peter Wagner et à tout ce qu'il faisait pour essayer de changer le monde. Il repensa à son histoire, au papillon qui, comme Todd, attendait simplement le bon moment pour s'envoler.

Dans cet instant de grâce, il vit enfin son beau-père pour ce qu'il était vraiment.

Un minable laid et maigrichon. Un homme qui avait passé sa vie à mettre Todd plus bas que terre, et tout ça pour quoi ? Pour garder une maison minuscule perdue au milieu de nulle part.

La maison, son beau-père, tout ça n'avait plus d'importance. Il se tourna vers sa mère.

— Donne-moi les papiers, dit-il.

Elle grimaça, comme s'il venait de la gifler, baissa la tête, et ouvrit son sac. Elle en sortit une vieille enveloppe de papier marron, et d'une main tremblante, la lui tendit.

— Todd, murmura-t-elle.

Todd la lui arracha presque des mains, mais au dernier moment, il inspira profondément, et l'attrapa doucement, sans regarder sa mère. Il donna aussitôt l'enveloppe à Gabe.

— Tiens, puisque tu as l'air de déjà tout savoir.

Il ne pouvait pas le regarder dans les yeux. Gabe lui avait caché toutes ces informations, et Todd luttait pour contrôler ses émotions. Il refusait de se disputer avec l'homme dont il était tombé amoureux à un moment pareil.

Tomber amoureux...

Todd avala sa salive, prit une nouvelle inspiration, et se tourna vers sa mère.

— Maman.

— Toddy ? répondit-elle en se redressant.

— Ne m'appelle pas comme ça, dit-il calmement, mais fermement.

— Tu n'as jamais vraiment aimé ce surnom, concéda-t-elle en secouant la tête.

— Non, dit-il en se forçant à garder son calme. Je ne l'ai jamais aimé, et je t'ai demandé des millions de fois de ne pas m'appeler comme ça. Mais tu n'as jamais écouté. Tu as passé toutes ces années à me mentir, à me voler et à laisser cet homme me frapper. Et pourquoi ?

— Todd, non...

— Si ! Donne-moi une seule bonne raison de te céder cette maison. Vous ne m'auriez jamais parlé de cette fiducie si Gabe ne vous avait pas retrouvés.

La mère de Todd se mit à pleurer.

Todd secoua la tête en retenant ses propres larmes. Assez. Il en avait assez.

— Gardez-la, cette maudite maison, dit-il enfin. Vous croyez que je la veux ? Vous croyez que je veux retourner vivre dans votre horrible petite ville ? Que j'aurais envie de vous revoir ?

— Todd ? questionna-t-elle dans un sanglot.

— Je n'en veux pas. Gardez-la et mourez dedans pour ce que j'en ai à faire.

Il se tourna vers son beau-père.

221

— Quant à toi, espèce de…

Regarde-le. On dirait un vieillard. Comment ai-je pu avoir peur de cet homme ?

Non. Il en avait fini. Il n'utiliserait plus de paroles ni d'énergie pour cet homme. À quoi bon ? La haine qu'il lui inspirait n'était que poison. Il en avait fini de cet homme, cet homme qui l'avait tant effrayé pendant toutes ces années. Cet homme qui le contrôlait par la peur et l'empêchait d'être lui-même.

D'être gay.

— Sale suceur de bites, marmonna son beau-père.

— Qu'est-ce que tu viens de dire ? demanda Todd en se rapprochant de lui. Je t'ai mal entendu.

— Suceur de bites ! cracha son beau-père. Je l'ai toujours su ! J'ai vu la chambre dans le couloir, il n'y en a qu'une seule ! Tu couches avec ce pédé alors ? dit-il en pointant Gabe du doigt. Tu es quoi au juste ? Sa petite femme ? Tu le laisses te baiser sans rien dire ?

— Si on tient à être précis, c'est lui qui m'a baisé la dernière fois, fit calmement remarquer Gabe.

La mère de Todd laissa échapper un petit cri choqué, et son beau-père ouvrait et fermait la bouche comme un poisson hors de l'eau.

— Il a un cul *magnifique*, ajouta Todd en souriant.

Ils le dévisagèrent comme s'ils le voyaient pour la première fois.

— Maintenant, je veux que vous partiez, dit Todd. Je ne veux plus jamais vous revoir.

— Todd, sanglota sa mère. Je n'ai jamais voulu que ça se termine comme ça !

— Tu n'as jamais voulu de moi, la reprit Todd.

— Ce n'est pas vrai ! supplia-t-elle, le visage inondé de larmes.

Son mari s'approcha d'elle, et l'aida à se lever.

— Allez viens, Betty, allons-nous-en d'ici avant d'attraper le SIDA ou une autre maladie de pédé.

Gabe se leva, et se posta derrière l'épaule de Todd, présence silencieuse et puissante.

— Vous devriez faire ce qu'il dit, madame Sandburg.

La mère de Todd se leva et retomba, à bout de force, le corps secoué de sanglots.

— Todd…

Son mari la tira sur ses pieds, et l'entraîna de force vers la porte. Subitement, elle se dégagea de son emprise, et se précipita sur Todd.

— Je n'ai jamais voulu tout ça, hoqueta-t-elle. Je t'aime, Todd.

Todd secoua tristement la tête, et désigna son beau-père du menton.

— Pourquoi lui, maman ? Pourquoi l'as-tu épousé ? Pourquoi l'as-tu laissé…

— Je ne pouvais pas être seule, dit-elle en pleurant de plus belle. Je n'y aurais pas survécu.

— Mais pourquoi tu l'as laissé me faire du mal ? demanda-t-il entre ses dents serrées.

— Parce que c'était lui l'homme de la maison ! Je n'avais pas mon mot à dire.

— Comment veux-tu qu'il comprenne ? demanda son beau-père. Il ne saura jamais ce que c'est qu'un homme.

— Urston, ça suffit, dit-elle avant de se tourner à nouveau vers Todd. Je suis tellement désolée, pour tout ce que j'ai fait et tout ce que je n'ai pas fait. Je t'en prie, ne me déteste pas.

Todd sentit quelque chose se dénouer en lui, et toute sa colère s'évapora lentement.

— Je ne te déteste pas. Je ne te respecte pas, mais je ne te déteste pas.

Elle fit un pas en avant, comme si elle s'apprêtait à le prendre dans ses bras, mais il recula en tendant les bras devant lui pour l'arrêter.

— Il faut que tu partes maintenant, maman.

Elle lui lança un dernier long regard, et rejoignit son mari à la porte. Juste avant de la franchir, elle se retourna une dernière fois.

— Je t'aime, Todd, dit-elle d'une voix sourde.

Il se figea, ne répondit rien, puis hocha la tête.

— Au revoir, maman.

Puis elle s'en alla.

XXII

À LA minute où la porte se referma, Gabe prit Todd dans ses bras. Le jeune homme le repoussa en tremblant.

— Tu savais qu'ils viendraient, murmura-t-il.

— Non, Todd, je te promets que je ne le savais pas. Mais je n'étais pas non plus surpris de les voir arriver.

— Comment connaissais-tu toutes ces choses ? Sur le testament de mon père, sur le montant de la fiducie ?

Mon Dieu, vingt mille dollars, ce n'était peut-être pas beaucoup pour quelqu'un comme Gabe, ou comme Peter, mais pour lui, c'était une véritable fortune.

— J'ai découvert tout ça hier soir, juste avant l'arrivée de Peter et d'Izar. Je n'ai pas voulu t'en parler à ce moment-là.

— Pourquoi ne m'en as-tu pas parlé après ?

— Je suis désolé, dit-il en le reprenant dans ses bras. Je ne savais pas comment aborder le sujet.

— Tu aurais dû faire un effort, dit Todd en le regardant dans les yeux.

— Peut-être, répondit Gabe en se mordant les lèvres.

— Il n'y a pas de peut-être qui tienne. C'est à ton tour de promettre. Promets-moi de me prévenir la prochaine fois que tu comptes faire revenir ma mère et mon beau-père dans ma vie.

— Ça t'a secoué, hein ? demanda tendrement Gabe.

Le jeune homme hocha la tête en enfouissant son visage dans son torse.

— Je suis désolé. Je te jure que ce n'était pas prévu, mais je te promets de te prévenir la prochaine fois.

Gabe l'attrapa par le menton, et Todd se perdit dans le bleu sans fin de ses yeux.

— Il faut que l'on apprenne à se faire confiance pour construire cette relation correctement. Il nous faut des bases solides qui permettront à notre couple de survivre à tout.

Todd poussa un soupir, le cœur battant.

— Je t'aime, Todd.

224

— Moi aussi, je t'aime.

Ils s'embrassèrent, quelqu'un frappa à la porte.

C'est eux ! Ils sont revenus ! paniqua Todd.

— Gabe ? Todd ? C'est moi, Tracy.

— Tracy ? appela Gabe en s'éloignant de Todd pour ouvrir la porte.

Todd découvrit une grande femme plantureuse. Elle était magnifique, elle portait une robe rouge et un trench-coat noir.

— J'imagine que j'ai loupé le meilleur, dit-elle. Je les ai croisés à la sortie, j'ai cru qu'ils allaient me piétiner ! C'est un miracle que je sois entrée intacte, ajouta-t-elle en s'appuyant sur le montant de la porte. Quelle journée !

— À qui le dis-tu, grommela Todd.

Elle tourna vers lui ses grands yeux sombres.

— Alors c'est toi, Todd ?

Puis elle se tourna vers Gabe.

— Il est terriblement mignon, dit-elle.

— Todd, je te présente Tracy. C'est elle qui a mis les choses en marche.

— Toute cette histoire d'argent et de maison ?

— C'est moi tout craché, dit-elle en levant les yeux au ciel. Est-ce que c'était aussi dingue que je l'imagine ?

— Complètement dingue, confirma Gabe.

— Démentiel, ajouta Todd.

— Je suis désolée, gamin, le but n'était pas de t'accabler.

— Qu'est-ce que vous avez fait au juste ?

Un bruit étrange retentit dans le couloir de l'immeuble.

— Je vais tout t'expliquer, mais avant ça, j'ai une petite surprise pour toi.

Elle retourna dans le couloir, et revint avec une petite caisse de transport dans les mains.

— Je crois que c'est à toi ?

Todd baissa les yeux vers la caisse en se demandant ce qui l'attendait encore cette fois. Il regarda entre les barreaux de la caisse, et ses yeux s'arrondirent de surprise.

— Leia ! cria-t-il.

Il ouvrit la caisse à la hâte, et une petite boule de poils noir et blanc se jeta dans ses bras en miaulant. Il enfouit son visage dans son pelage et la berça contre lui en sentant les larmes couler sur ses joues.

Il leva les yeux vers Tracy. Dieu qu'elle était grande !

— Mais… Comment ?

— Je passais par hasard à Buckman…

— Vous êtes allée à Buckman ? demanda Todd, choqué.

— Et en discutant avec les gens du voisinage, j'ai aperçu ce chat. Je me suis souvenue que Gabe avait mentionné le tien qui te manquait beaucoup. Selon moi, un homme qui aime les chats est forcément un homme bien.

— Mais comment avez-vous su que c'était le mien ? demanda Todd en aidant Leia à s'installer sur son épaule.

Gabe fit un pas en avant et tendit la main dans sa direction pour qu'elle puisse la sentir.

— Ce n'était pas elle que j'avais vue. Mais ça m'y a fait penser, alors j'ai demandé aux gens du coin. Un couple de personnes âgées qui se souvenait de toi parce que tu tondais leur gazon m'a dit que ta petite Leia venait souvent gratter à leur porte pour réclamer à manger.

Ce salaud l'a mise à la porte, songea Todd en frottant son visage contre elle.

— Je suis passée à la supérette du coin, j'ai acheté une caisse de transport et j'ai attendu à la porte de ce charmant couple. Elle n'a pas tardé à pointer le bout de son museau. Elle m'a donné du fil à retordre, ajouta Tracy en soulevant sa manche pour découvrir des griffures.

— Est-ce que je peux la garder ? demanda Todd.

— Bien sûr que tu peux la garder, répondit Gabe en l'embrassant sur le front. Merci Tracy, ajouta-t-il en levant les yeux vers son amie.

— Merci, merci infiniment ! ajouta Todd en la serrant brusquement dans ses bras, Leia coincée entre eux.

— C'était le moins que je puisse faire, répondit-elle maladroitement.

Todd se dirigea vers le salon, et s'assit sur le canapé. Aussitôt, Leia roula sur le dos pour réclamer des caresses. Todd ne savait plus s'il avait envie de rire ou de pleurer. Il leva les yeux vers Gabe, puis vers Tracy, et poussa un long soupir.

Gabe avait raison.

Lorsqu'on touchait le fond, on ne pouvait que remonter à la surface.

Et à la surface, le soleil brillait.

ÉPILOGUE

POUR UN regard extérieur, Izar's Jatetxea devait avoir l'air d'un véritable chaos ambiant, mais c'était très loin d'être le cas. Le maestro de cette apparente pagaille, le jeune Todd Burton, savait exactement ce qu'il faisait. Tout allait exactement comme prévu. Les cuisiniers et les commis se déplaçaient dans une chorégraphie millimétrée. Todd avait progressé à une vitesse incroyable, il avait intégré et appliqué l'apprentissage d'Izar avec les facilités d'un prodige. Si bien qu'elle lui avait confié le service du midi. Elle n'avait pu se résoudre à abandonner le contrôle de sa cuisine pour le dîner, elle en était trop fière. Ce rythme convenait parfaitement à Todd ; il lui permettait de passer toutes ses soirées avec Gabe. Un critique gastronomique venait de publier un article dithyrambique sur le menu de Todd, et Izar envisageait de lui laisser plus de liberté créative.

— Parfois, le changement est une bonne chose, pas vrai *maitia* ? lui demanda Izar.

La remarque surprit tellement Todd qu'elle aurait tout aussi bien pu lui annoncer qu'elle quittait la cuisine pour ouvrir un garage automobile. Elle qui était si attachée à ses habitudes !

Todd sourit en entendant son surnom. *Maitia.* Mon cœur. Mon chéri. Qui aurait cru que la femme qui l'avait jeté de son restaurant un an et demi plus tôt l'appellerait aujourd'hui par des petits noms doux ?

Janice, une jeune femme qu'il avait convaincu Izar d'engager quelques mois plus tôt, accourut vers lui en tenant une cuiller, la main en coupe en dessous pour ne rien renverser.

— Todd ! Tu veux bien goûter et me dire ce que tu en penses ?

— Qu'est-ce que tu en penses, toi ? demanda-t-il en goûtant.

— Eh bien… hésita-t-elle. Je crois que ça manque de fenouil. Mais la quantité de safran est parfaite.

— Je suis complètement d'accord, dit-il avec un clin d'œil. Fais confiance à ton instinct.

— J'ai encore beaucoup de choses à apprendre, c'est toi le général, dit-elle avec un petit sourire.

— Le général ? demanda une voix familière. Pas le colonel ?

Izar ? Qu'est-ce qu'elle fait là sur l'heure de midi ? se demanda Todd.

— Alors comme ça, ce n'est plus moi le patron ? dit-elle en entrant dans la cuisine, ses épais cheveux noirs coiffés en chignon, sous un filet d'hygiène, comme si elle s'apprêtait à cuisiner.

— Madame Goya ! s'écria Janice. Je ne voulais pas me montrer irrespectueuse.

— Je plaisantais, Janice, la rassura Izar avec un geste de la main.

Janice sourit et regagna son poste.

— Tu avais raison à son sujet, dit Izar. Qu'est-ce que je ferais sans toi ?

— Tu te débrouillais très bien avant mon arrivée.

— Mais je me débrouille beaucoup mieux avec toi. Merci.

— Je crois que c'est moi qui devrais te remercier.

— Allez, ça suffit les remerciements. On a dépassé ça.

Todd hocha la tête.

— Tu es nerveux, *maita* ?

— Nerveux ? répéta-t-il.

Pourquoi devrait-il être nerveux ? Tout se passait très bien en cuisine.

— Pour les papiers. Ils sont arrivés.

Les papiers ! Todd avait complètement oublié. Voilà pourquoi Izar était là.

Il se précipita en salle, et aperçut Gabe, irrésistible dans son costume, accompagné de Kent, leur agent immobilier installés à une table, une pile de papiers devant eux. Kent se leva pour lui serrer la main. L'homme de la banque (Todd n'avait pas retenu son nom) était là également, il le salua d'un signe de tête.

— Prêt à devenir propriétaire, Todd ? demanda Kent en se rasseyant.

Gabe se leva à son tour pour l'embrasser.

— J'avais complètement oublié que c'était aujourd'hui, chuchota Todd paniqué.

— Je pensais que tu te serais souvenu étant donné les… célébrations d'hier soir, lui dit Gabe avec un sourire malicieux.

Todd rougit furieusement, et Kent détourna poliment le regard. Todd se retourna et vit Izar, appuyée contre le bar, une expression amusée sur le visage. L'homme de la banque n'affichait pas la moindre émotion.

On dirait un robot, songea nerveusement Todd.

— Installe-toi, dit Gabe en tirant une chaise.

Je vais devenir propriétaire, se dit Todd en repensant au jour où Gabe lui avait expliqué pourquoi il ne voulait pas acheter de maison.

Parce qu'il attendait de trouver *le bon*.

« *Quand j'aurai trouvé le bon, je veux que nous achetions une maison ensemble. Ça ne sera pas seulement une bâtisse de ciment et de brique, ce sera notre chez-nous.* »

Ils s'apprêtaient à acheter une maison ensemble.

Ils signèrent ce qui lui sembla être un milliard de papiers différents, puis l'homme de la banque vérifia soigneusement leurs paraphes, et leur tendit les clés de la maison avec un sourire.

— Félicitations.

Il ramassa sa mallette, et quitta le restaurant aussi silencieusement qu'il était entré.

Izar avança vers eux, suivie de près par Janice qui poussait un chariot avec un seau de glace dans lequel se trouvait une bouteille de champagne.

— Félicitations à vous deux, je suis tellement fière de vous.

Elle fit sauter le bouchon de champagne, et le reste du personnel se rapprocha pour partager une coupe avec eux. Le temps d'une brève pause, et d'un petit fond de champagne, rien de plus. Le restaurant ne s'arrêtait pas de tourner.

— À Todd et Gabriel, à leur nouvelle maison, lança Izar en levant son verre. Qu'elle devienne leur forteresse et que leur amour y fleurisse. Souhaitons-leur tout le bonheur du monde !

Tout le monde les applaudit, et Gabe et Todd croisèrent leurs flûtes de champagne pour boire chacun dans le verre de l'autre. Puis, ils s'embrassèrent sous les applaudissements qui redoublèrent d'intensité.

— Je t'aime, Todd.

— Et je t'aime, Gabe.

— Qu'est-ce que tu dirais de rentrer dans notre nouvelle maison ?

— Je ne sais pas si…

— Ne dis pas de bêtises ! File, le gronda Izar. Je te donne ta journée, mon *mutil maitagarri*.

Main dans la main, ils quittèrent le restaurant. Il leur restait une dernière chose à faire avant de franchir le seuil de leur foyer.

Lorsqu'ils se garèrent dans l'allée devant la maison avec chacun dans leur poche un papier soigneusement plié, ils furent surpris de découvrir Peter qui les attendait. Il était assis sur le porche, ses longues jambes croisées en tailleur, les mains sur les genoux, sa canne posée à la pliure de ses coudes.

— Ah ! Les garçons, vous voilà. J'avais peur de vous rater. J'ai quelque chose pour vous !

Ce quelque chose s'avéra être une autre bouteille de champagne. Sur l'étiquette, il était écrit « Taittinger Comtes de Champagne Rosé ». Todd avait l'intuition que cette bouteille avait dû coûter au moins une centaine de dollars. Il commençait à connaître Peter.

— Veux-tu entrer un instant ? proposa Gabe.

Mais Todd sut immédiatement au ton de sa voix qu'il ne demandait que par politesse. Il le comprenait, il ressentait la même chose.

— Malheureusement, je ne peux pas rester. Je voulais simplement vous offrir cette humble bouteille pour le baptême de votre nouveau nid. Je vous saurais gré de la boire, et non de la briser sur la porte, ajouta-t-il malicieusement.

— Ne t'inquiète pas, nous la boirons, promit Todd en calant la bouteille sous son bras. Tu es sûr que tu ne veux pas entrer pour visiter ?

— J'aurai bien l'occasion de le voir prochainement, répondit-il en secouant la tête, mais il ne bougea pas, comme s'il attendait encore quelque chose.

C'est alors que Todd comprit.

— Tu lui as dit ? demanda-t-il à Gabe.

— Oui, bébé, soupira Gabe. Je suis désolé.

— Comment pourrais-je t'en vouloir ? dit-il en souriant et en sortant le morceau de papier de sa poche. Qu'est-ce que tu attends ? Sors le tien aussi.

Gabe hocha la tête et obéit en souriant également. En découvrant les deux feuilles de papier, le visage de Peter s'éclaira.

— Merveilleux ! s'exclama-t-il avant de les prendre tour à tour dans ses bras.

Il s'agissait des résultats de leur dépistage. Tous les deux négatifs.

— Raison de plus pour moi de vous laisser en paix, mes jeunes amis. J'imagine que vous devez avoir en tête une tout autre sorte de baptême à l'heure qu'il est.

Comme à son habitude, Todd rougit.

— Quel garçon charmant, commenta Peter. Après plus d'un an à me côtoyer, il trouve encore le moyen de rougir ! J'ai toujours su que tu étais un trésor, mon garçon.

Peter tourna élégamment sur ses talons, et descendit les marches du porche en faisant tournoyer sa canne comme un bâton de majorette, jusqu'à sa Porsche 959 (une voiture sexy qui correspondait étrangement bien à l'élégant gentleman). Il s'appuya contre elle et leur dit :

— Rappelez-vous ceci, les garçons ; l'amour est notre maison, nos pieds peuvent la quitter, mais nos cœurs jamais.

— C'est de qui ? demanda Todd.

— Oliver Wendell Holmes, dit-il avant de les saluer d'un geste théâtral et de monter dans sa voiture pour disparaître au tournant de leur ruelle.

— Je l'adore, dit Todd en se tournant vers Gabe.

Gabe, qui était en train de le regarder. Todd sentit son cœur s'emballer.

— Je t'aime, dit Gabe.

— Moi aussi, répondit Todd, le souffle court.

Gabe le tira contre lui pour un doux baiser, juste ce qu'il fallait d'indécent pour accélérer le cœur de Todd, mais pas assez pour choquer les voisins.

— Prêt à « baptiser » la maison ? demanda Gabe en jouant des sourcils.

— Plus que prêt, répondit Todd d'une voix rauque.

Et c'est exactement ce qu'ils firent.

NOTE DE L'AUTEUR

REMERCIEMENTS PARTICULIERS à l'extraordinaire poète Michael Lee pour m'avoir laissé emprunter quelques-uns de ses mots au début de mon livre. Nous voulions être sûrs que tout le monde aurait l'opportunité de lire le poème duquel ils sont tirés en entier, vous le trouverez donc dans son intégralité ci-dessous.

Renseignez-vous à son sujet, vous ne le regretterez pas. Ce jeune homme est une véritable source d'inspiration. Je vous recommande tout particulièrement le poème suivant : http://www.youtube.com/watch?v=PZ7-rgfu-2s. Vous n'en croirez pas vos oreilles.

Merci !

B.G. Thomas

Fleurir à Contre-courant — Michael Lee [1]

Jeunes, nous n'étions que murmures :
doux, nous résonnions comme l'écho des vagues à travers l'étendue
de l'océan.
Âmes mystiques, notre foi était plus brumeuse que le crépuscule
convaincu qu'une cape, une brique de jus de fruits et notre peu de mots
suffiraient à invoquer la paix dans le monde,
« Restons tous amis ».
Petits oiseaux chanteurs, plus bruyants, mais non moins mélodieux.
Nous étions l'instrument d'un mystère dont nous ne percevions pas
l'infinité.

Aujourd'hui, nous ne sommes plus que cris.
La connaissance de cet infini nous écrase.
Plus rapide que murmures,
notre destination finale nous échappe ;
Qu'importe ? Il n'y a plus de mystère dans ce vacarme.

Grandir, c'est un murmure qui explose et se change en cri.
Retrouver son enfance, comme fleurir à contre-courant.
Alors, fleuris à contre-courant.

Ouvre la bouche, avale un essaim de libellules,
retiens ton souffle jusqu'à ce qu'elles se changent en réverbères.
Il fait sombre, mais nous ne sommes pas perdus, pas encore.
Ravale ton cri et laisse-le exploser dans ta gorge,
les échos qui persistent comme des traces de pas,
comme une arme qui détonne dans chaque doigt de pied
et se change en frisson le long de ta plante.
Tu cours toujours puisque tu ne sais plus où tu vas.

Refaçonne ton foie détruit par les nuits d'ivresse
passées à vouloir te perdre sans le savoir.
Troque ton buste contre un corps de violon
dans le crépuscule, appelle les notes jusqu'à ton estomac,
respire la pluie qui ne tombera que demain.

Ferme tes yeux à présent. Fais-le.
Ferme tes yeux. Imagine te réveiller
sur un vélo à minuit. Assis à l'envers
et pourtant tu pédales à l'endroit, les bras tendus
et les mains serrées sur le guidon derrière toi. Pédale plus vite.

Vois ton quartier qui s'efface, se replie sur lui-même.
Vois l'ombre huileuse d'une route devenir trouble
comme tous ces instants de liberté perdue qui regagnent enfin tes
pieds.
Vois les responsabilités disparaître dans un bac à sable,
regarde par-dessus ton épaule. Vois la vie se rapprocher de ton dos.
Ne laisse pas ton futur se dérouler derrière toi.
Fleuris à contre-courant, et ouvre les yeux.

Nous voilà grandis, parapluies posés à l'envers,
qui recueillent la pluie comme si nous avions oublié notre raison
d'être :
saisir le tonnerre et l'avaler.
Plante des fleurs à l'envers et vois leurs racines creuser vers le haut

comme si tu tenais une tempête dans le creux de ta main
et que Dieu voulait reprendre son tonnerre.

Arrose-toi d'essence. Porte des bottes coquées de métal,
danse sur une pierre à fusil et admire les couleurs. Tu es un immeuble
en feu,
couvre-toi de sable jusqu'à devenir une citadelle de verre.

Un murmure est une rivière qui boit le monde,
c'est le téléphone de conserve et de fil qui te relie à la chambre des
voisins,
le fil qui vibre si fort sous les éclats de rire,
que la nuit se change en jour d'un claquement de doigts.
22 000 battements de paupières par jour,
et je parie que tu croyais ne t'être réveillé qu'une fois.
Un cri est une fin. Un bloc de glace qui se souvient
du plaisir simple d'être liquide. Un larynx
qui danse pour qui veut voir, terrifié que ses mots
ne suffisent pas, et contraint de vaciller comme un tremblement de
terre.
Souviens-toi lorsque tu étais petit et que tu croyais encore
que ce que tu avais à dire en valait la peine.

Trouve quelqu'un avec qui rajeunir.
Embrasse-le, embrasse-la, embrasse chaque doigt qui s'agite
comme l'accordéon d'un petit oiseau chanteur,
indécis et brouillon, glisse tes lèvres
le long de leur corps, fais de sa peau ton harmonica,
de leurs dents des touches de piano, fais jouer ta langue
contre chaque note et souvenez-vous
qu'ensemble vous êtes symphonies.

Tu es le son le plus jeune depuis que la lune
a avalé le soleil et retenu son souffle jusqu'au printemps.
Vous êtes un cri qui disparaît dans un murmure.
Aimez.

B.G. THOMAS vit à Kansas City avec son mari, qu'il a épousé il y a plus de dix ans, et leur adorable petit chien. Il a la chance extraordinaire d'avoir une fille qu'il aime de tout son cœur, ainsi que des amis merveilleux. Il aime croquer la vie à pleines dents.

B.G. aime la romance, le fantastique, la science-fiction, et même l'horreur. Selon lui, peu importe le genre de littérature, tant que l'histoire a de bons personnages et qu'elle vous tient en haleine. Il a écumé un nombre incalculable de conventions littéraires au cours de sa carrière, et il a eu l'opportunité de rencontrer beaucoup de ses auteurs favoris. Il invente des histoires depuis qu'il est tout petit, c'est ce qui le rend heureux.

Dans les années 90, il a écrit pour beaucoup de revues gays, puis s'est arrêté lorsque les éditeurs ne demandaient plus que des histoires de sexe. « Les personnages sont plus importants que le sexe », dit-il. « Quel intérêt y a-t-il à lire une scène de sexe, si les personnages nous laissent indifférents ? » Enthousiasmé par la récente popularité des romances gays, il s'est remis à écrire. Fort de son expérience personnelle d'homme gay, il a envoyé un premier manuscrit, qu'il a eu la surprise de voir accepté en seulement quatre jours.

« Saute et le filet apparaîtra » résume assez bien sa philosophie de vie, et le message qu'il veut répandre. Selon lui « il n'est jamais trop tard » et « il faut poursuivre ses rêves si on veut les voir se réaliser ».

Retrouvez son site Internet à l'adresse suivante : bgthomas.t83.net
Son blog : bg-thomas.livejournal.com
Contactez-le directement à : bgthomaswriter@aol.com.

MON
VÉRITABLE
COW-BOY

B.G. THOMAS

Bryan fantasme sur les cow-boys depuis toujours. Il porte même un costume que son colocataire surnomme son « piège à cow-boy » quand il va à son club préféré, dans l'espoir d'attirer l'attention d'un véritable rancher. Le jour où Curtis lui offre une bière, Bryan n'a aucun doute que ça y est, c'est le bon. Mais pourront-ils aller plus loin qu'une simple nuit de sexe incroyable une fois que Bryan aura avoué à Curtis que la seule fois où il est monté à cheval, c'était un poney à une fête d'anniversaire, quand il était gosse ?

www.dreamspinner-fr.com

Par B.G. Thomas

Le garçon qui venait du froid
Mon véritable cow-boy

Publié par Dreamspinner Press
www.dreamspinner-fr.com

Également par Dreamspinner Press

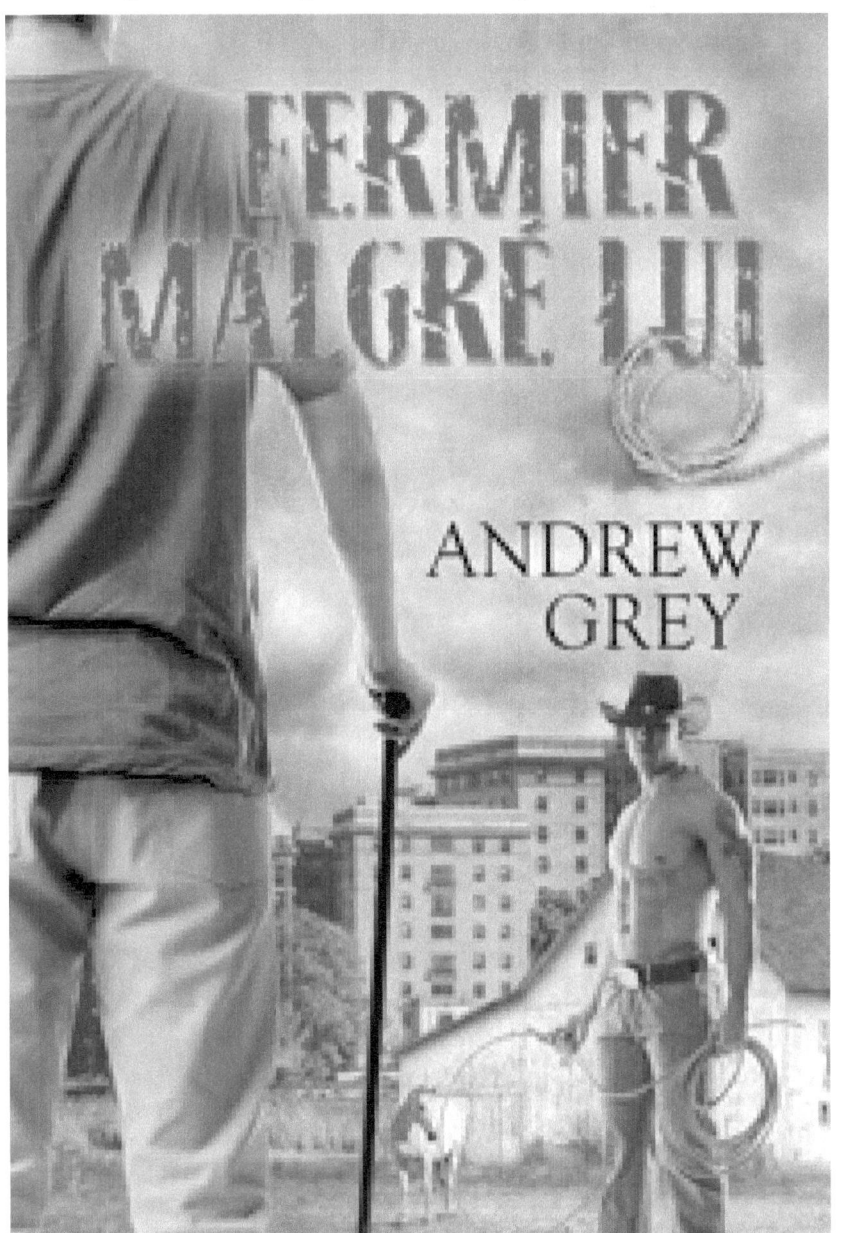

www.dreamspinner-fr.com

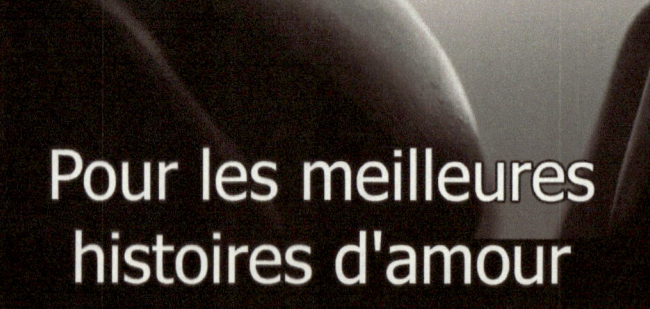